外国名作家文集·钱德勒卷　王逢振/主编

湖底女人

The Lady in the Lake

［美］雷蒙德·钱德勒/著

喜慧超/译

Raymond Chandler

漓江出版社

·桂林·

图书在版编目 (CIP) 数据

湖底女人 / (美) 雷蒙德·钱德勒著 ; 喜慧超译 .

桂林 : 漓江出版社, 2025. 6. -- ISBN 978-7-5801

-0095-5

Ⅰ. I712.45

中国国家版本馆 CIP 数据核字第 20246N2B69 号

HU DI NÜREN

湖底女人

〔美〕雷蒙德·钱德勒 著

喜慧超 译

出 版 人：梁 志
策划编辑：辛丽芳
责任编辑：叶露棋
书籍设计：石绍康
责任监印：张 璐

出版发行：漓江出版社有限公司
社址：广西桂林市南环路 22 号 邮编：541002
发行电话：010-85891290 0773-2582200
邮购热线：0773-2582200
网址：www.lijiangbooks.com
微信公众号：lijiangpress
印制：北京中科印刷有限公司
　　　[北京市通州区宋庄工业区 1 号楼 101 号 邮编：101118]
开本：880 mm × 1230 mm 1/32
印张：8.125
字数：203 千字
版次：2025 年 6 月第 1 版 印次：2025 年 6 月第 1 次印刷
书号：ISBN 978-7-5801-0095-5
定价：52.00 元

［美］雷蒙德・钱德勒

（Raymond Chandler, 1888—1959）

1947 年，钱德勒为 VOGUE 杂志拍摄的照片

钱德勒与爱猫的合影

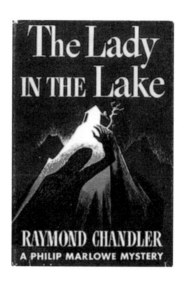

《湖底女人》英文版第一版封面

·总　序·

雷蒙德·钱德勒：硬汉派侦探小说的先驱

王逢振

一般认为，侦探小说始于美国作家爱伦·坡，后来在英国得到发展，并在柯南·道尔的笔下达到巅峰，形成了侦探小说的传统模式，一直延续到 20 世纪。但是，20 世纪 30 年代，由于美国经济萧条，穷困和不幸导致暴力和犯罪增多，产生了一批新的具有时代思潮的作家。他们作品中的侦探并不拘泥于警察的正义，而是推崇道德信念和武力，一般都是勇于冒险的硬汉，因此被称为硬汉派侦探小说。在侦探推理小说的发展史上，硬汉派侦探小说可谓是一场颠覆传统模式的革命。其代表作家是美国的达希尔·哈梅特（1894—1961）和雷蒙德·钱德勒（1888—1959）。

雷蒙德·钱德勒 1888 年 7 月 23 日出生于美国芝加哥。七岁时父母离异，他随母亲来到英国。雷蒙德有志成为一名作家，但母亲和祖母坚持要他成为公务员。于是他进入海军部，但不久便离开了。他尝试成为自由撰稿人，然而又失败了。1912 年，钱德勒返回美国，定居洛杉矶。他做过多种工作，后来进入戴比尼石油公司担任记账员，不久升任副总裁。

大萧条迫使钱德勒离开了商业，于是他又想到写作。他开始阅读其他侦探小说作家的作品，模仿自己喜欢的作家进行创作，其中对他影响最大的是达希尔·哈梅特。经过多次修改，他的第一篇侦探小说《勒索者别开枪》投给了著名的廉价杂志《黑色面具》，并刊登在1933年12月号上。此后，他开始撰写短篇侦探小说。1933年到1939年之间诞生了他大部分的短篇作品。1938年，出版商请钱德勒撰写一部长篇小说，于是产生了1939年出版的《长眠不醒》。

《长眠不醒》出版后产生了巨大反响，不仅广为读者喜爱，销售数十万册，而且得到众多评论家的好评，被认为是硬汉派侦探小说的典范，由此奠定了他在小说界的地位。此后，他先后出版了《再见，吾爱》（1940）、《高窗》（1942）、《湖底女人》（1943）、《小妹妹》（1949）和《漫长的道别》（又译《依依惜别》，1953）等。1942年到1947年，他的四部小说六次被好莱坞搬上银幕，影片和小说相互映衬，一时间钱德勒几乎成了美国家喻户晓的人物。由此他的侦探小说被纳入经典文学史册，收录到权威的"美国文库"，他的名字也成了硬汉派的代表。

钱德勒的早期经历对其作品产生了重大影响，从而形成了他独特的个人风格。首先，大萧条以前，他作为石油产业主管在洛杉矶生活了大约十五年，虽然大萧条迫使他离开了商业，但十五年足以使他感受到这城市氛围的独特之处，使他能够看到权力及其构成形式。其次，他出生于美国，但从八岁开始一直在英国上学，接受英国公立学校的教育。英式与美式英语的差距使他能够以自己的方式运用它。正如美国著名批评家詹姆逊指出的，"这种语言不可能仍是自然而然的；词语也不可能毫无疑义……那种天然的、不假思索的文学表达不可能出现；他会感到他的语言有一种物质性的强度和抵抗，甚至在说母语的人看来根本算不上什么词的俗话和俚语，或只是瞬间的即时交流，从他的嘴里说出来也带有异国情调"①。因此，钱德勒作品的语言，反映了他的实际经历，在他的写作中，词语变成了他的客体。

两次世界大战之间，可以说是美国文学的一个伟大时期。它以地理的方式"探索并界定美国，把美国作为分离的区域主义之总和，作为一个扩充的统一体，作为有其外部范围的理想整体"②。自从第二次世界大战以后，区域与区域之间的自然差别逐渐被标准化消除，每个区域的有机社会整体逐渐破碎，被个体家庭单位那种封闭的新型生活取而代之。在这种新社会里，彼此关系的主要形式是机械地并置：在住房计划里，统一的预制房屋遍布山上；在四车道的高速公路上，汽车一辆接一辆，交通直升机从空中抽象地监视。因此，对于当代美国

---

① Fredric Jameson, *Raymond Chandler: The Detections of Totality*, London-New York: Verso Press, 2016, p.2.
② 同上，p.6.

文学，应该根据这种没有情感的社会物质背景来理解。在这种背景下，只有特技镜头能够产生生活的幻觉。

钱德勒的整个背景，他的思维方式和看待事物的方式，都产生于两次大战之间。但是，由于他居住在洛杉矶，他的社会内容预示了20世纪50年代和60年代的现实。因为洛杉矶已经是整个美国的一种缩影和前景：一个新的无中心的城市，在这个城市里，各个不同阶级不再相互联系，孤立地处于隔离的地理空间。根据这种地理变化，为了理解整个社会结构，必须虚构一个强加给整个社会的人物，而他的日常生活模式能够把社会分散孤立的各个部分联系在一起。在钱德勒的作品里，这个人物就是私家侦探马洛。

马洛接触的是美国生活的另一面：庞大的庄园，以及成群的用人、司机和秘书；在庄园周围，各种机构追逐财富并保守它的秘密；私人夜总会，隐蔽在山间私人道路深处，由私人警察巡逻，只允许会员进入；里面的诊所可以提供毒品；私人宗教仪式；奢华的旅馆配备保安人员；私人赌博的大船停泊在三英里[①] 以外的海上；更严重的是，腐败的地方警察以单独一人或一个家族的名义统治着整个城市，保护为满足金钱需要而进行的各种非法活动。

作为一个非其本意的社会探索者，马洛访问那些一般人看不到的地方，或者不能去的地方，即不公开的地方，或富裕、保密的地方。

———————————

① 1 英里约等于 1.61 千米。

不论哪种地方，它们都显得有些陌生，就像钱德勒所描写的警察局的特征："一个纽约的警察记者曾经写道，你跨过警察局的绿灯走进去，你明显觉得离开了这个世界，进入一个超越法律的地方。"[①]

因此，钱德勒著作中的行动发生在微观世界里，发生在黑暗的地方社会当中，没有联邦宪法的保护，也没有什么上帝。侦探的诚实可以理解为一种感知器官，一旦受到刺激，它便会敏感地显示出周围世界的性质。侦探的行程是插曲式的，表明美国社会是碎片化的，反映出美国人民彼此之间的原始分离，若要把他们的生活整合在一起，必须有某种外在的力量，或者说小说中的侦探。

钱德勒作品的部分魅力在于它的怀旧情绪。怀旧情绪并非各个时期的一种连续存在，然而如果怀旧情绪出现，它一般都具有依恋过去某个时刻的特点，而那个时刻与当前时刻完全不同，可以使人感到从当前时刻的一种全面解脱。例如，通过回忆从历史或旅行中见到的田园式生活、浪漫主义作品反对工业社会的发展。一个特定时期的风格首先在它的物品中呈现出来，例如双襟西装、新式长裙、蓬松发型，以及汽车款式等。

在钱德勒的风格里，最典型的特征明显具有时代性，例如夸大的比较，其作用就是把物体分开，同时又表明它们的价值："她穿着雪白的睡衣，边上镶着白色的毛皮，剪裁得非常飘逸，宛如夏日某个孤立

[①] *The Raymond Chandler Omnibus: The Lady in the Lake*, New York: Modern Library, 1975, XXIII, P.418.

小岛的海滨泛起的浪花。"①"即使在中央大道这个并非世界最平静的街道上,他看上去也像落在一片白面包上的狼蛛那样引人注目。"②

在叙事方面,钱德勒的小说有两种形式:一种是客观的,另一种是主观的。一方面是侦探故事严格的外部结构;另一方面是更具个人特点的事件节奏,与任何原创性的作品一样,按照某种理想的逻辑细节进行安排。其显微手术似的方式里带有非常清晰的个人特征,例如反复出现的幽灵幻象,令人难忘的人物类型,包括已经被忘却的心理剧的演员,通过他们社会仍然可以得到解释。然而,这两种形式彼此并不冲突;相反,通过第一种形式的内在矛盾,第二种似乎从第一种中产生出来。

通过对叙事的分析,钱德勒小说里的一些人物投射出一种"总体效果",虽然不一定触及所有的社会学基础。作为一个文类,侦探小说在原始素材的外延方面,例如城市与历史的关系,监控社会的出现以及监控作用在市场体制中的彻底改变,公共警察与私人警察之间的关系等,提供了一种非常不同的探讨方式。这种方式不同于分析"原始场景"主题的方式。人们通过前后视角的区分,可以重新把主题纳入社会学的视角。

---

① *The Raymond Chandler Omnibus: The Big Sleep*, New York: Modern Library, 1975, XXXII, P.134.
② *The Raymond Chandler Omnibus: Farewell, My Lovely*, New York: Modern Library, 1975, I, P.143.

这里选译的雷蒙德·钱德勒系列包括三部长篇和一个短篇集：《湖底女人》《小妹妹》《漫长的道别》和《雨中杀手》（短篇集）。它们基本上体现了前面所说的钱德勒作品的特点。

《湖底女人》以一个寻人委托展开，香水公司总裁金斯利先生那个貌美如花、招蜂引蝶的妻子发来电报，说要跟情人拉威利私奔，随后几个月杳无音信，菲利普·马洛接受委托踏上了寻人之路。然而拉威利宣称近期从未见过金斯利太太。马洛去到金斯利太太最后一次出现的地方——他们在山上的私家别墅，发现了一具从湖底浮上来的面目全非的女尸，被金斯利的管家认出是自己的太太，他们几个月前大吵一架，而她留下字条离家出走。案件调查过程中，马洛因在一幢房子前停留，被警察找了麻烦，房主是拉威利的邻居，他的太太在前不久自杀身亡……就在真相看似快要水落石出时，故事仿佛才刚刚开始，几个案件看似独立却又相互牵连，令人目瞪口呆的真相直到最后一刻才浮出水面。故事环环相扣，悬念丛生，读来颇有意趣。

《小妹妹》讲述马洛受雇于堪萨斯州来的小妹妹奎斯特小姐，寻找她失踪的哥哥奥林。根据小妹妹提供的地址，马洛开始调查。令人胆寒的是，马洛走到哪里，哪里就有被冰锥刺死的人等着。最后发现奥林时，他竟死在了马洛的眼皮底下。好不容易查到疑似凶手的斯蒂尔格雷夫，但奇怪的是，他马上就被人谋害了。是谁导演了这一幕幕死亡？小妹妹吗？为什么？只有马洛才能揭开谜底。故事通过悬念和逻辑推理，层层剥茧，引人入胜。

　　《漫长的道别》是钱德勒最著名的作品之一。其内容包括流行文化中的多种元素，例如友情、婚姻、信仰等。作者在作品里大量使用人物独白，注重心理活动和场景细节的描写，叙事具有强烈的层次感和戏剧性。主人公马洛充满魅力，正直刚强，风趣爽快；他与特里关系密切，却因此卷入扑朔迷离的连环谋杀案。于是他为追求真相展开一系列调查，整个过程危机四伏，起伏跌宕。小说情节生动，人物形象栩栩如生。这部作品着重反映了美国社会生活的复杂性，打破了传统侦探小说的刻板模式，被誉为硬汉派侦探小说的典范。

　　《雨中杀手》是钱德勒生前从未出版的八篇小说的合集，收录了钱德勒的八个短篇小说：《雨中杀手》《爱狗成魔》《窗帘》《孽恋红颜》《中国玉》《贝城蓝调》《湖中女士》《山中无罪恶》。在钱德勒自己选编的短篇小说集《简单的谋杀艺术》里，没有收录这八个短篇。他自己的解释是不愿炒冷饭，但这八个短篇却被认为是钱德勒最好的作品，在他后来的小说中都不难发现这八个短篇的影子。在这些故事中，钱德勒塑造的侦探主人公都具有冒险精神，他们乐于助人，惩恶扬善，形成了硬汉派侦探小说的雏形。邪不压正是故事的核心主题。在这八个短篇中，许多段落的安排和描述被移植到日后的长篇里，但都有不同程度的改变：线索的指向不同，凶手和结局不同，甚至文字所描绘的氛围也不同。这些短篇既是成品，也是鹰架，从鹰架到建构完成，让我们看到了一个大作家的思维变化过程。

钱德勒是世界文学史上唯一一位以侦探小说步入经典文学殿堂的作家。他不仅开创了新的侦探小说流派，还与希区柯克等一起开创了好莱坞的"黑色电影"。著名女作家玛格丽特·阿特伍德对他倍加赞赏，甚至梦想与他有一段风流韵事。村上春树以他为楷模，亲自把他的七部长篇小说翻译成日文。一些世界著名作家如奥登、加缪、艾略特和奥尼尔，无一不对他赞誉有加。获得诺贝尔文学奖的威廉·福克纳也曾因作为他的助手而获益匪浅。

这些作品的出版，是漓江出版社力图再造外国文学出版重镇的一方面。非常欣赏他们的不懈努力，特别是总编辑张谦和她的同事辛丽芳的辛勤工作，以及资深编辑沈东子先生的策划。没有他们的合作，这套书不可能顺利出版。在此谨向他们致以崇高的敬意和衷心的感谢。

2022 年中秋

目 录

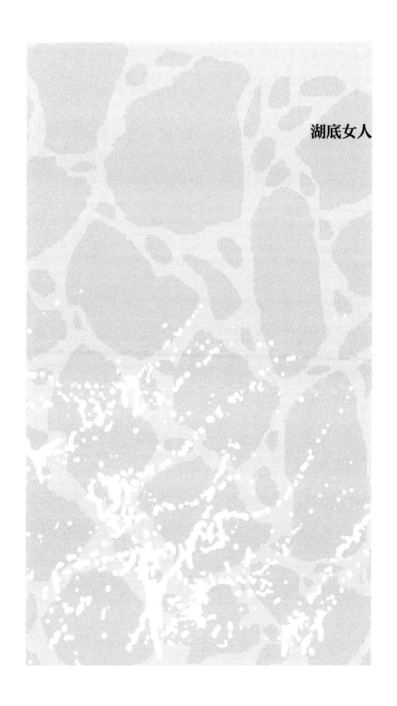

湖底女人

第一章

　　特雷洛尔大楼一直都在橄榄街西侧，靠近第六大道。大楼前边的人行道上铺的是黑白相间的橡胶砖，现在这些砖正被人撬起来，要还给政府。一个没戴帽子的男人在旁边看着，他面色苍白，像是大楼的管理员，看上去心都要被敲碎了。

　　我从他身旁经过，穿过一个拱廊式的购物广场，两边都是专卖店，走进一个气派的大厅，大厅的色调是黑金色的。一上七楼就是吉勒雷恩公司，门口有两扇铂金镀边的双层玻璃旋转门。公司的会客室里铺着中式地毯，墙壁是深灰色的，家具棱角分明，十分精致。房间里陈列着一些抽象雕塑，形状奇异，闪闪发光。角落里还有一个高大的三角形玻璃展柜。镜面玻璃闪闪发光，里面层层叠叠、高高低低地，好似摆满了这世间所有设计精巧的瓶瓶罐罐。各式各样的面霜、蜜粉、香皂和花露水，无论用于什么季节、什么场合，都应有尽有。有的香水装在细高细高的瓶子里，纤细得好像一口气就能吹倒，有的香水装在浅色玻璃小瓶里，玻璃瓶上还系着可爱的缎面蝴蝶结，像是舞蹈课上的小姑娘。最奢华的化妆品看起来却非常小巧朴素，装在一个低矮的琥珀色瓶子里，放在最醒目的位置，独占一方天地，标签上写着"皇家吉勒雷恩，香水中的香槟"。绝对值得拥有，只消一滴，涂在颈窝处，粉红色的珍珠便如同夏日轻柔的雨滴，缤纷洒落，令人销魂。

角落的电话交换机旁，坐着一个精致的金发小姐儿，她的面前有个栏杆，待在后面非常安全。门边有一张办公桌，桌前坐着一位高挑纤细的黑发美人儿，斜放在桌上的名牌上印着"艾德丽安·弗洛姆塞特小姐"。

她穿着青灰色的套装，外套下面是一件深蓝色的衬衫，还系着一个浅色的男式领结。胸前口袋里的手帕叠得极为齐整，边缘看起来特别锋利，简直可以用来切面包。她只戴了一条链式手镯。黑色的头发从中间分开，松松地垂下来，但看起来并不是很随意。皮肤象牙一样光滑，眉宇间尽是肃穆，一双乌黑的大眼睛似乎只有在对的时间和对的地方才会活跃起来。

我拿出了我的普通名片，角上没有冲锋枪的那张，放在她桌上，说要找德雷斯·金斯利先生。她看了一眼名片，问道："您有预约吗？"

"没有预约。"

"没有预约的话恐怕见不到金斯利先生。"

确实如此，我无可辩驳。

"您找他有什么事儿，马洛先生？"

"私事儿。"

"我明白了，那金斯利先生认识您吗，马洛先生？"

"不认识。他可能听说过我。你可以跟他说是马基警督介绍我来的。"

"那金斯利先生认识马基警督吗？"

她一边问一边把我的名片放到一沓刚打出来的印有抬头的信笺旁边，身子向后一靠，一只胳膊放在桌子上，手里握着一根金色小铅笔，轻轻地敲着桌子。

我冲她笑了笑。电话交换机旁的那个金发小姐儿则竖起贝壳一样的耳朵，轻柔地微微一笑。她看起来有点顽皮和急切，还有点不自信，像只新来的小猫，却又没人注意到它。

"希望他认识，"我说，"但最好的办法是去问问他。"

她快速地在三封信上签下她名字的首字母，不然大概会忍不住把笔冲我扔过来。她没有抬头，说道：

"金斯利先生在开会。有机会我会把名片递进去的。"

我谢过她，走出来，坐进一把铬合金的皮质椅子。椅子比看起来舒服多了。时间缓缓流逝，周围一片静寂，没有人进出。弗洛姆塞特小姐的手指优雅地在纸间游走，时不时能够听到电话交换机旁那只小猫轻柔的动静，还能听到插头插进拔出的咔嗒声。

我点了支烟，把椅子旁边的烟灰缸拉了过来。时间默不作声，一分一秒地流逝。我环顾四周，从外观上看不出什么，他们可能生意做得挺大，后边的房间里说不定正坐着位警长，椅子翘起来，抵着保险柜。

大约过了半小时，也就是三四根烟的工夫，弗洛姆塞特小姐办公桌后边的门开了，走出来两个男人，正哈哈大笑。接着又出来一个男人，扶着门，在旁边附和着笑。他们相互热烈地握手，先出来的那两个男人穿过办公室走了出去，后边那个男人立时收住了笑，看起来好像这辈子都没笑过。他是个大个子，一身灰色西装，一脸严肃。

"有电话吗？"他问道，语气很霸道。

弗洛姆塞特小姐轻声回答道："有一位马洛先生想要见您。说是马基警督介绍来的。是私事。"

"没听说过。"大个子厉声说道。他拿起我的名片，瞧都没瞧我一眼，径直转身回办公室去了。门关上了，门上的自动闭合器发出了"噗噗"的声音。弗洛姆塞特小姐有点抱歉，但还是对我甜甜地一笑，我则冲她抛了一个媚眼。我又抽了一支烟，消磨掉一些时间，我开始越来越喜欢吉勒雷恩公司了。

过了十分钟，门又开了，大个子出来了，戴着顶帽子，嚷嚷着要去剪个头发。他大步跨过中式地毯，动作十分轻快敏捷。大约距离门口还有一半距离时，突然转过身冲我坐的地方走来。

"你想见我？"他厉声道。

他大约 6.2 英尺①高，看起来很结实。石灰色的眼睛泛着冷峻的光芒。他穿着灰色大码法兰绒上衣，衣服很挺括，上面有灰色细条纹的图案，颇具绅士风度。不过，他的样子看起来不太好打交道。

我起身说道："您就是金斯利先生？"

"那你以为我是谁？"

我没理会他的跋扈，递给他我的另一张名片，业务名片。他攥在手里，低头皱眉看了一下。

"谁是马基警督？"他呵斥道。

"只是我认识的一个人。"

"有点意思。"他说，回头瞥了弗洛姆塞特小姐一眼。她喜欢他瞧她的样子，很喜欢。"还有什么，这个马基警督？"

"我们叫他紫罗兰马基，"我说，"因为他总是爱嚼紫罗兰味儿的小喉片。他块头很大，银白色的头发细细软软，嘴巴小巧可爱，好像天生用来亲吻小宝贝儿似的。我上次见他的时候，他穿着一套整洁的蓝西装和棕色的宽趾皮鞋，头上戴着银灰色的卷边毡帽，正用欧石楠短烟斗抽鸦片。"

"我不喜欢你说话的方式。"金斯利说道，语气硬得都能磕开一个巴西坚果。

"没关系，"我说，"我又不靠它吃饭。"

---

① 约 1.9 米，1 英尺 =0.3048 米。

他向后一靠，好像我在他鼻子下面放了条死了一星期的臭鲭鱼。过了一会儿他背过身，回头对我说道：

"就给你三分钟时间，天知道是为什么。"

他气哼哼地踩着地毯往回走，经过弗洛姆塞特小姐的桌子，一把拉开门，任由门摔在我的脸上。这一幕也很讨弗洛姆塞特小姐的欢喜，我觉得她的眼睛里藏着笑，还多了几分狡黠。

第二章

　　他的办公室就是典型的私人办公室。房间狭长昏暗，有空调，窗户关着，灰色的百叶窗帘半闭着，将七月炫目的天气阻隔在窗外。灰色的窗帘配了灰色的地毯。角落里有一个很大的银黑色的保险柜和一排配套的低矮的文件柜。墙上挂着一张巨幅彩色相片，里面是一个老头，鹰钩鼻子棱角分明，络腮胡子，硬翻领上衣。领子里的喉结尤为突出，似乎比很多人的下巴颏还坚硬。照片下面写着：马修·吉勒雷恩先生，1860—1934。

　　德雷斯·金斯利轻快地走到价值大约八百美元的老板桌后面，一屁股坐进高高的皮椅中。他从一只铜和红木质地的盒子里摸出一支细雪茄，捋了一下，然后用桌上那只硕大的铜制打火机点燃。

　　他慢悠悠的，一点也不着急。点完烟，他往后一靠，吐出一缕青烟，说道：

　　"我是做生意的，没空闲聊。你名片上说你是个职业侦探，来，让我瞧瞧你够不够专业。"

　　我拿出钱包，递给他一些证明文件。他看了看，又从老板桌上扔了回来。胶片夹里的执照复印件掉在了地上，他甚至都没有道歉。

　　"我不认识什么马基，"他说，"我认识彼得森警长。我让他帮我打听个可靠的人。我猜就是你了。"

"马基在彼得森警长手下的好莱坞分局工作，"我说，"你可以查一下。"

"不需要。我想你靠得住，不过，可别要花招。记着，但凡我雇了你，你就是我的人。我说怎么做就怎么做，嘴巴牢一点。不然就给我滚！清楚没有？还算客气吧。"

"这个问题不如以后再说。"我说。

他皱了皱眉头，厉声说道："你怎么收费？"

"二十五美元一天，其他花销另算。用我的车的话八分钱一英里。"

"荒唐，太贵了吧。撑死十五美元一天。够多了。油费该我出的我出，就从现在开始算，兜风可不算。"

我吹了吹飘过来的烟雾，又用手扇了扇，什么也没说。他有点意外。

他扶着办公桌，俯身用雪茄指着我。"我还没雇你，"他说，"可要是雇了你，这件事可是绝对机密。一个字都不许跟你的警察朋友提。明白吗？"

"你到底想查什么，金斯利先生？"

"你管呢，你不是什么案子都查吗？"

"不是什么都查。我只接不昧良心的活儿。"

他平视着我，下巴颏绷得紧紧的，灰色的眼睛有点暗淡。

"不做离婚业务，"我说，"而且要收一百的现金，定金——第一次打交道的话。"

"好吧，好吧，"他说，语气突然软下来了，"好吧，好吧。"

"另外，你还挺不客气，"我说，"我的许多客户一开始要么一把鼻涕一把泪地求我，要么牛气冲天对我大吼大叫想看看谁说了算，可是一般情况下，他们后来都会理智起来——要是还活着的话。"

"好的，好的。"他又说道，还是一样温和的口气，继续盯着我。"你的客户都还好吗？"他问道。

"活得好好的，要是对我够客气的话。"我说。

"来支雪茄吧。"他说。

我接过雪茄放进口袋里。

"我需要你帮我找到我的妻子，"他说，"她已经失踪一个月了。"

"好的，"我说，"我会找到你妻子的。"

他拍了拍桌子，盯着我的眼睛。"我想你会的。"他说，然后他咧开嘴笑了。"这四年还没人敢这么放肆地跟我说话。"他说。

我没吭声。

"该死的，"他说，"我喜欢。很喜欢。"他用手捋了捋浓密的深色头发。"她失踪了整整一个月了，"他说，"从我们山上的小木屋失踪的。靠近狮角。你知道狮角吗？"

我说我知道狮角。

"我们的住处离村子有三英里，"他说，"那儿有一段私家道路，在一个私人湖畔上，那个湖叫小鹿湖。我们三个还在那儿造了个坝，改善了一下周围的环境。这块地是我们三个人共有的，挺大的，但是没怎么开发，当然这阵子也不打算开发。我朋友有木屋，我也有一个，有个叫比尔·切斯的人和他老婆住在另一个木屋里，我免费租给他们的，帮我照看房子。他是个老兵，残疾了，靠养老金过活儿。基本上就是这样。我太太5月中旬上山去的，周末下来过两次，6月12日本来要下来参加一个派对，却没出现。我就是从那时候起就没见过她了。"

"她不见了，你找过吗？"我问道。

"没有，没找。我也一直没上去过。"他停了一下，等我问为什么。

我说："为什么？"

他把椅子推回去，拉开一个上锁的抽屉，拿出一张折起来的纸，递给我。我打开那张纸，是一封邮局的电报，6 月 14 日早上 9 点 19 分从埃尔帕索发的。收报人是德雷斯·金斯利，地址是贝弗利山庄，卡森大道 965 号。上面写着：

"现—在—去—墨—西—哥—离—婚—句号—要—嫁—给—克—里—斯—句号—好—运—再—见—克—丽—斯—托"

我把电报放在旁边的桌子上。他递给我一张印在高光纸上的快照，照片很大，也很清晰，上面是一对男女，坐在沙滩的遮阳伞下。男的穿着泳裤，女的穿着很前卫的白色鲨鱼皮泳衣。她很苗条，是个金发美人，年轻貌美，身材姣好，面露微笑。男的身形矫健，英俊潇洒，肩宽腿长，乌发皓齿，有六英尺高，一看就是典型的小白脸儿，专门破坏别人的家庭。两只胳膊似乎要伸出相片来抱你，一脸油滑的样子。他手里拿着副深色太阳镜，正对着镜头微笑，笑容很假、很轻浮。

"这是克丽斯托，"金斯利说，"这是克里斯·拉威利。他俩爱在一块儿就在一块儿吧，去他妈的。"

我把照片放在电报上。"好吧，有什么不对劲的？"

"她一直没打过电话，"他说，"也没什么重要的事情需要她下来。所以收到电报的时候我并没有想太多，只是稍微有点吃惊。这么多年，克丽斯托和我早没什么感情了，我们各过各的。她自己有钱，很有钱。她有一个家族企业，在得克萨斯州，做的是石油租赁业务，特别赚钱，一年下来大概有两万美元的收入。她总是在外边花天酒地，拉威利只是她欢场情人中的一个。我只是有点吃惊她真的会嫁给他，那家伙除了擅长搞女人啥本事都没有。可一切看起来都没什么异常，你明白吗？"

"然后呢？"

"有两周吧，什么信儿都没有。后来圣贝纳迪诺的普雷斯科特旅馆联系到我，说有一辆克丽斯托·格蕾斯·金斯利名下的帕卡德快马轿车停在他们车库里，没人认领，问我是怎么回事儿，因为车子的注册地址是我的。我给他们寄了张支票，说先寄存在那里。就是这样了。我估计她不在州内，要是他们开车走的，开的也该是拉威利的车。可是前天，我在那边拐角的运动俱乐部前面碰到了拉威利，他说他不知道克丽斯托在哪儿。"

金斯利瞟了我一眼，然后拿过一瓶酒、两只彩色杯子。他倒了两杯，先推给我一杯，然后背对着光线，也举起一杯，慢慢地说：

"拉威利说他没跟她一起走，他也有两个月没见过她了，而且完全没跟她联系过。"

我说："你信吗？"

他点点头，眉头拧了起来，将杯子里的酒一饮而尽，然后把杯子推到一旁。我尝了一口我的，苏格兰威士忌，不是太好的那种。

"我信他，"金斯利说，"——当然我也可能错了——可不是因为他信得过，绝对不是。是因为他就是个贱货，睡了朋友的老婆还到处炫耀。能让我老婆抛弃我和他私奔，他得意得很，觉得这才是狠狠地给我来了一下。我知道他什么货色，没有女人根本活不下去，我太知道他了。他给我们开过一阵儿车，麻烦就没断过，总是给公司找事儿。另外，还有这封从埃尔帕索发的电报，我问过他，他何必撒谎呢？"

"她可能把他甩了，"我说，"这可能深深地伤了他的自尊——他可自诩是情圣卡萨诺瓦①。"

---

① 贾科莫·卡萨诺瓦（Giacomo Casanova，1725—1798），极富传奇色彩的意大利冒险家、作家、"追寻女色的风流才子"。18世纪享誉欧洲的大情圣。卡萨诺瓦一生中最为重要的作品当属其穷尽晚年精力创作的《我的一生》（Histoire de ma vie），这部用法语写成的自传式小说讲述了卡萨诺瓦一生中的故事。该词后指"风流浪子""好色之徒"。

金斯利来了点兴致，但也没有太激动。他摇了摇头。"我还是更相信他说的，"他说，"你最好能证明我是错的。我找你，部分也是因为这个。但还有一种比较让人担忧的可能。我在这儿有份很体面的工作，但工作就是工作，我不能有任何丑闻。要是我太太和警察扯上关系，我就得立刻卷铺盖儿走人。"

"警察？"

"她还有个癖好，"金斯利沉着脸说，"我太太有时候会在百货商店里做点小偷小摸的事情。我觉得她只是喝多了，有点自命不凡，但她确实会做这样的事儿。有几次，我们被请到了商场经理的办公室，场面很尴尬。目前我能想办法不让他们起诉，但要是发生在别的城市，尤其要是没人认识她——"他抬起手，使劲儿拍了一下桌子，"她很可能就会进监狱，是不是？"

"她录过指纹吗？"

"她从来没有被逮捕过。"他说。

"我不是这个意思。有时候一些大的百货商店会要求行窃者留下指纹，作为不起诉的条件。不是职业小偷的话，一般不敢再犯，他们还会在保护协会里建立一个惯偷档案。要是指纹达到一定的数量，他们就会来找你算账。"

"据我所知，还没发生过这样的事情。"他说。

"好吧，我觉得我们可以暂时把商店行窃的可能放一放，"我说，"要是她被捕了，警察会查她，就算在她的犯罪记录上用的是'某女'的称呼，他们也可能找到你。当然她要是遇到麻烦了也会求救的。"我用手指敲了敲那封蓝白相间的电报。"这封电报已经发出来一个月了。要是真像你说的那样，这个案子也早该结了。要是初犯的话，她只会受到斥责，判个缓刑而已。"

他又给自己倒了一杯，想要缓缓神儿。"我觉得好受多了。"他说。

"还有很多其他的可能，"我说，"比如她确实跟拉威利走了，只是后来他们分手了。比如她其实跟别的男人走的，电报只是个托词。比如她也可能是一个人走的或者和另一个女人。或者她因为过度饮酒被关在什么私人疗养院接受治疗。或者她遇到了什么我们不知道的麻烦。或者她被人杀了。"

"我的老天，别这么说。"金斯利叫了起来。

"怎么不会呢？你真得想想。我对金斯利夫人有这么一个非常模糊的印象——她年轻貌美，胆大妄为，放荡不羁。她爱喝酒，而且喝了酒就会做危险的事情。她总是相信男人的花言巧语，她很可能随便就和陌生人勾搭上，到头来再被人家骗。对吗？"

他点点头。"说得太对了。"

"她一般身上会带多少钱？"

"她带的管够。她有自己的银行和银行账户。她带多少都有可能。"

"有孩子吗？"

"没有。"

"她的钱你插手吗？"

他摇摇头。"她不怎么打理她的钱——只是存些支票，取钱、花钱。她一分钱都不投资。她的钱跟我没有半毛钱关系，要是你有疑问的话。"他停了停又接着说道："我不是没试过。我也是人，眼睁睁看着两万美元每年都从下水道里流走，连个响儿都没有，只有没完没了的醉酒和一个接一个克里斯·拉威利这类货色的小白脸，真是一点都不好玩。"

"你和她的银行熟吗？能要到她这几个月的支取记录吗？"

"他们不会给我的。我试过，之前我觉得她可能是被绑架了，可他们压根儿就不理会我。"

"我们能搞到，"我说，"而且我们恐怕必须搞到。我是说我们得去失踪人口办公室。你不想去是吧？"

"要是想去，我也不会找你了。"他说。

我点点头，把我的证件收起来装进口袋。"还有更多其他没想到的可能，"我说，"但我会先找拉威利谈谈，然后再去趟小鹿湖。我需要拉威利的地址，你还得写封手信给帮你照看房子的人。"

他拿出一张印有公司抬头的信纸，动笔写了起来，然后递给我。上面写着："亲爱的比尔：兹介绍菲利普·马洛先生查看居所。请带他查看我的房子，并给予一切可能的帮助。你的，德雷斯·金斯利。"

我把信叠起来，放进信封，他已经在信封上写好了地址。"其他几所房子呢？"我问道。

"今年还没人上去过。照看人一个在政府做事，还在华盛顿；另外一个在美国堪萨斯州的莱文沃斯堡训练营，都和他们的太太在一起。"

"我还需要拉威利的地址。"我说。

他没有看我，目光掠过我，落在我头顶高处的一个点上。"在贝城。我知道在哪儿，但我忘了具体地址。弗洛姆塞特小姐会给你的，我想。她不需要知道你为什么需要它。但她可能想知道。对了，刚才你说要一百美元。"

"是的，一百美元，"我说，"刚才你太霸道，我想杀杀你的威风来着。"

他咧嘴笑了。我站起身，扶着桌子停顿了一下，看着他，过了一会儿才说道："你没有隐瞒什么吧——任何重要的事情？"

他看了看自己的拇指。"没有。我什么都没隐瞒。我很担心，很想知道她到底在哪儿。我他妈太担心了。要是有任何消息，随时联系我，白天晚上都行。"

我说我会的。我们握了握手，然后我从狭长凉爽的办公室走了出来，走到弗洛姆塞特小姐的办公桌旁。

"金斯利先生说你可以给我克里斯·拉威利的地址。"我看着她说道。

她慢条斯理地拿出了一个褐色的皮质通信簿，翻了起来。她说话的时候声音有点紧绷着，不是很热情。

"我这儿记的地址是贝城，牵牛星街 623 号，电话是 12523。拉威利先生不在我们这儿已经有一年多了。他也可能搬家了。"

我谢过她，朝门口走去。到门口的时候又回头看了一眼，她一动不动地坐着，双手扣在桌前，呆呆凝视着前方，面颊上现出几块红晕，目光深邃而又苦涩。

我想，拉威利先生对她来说可不是什么美好的回忆。

第三章

牵牛星街位于一个很深的大峡谷的内侧，在一个 V 形处的边缘，北边是一大片凉爽的蓝色海岸，一直延伸到马里布市的上面，南边悬崖上星星点点散落开的是贝城的滨海小镇，俯瞰着海岸公路。

街道不长，不超过三到四个街区，街道的尽头是一排很高的铁栅栏，后面是一大片圈起来的私有土地。镀金的栅栏后面可以看到树和灌木丛，隐约还可以看见草地和一部分蜿蜒的马路，但是看不到房子。

牵牛星街靠近陆地那一侧的房子都维护得很好，也很气派，而靠近峡谷那一侧的几间平房则不怎么样。铁栅栏拦住了半个街区，剩下的半个街区只有两所房子，相对而立，几乎是面对面。小一点的那所就是 623 号。

我开车经过了它，在街道尽头的半圆处掉了个头，又绕回来停在拉威利家旁边的一块空地前。他的房子盖得比较低，依坡而建，前门比街道稍低，露台在屋顶，卧室位于地下室，车库就像是台球桌角的落袋。深红色的三角梅在屋前的墙上沙沙作响，屋前步道上平整的石头边缘点缀着韩国苔藓。门很窄，栅栏上面有一个尖顶拱，栅栏下面有一个铁的门环，我叩了叩。

什么动静都没有。我又按了按门铃，能听到门铃在里面不远处响了起来，我又等了等，还是没动静。于是我再次叩响了门环，依旧没有人应答。我往回走，一直走到车库，把车库门抬起来一点，里边有辆车，轮胎外侧是白色的。然后我又回到了前门。

这时，一辆漂亮的黑色凯迪拉克跑车从马路对面的车库开了出来，倒了一把，转了个弯，从拉威利家门口经过，却又减慢了速度。一个很瘦的戴着墨镜的人凶巴巴地盯着我，好像我不该出现在这儿。我也冷冷地回敬了他一眼，他继续往前开了。

我又朝拉威利家走去，使劲敲了敲门。这回有声音了。门上的猫眼被打开了，透过栅栏可以看到一个帅气的、眉清目秀的年轻人。

"你可真够吵的。"一个声音说道。

"拉威利先生吗？"

他说他是拉威利先生，问我有什么事情。我把名片从栅栏里塞了进去。一只褐色的大手接过卡片。他那双明亮的褐色眼睛望着我："抱歉，今天不需要侦探。"

"德雷斯·金斯利雇了我。"

"去死吧。"他说，砰的一声关上了猫眼。

我靠在门边，一只手按着门铃，另一只手拿出根烟，在门边的木头上划火柴，门突然开了，一个大个子出现在我面前。他穿着游泳裤，踩着一双沙滩鞋，披着一件毛巾布浴袍朝我走来。

我把手从门铃上拿开，冲他笑了笑。"怎么了？"我问他，"害怕了？"

"敢再按一次，"他说，"我把你扔到街对面去。"

"别傻了，"我告诉他，"你知道我要和你谈谈，你也得和我谈谈。"

我从口袋里拿出那封蓝白相间的电报，举到他面前。他拧着眉头看完，咬了咬嘴唇，咕哝道：

"看在上帝的分上，进来吧。"

　　他把门拉开，我经过他，走进一个昏暗但挺舒适的房间。地上铺着杏黄色的中式地毯，看起来不便宜。屋里有几把靠背椅，几个圆筒形状的灯，角落里有一个很大的唱片机，旁边是一个又长又宽敞的浅棕色和深棕色相间的马海毛沙发、一个有铜网的壁炉，上面还有一个白色木头的壁炉架。铜网后面有火，一部分被茂密的曼萨尼塔花挡住了。花有些地方已经变黄了，但还是很漂亮。盘子里有一瓶威使69和几只杯子。一个铜制的小冰桶放在一个低矮的圆形桌子上，桌子是用核桃树节做的，桌上有玻璃台面。这个房间一直延伸到屋后，尽头处有一道平拱门，穿过拱门能看到三个窄窄的窗户，还有几英尺白色铁栏杆的顶端，那是通向楼下的楼梯扶手。

　　拉威利把门关上，坐在长沙发上，从一个铸银盒子里抽出一支烟，点着，然后烦躁地看着我。我坐在他对面，仔细打量了一下他。他完全和照片上一样，相貌出众，体型极佳，四肢健硕。眼仁儿是栗色的，眼白是淡淡的灰白色。头发很长，太阳穴处有点卷。棕色的皮肤看不出花天酒地的影子。绝对是块儿好身板儿，但也就仅此而已。我能理解为什么那么多女人对他着迷。

　　"不如告诉我们她在哪儿，"我说，"无论如何我们总会找到她的，要是你肯说，我们也不会再来烦你。"

　　"我可犯不着为一个探子心烦。"他说。

　　"不，一个探子就够你烦的了。谁都不想招惹上私家侦探。因为他不达目的决不罢休，而且什么脸色没看过。他可是别人花钱雇来的，雇多久就会烦你多久，也没什么特别的。"

　　"听着，"他说，一边向前靠，一边拿烟头指着我，"我知道电报上写了什么，都是胡说八道。我没和克丽斯托·金斯利去过埃尔帕索。我很久没见过她了——在电报发出前很久就没有见过了。我跟她没联系。我跟金斯利说过了。"

"他为什么要信你？"

"我为什么要撒谎？"他看起来很吃惊。

"为什么不呢？"

"听着，"他认真地说，"可能在你看来是这样，但你不了解她。金斯利根本拿她没办法。要是他不喜欢她那样，他是有补救的办法的。这种自以为是的丈夫真让人恶心。"

"要是你没和她去过埃尔帕索，"我说，"她干吗发这封电报？"

"我怎么知道。"

"你肯定知道点什么。"我说。我指着壁炉前边的那些曼萨尼塔花。"这是你从小鹿湖带回来的吗？"

"这儿的山上到处都是这种花。"他轻蔑地说。

"可这儿的不会开得这么茂盛。"

他笑了："告诉你，五月的第三周我上去过，我猜你也查得出来。那就是我最后一次见她了。"

"你压根儿就没想过娶她是吗？"

他吐出一口烟，声音穿过了烟雾："想过，是的。她有钱。钱总是很有用。但要拿到她的钱可没那么容易。"

我点点头，没说话。他望着壁炉前的曼萨尼塔花，靠在沙发上，朝空中吐了一口烟，露出棕色喉咙上坚实的线条。过了一会儿，我还是没说什么，他显得有点焦躁。他瞥了一眼我给他的名片，说道：

"所以你专门给人干这种挖狗屎的活儿？很擅长是不是？"

"不是什么光鲜的活儿，多少挣一些吧。"

"反正都不是什么干净钱。"他说。

"听着，拉威利先生，你和我无冤无仇，不用这么大动肝火。金斯利先生觉得你知道他太太在哪儿，但是不肯告诉他。要么你在打什么鬼算盘，要么有什么不为人知的原因。"

"他更喜欢哪一种？"这个帅气的棕色皮肤的男人讥讽道。

"他无所谓，只要知道她在哪儿就行。他根本不关心你和她干了什么，去了哪儿或者她要不要离婚。他只想确认一切正常，她没遇上什么麻烦就行。"

拉威利突然来了兴致。"麻烦？什么麻烦？"他舔了一下棕色的嘴唇，仿佛在咀嚼这几个字的意思。

"也许你不会知道他指的是什么麻烦。"

"告诉我，"他请求道，语气有点挖苦，"我就想听听看，还有什么我不知道的麻烦。"

"好吧，谢谢配合。"我跟他说，"没空谈正事儿，倒有空聊八卦。要是你觉得只是因为你和她一起出了州，我们就抓着你不放，那就想错了。"

"你给我滚，你以为你很聪明是不是。除非你能证明我交了过路费，否则这根本说明不了什么。"

"这封电报肯定有问题。"我固执地说。这话我之前似乎也说过，而且不止一次。

"这可能就是个恶作剧。她这种小把戏多了去了，有时候很愚蠢，有时候很邪恶。"

"我不明白这封电报有什么把戏。"

他小心翼翼地在桌子的玻璃台面上磕了磕烟灰，迅速瞟了我一眼，很快又把目光移开了。

"我放了她鸽子，"他慢慢地说，"她可能是想报复我。有个周末我本该上山去找她，结果没去。我只是——受够她了。"

我说："啊哈。"盯着他看了很久。"我可不爱听这个，不如你告诉我你和她的确去了埃尔帕索，只不过吵了一架，分手了，是这样吗？"

他古铜色的皮肤下泛起了红晕。

"该死的，"他说，"我跟你说过了，我哪儿都没跟她去，哪儿都没去，你他妈忘了吗？"

"我信的话就不会忘了。"

他俯身掐灭了烟，站起身，不慌不忙的样子，把浴袍的带子又拉紧了一些，走到沙发的那头。

"好吧，"他不客气地说道，"你走吧，不送，真是受够了你的三流废话。你在浪费我的时间，还有你的——要是你的时间也值点钱的话。"

我站起身冲他笑笑。"没有浪费太多时间，刚好完成分内的职责。不过，比方说，不会是你们在商店闹了点不愉快吧，比如袜子或者珠宝柜台。"

他仔细瞧了瞧我，垂下眉毛，嘴唇收紧。

"我不知道你在说什么。"他说。但我听得出他在琢磨什么。

"我想知道的就是这些，"我说，"谢谢。顺便问一下，你现在在做什么——从金斯利那儿出来以后？"

"关你他妈的什么事？"

"不关我事儿。不过当然我也能查到。"我说，稍微往门口走了几步，几小步而已。

"我现在没工作，"他冷冷地说，"我随时可能会去海军服役。"

"很适合你。"我说。

"是的。拜拜，偷窥狂。不用再来了。我不在家。"

我走到门口，想要拉开门，可是门下面别住了，海边潮湿的缘故。我终于拉开门的时候，又回头看了看他。他正眯着眼睛看我，像一座沉默的火山。

"我可能还会回来，"我说，"不过可不是来聊八卦的，一定是因为我发现了什么，必须和你谈谈。"

"你还是觉得我在撒谎是吗？"他恶狠狠地说。

"我觉得你心里有事儿。我见过的人太多了，不可能看错。也许和我没什么关系，要是有关系的话，可能还得劳烦你再把我轰出去一回。"

"非常乐意。"他说，"下次记得带个朋友来，好把你送回家。万一你一跤把脑仁儿跌出来呢。"

接着，无缘无故地，他冲着脚前边的地毯啐了一口痰。

这太出乎意料了，就好像剥开伪饰的外衣看到不堪的嘴脸，又或者听到一个看似端庄精致的女人开始骂脏话。

"拜拜了，帅哥。"我说，任他站在那里。我关上门，使劲儿拉一下才算关紧，沿着通向街道的小径走了上去。我站在路边，看着马路对面的房子。

第四章

　　那是一所很宽敞的房子，但也算不得深宅大院，粉红色的灰泥墙已经褪了色，变成了更加宜人的淡粉色，窗框是暗绿色的。房顶铺着青瓦片，圆边、比较粗粝的那种。前门的门框上镶着五颜六色的马赛克瓷砖，门前还有一个小花园。花园前边有一排低矮的灰泥墙，墙头有一排铁栅栏，由于海边空气潮湿，已经开始锈蚀了。左边的墙外是一个三车大小的车库，院子里有一扇车库门开着，一条水泥小径从那儿一直延伸到房子的边门。

　　门柱那儿立着一块铜板，上面写着"阿尔伯特·S.阿尔默医学博士"。

　　我站在那儿望着街对面，刚才那辆凯迪拉克轰隆隆地绕过街角，沿着街区开了过来。它放慢速度，开始把方向往外打，好转弯进车库。显然我的车刚好挡在中间，于是那辆车又开到路的尽头，装饰性的铁栅栏前边有一块儿加宽的空地，它在那儿掉了个头，慢悠悠地开了回来，开进了马路对面的第三个空车位。

　　一个很瘦的戴着墨镜的男子沿着人行道走到房子跟前，提着一个两提手的医用手提包。走到一半的时候，他减慢速度看了看马路对面的我。我继续朝我的车走去。到房子门口，他用钥匙开门的时候，又看了看马路对面的我。

我钻进我的克莱斯勒，抽了根烟，在考虑要不要雇个人去跟踪拉威利，我想了想觉得没必要，至少目前还不需要。

阿尔默医生刚进门，门边比较低的那扇窗的窗帘就动了一下，一只瘦削的手把窗帘拉开，窗户隐约透出些光。窗帘拉开了一会儿，然后又合上了。

我望着拉威利家门口的马路，从这个角度可以看到他的阳台入口通向一段漆木台阶，台阶下面是一段水泥坡道和水泥台阶，一直延伸到下面的石板路上。

我又看了看对面的阿尔默医生，漫不经心地想着他认不认识拉威利，熟不熟悉。他可能认识他，因为这个街区就他们这两所房子。但因为他是医生，他可能不会告诉我什么。我正张望着，刚才被拉开的窗帘现在完全敞开了。

之前那三个掩着的窗户中，中间那扇没了遮挡。阿尔默医生站在窗户后面瞪着我。他的脸很瘦削，眉头锁得紧紧的。我往车窗外抖烟灰的时候，他突然转过身，坐到一张桌前。他的两提手的医用手提包被放在他面前的桌子上。他一动不动地坐着，只有手指在不断敲击手提包旁边的桌子。他点了根烟，使劲儿甩了甩火柴，大步走向窗户，又看了看窗外的我。

这很有意思，这么说是因为他是个医生，医生一般都是最不好奇的人。他们实习的时候就把这辈子的秘密都听完了。可阿尔默医生似乎对我很感兴趣。其实应该说不是感兴趣，而是感到我打扰到了他。

我低头启动车子，接着拉威利家的前门开了，我松开手，靠回到椅背上。拉威利轻快地从他家的步道走上来，瞥了一眼街道，转身走进车库。他跟刚才穿得一样，胳膊上搭着一条粗布浴巾和一条航海毛毯。我听见车库门升了上去，车门开了又关，接着是引擎发动的噗噗声。车子从路边的陡坡上往后倒，车屁股飘出白色的废气。这是一辆漂亮的蓝色小敞篷车，车顶折了下去，刚好露出拉威利油光发亮的脑袋。他戴着一副时髦的太阳镜，眼镜边框有很粗的白边。敞篷车猛地开过了街区，从街角拐了出去。

我觉得没什么好看的。克里斯托弗·拉威利先生即将前往广阔的太平洋的尽头，晒着日光浴，让姑娘们欣赏他的好身段，她们可不想错过这样的风景。

我收回目光，看着阿尔默医生。他在打电话，没有说话，只是在听，听筒贴着耳朵。他抽着烟，在等着什么。然后他猛地向前一靠，应该是听筒里又有了声音，他听了一会儿，然后挂了电话，在面前的便笺本上写了点儿什么。接着，他的桌上出现了一本黄边的大书，他翻到中间，一边翻还一边迅速地瞟了一眼窗外的克莱斯勒。

他翻到了要找的那页，俯下身，书页间瞬时烟雾缭绕。他又写了些什么，把书推开，又抓起电话，拨了号，等了一会儿，开始说话，说话的速度很快，头低着，手里夹着烟在空中比画着。

然后他挂了电话，向后一靠，坐在那儿陷入了沉思，低垂着眼睛望着桌子，但还不忘时不时向窗外瞧瞧。

他在等什么。不知道为什么，我决定和他一起等。我知道医生会打很多电话，跟很多人说话，医生会看窗外，医生会皱眉，医生会紧张，医生会想事情，医生会有压力，医生也是人，生来也会悲伤，要对抗残酷的生活，和我们一样。

但是我觉得这个医生的举止有些奇怪。我看了看表，该去吃点什么了，但我又点了支烟，没有动。

大约过了五分钟。一辆绿色的小轿车从街角疾驰而过，向街区下面开去。车子向前滑行，停在阿尔默医生的房子前边，车子上高高的天线随着发动机微微颤动。一个沙金色头发的大个子男人出来了，朝阿尔默医生家的前门走去。他按了门铃，俯身在台阶上划火柴，然后转过头，正正地看着我坐的地方。

这时门开了，他进去了。一只看不见的手拉上了阿尔默医生书房的窗帘，把房间遮住了。我坐在那儿，盯着窗帘上太阳晒出来的印记，又等了好一阵子。

前门又开了，大个子从台阶上溜达下来，穿过大门，把烟蒂掸到远处，抓了抓头发，耸了耸肩，捏了捏下巴，向斜对面走去。他不慌不忙地走着，周围很安静，脚步声很清晰。阿尔默医生的窗帘又被拉开了，医生站在窗前朝外面看。

突然，一只满是雀斑的手搭在我胳膊下面的车窗框上。顺着手望去是一张满是沟壑的大脸。他的眼睛是冰蓝色的，他死死地盯着我，用浑厚嘶哑的声音对我说：

"等人吗？"

"不知道，你说我吗？"

"我问你几个问题。"

"好吧，我真倒霉，"我说，"原来他刚才唱的是这一出。"

"谁？哪一出？"他瞪着我，眼神很不客气。

我用烟指了指街对面。"那个紧张兮兮的家伙，还有电话，打给警察的吧，他可能先从汽车俱乐部搞到我的名字，然后在电话簿上查了一下。怎么了？"

"驾照拿出来。"

我也瞪了他一眼："你们执勤的时候都不开警报吗？还是就靠耍横？"

"要是非得耍横，会让你知道的伙计。"

我俯下身，转动钥匙，启动车子。发动机着了，开始空转起来。

"把火熄了。"他恶狠狠地说，脚踩在踏板上。

我又把火熄了，往后一靠，看着他。

"妈的，"他说，"你非得要我把你拖出来扔地上是吧？"

我拿出钱包，递给他。他抽出里边的胶片夹，看了看我的驾照，又翻过来看了看背面，那是我另一张执照的照片。他鄙夷地把驾照塞了回去，把钱包又还给了我。我把钱包放到一边。他伸出手，露出一枚蓝金色的警徽。

"德伽莫，警督。"他低声冷冰冰地说道。

"幸会，警督。"

"少废话。说，你干吗在这儿打探阿尔默医生家。"

"不是这么回事儿，我可没有打探阿尔默医生家，警督。我从来没听说过阿尔默医生，也不知道干吗要打探他。"

他转过头啐了一口吐沫。今天我遇上的都爱吐唾沫。

"你小子骗谁呢？这儿可不欢迎鬼鬼祟祟的人，市里也没这样的人。"

"是吗？"

"是的，坦白说吧，除非你想到局子里玩玩，好好出把汗。"

我没吭声。

"你是她的人雇的吧？"他突然问道。

我摇了摇头。

"上次那个挑事儿的最后被弄去修路了，宝贝儿。"

"我猜还不错吧，"我说，"我只是猜猜，他挑什么事儿了？"

"他想敲竹杠。"他有点不情愿地说。

"真可惜我不知道怎么敲他的竹杠，"我说，"他看起来挺好骗的。"

"油嘴滑舌可没什么好处。"他说。

"好吧，"我说，"这么说吧。我不认识阿尔默医生，从来没听说过他，也没兴趣打听他。我只是来这儿会个朋友，顺道儿看看风景。就算我在这儿有什么别的事儿，也跟你没关系。要是你不信，那就带我到警局去，见见警长。"

他使劲儿踩了一下脚踏板，看起来有点怀疑。"说真的吗？"他慢慢地说。

"千真万确。"

"见鬼，这家伙有点神经，"他突然说道，回头看了看阿尔默医生的房子，"他该去看看大夫了。"他笑了，但笑得很假。他抽回踩在踏板上的脚，抓了抓钢丝一样的头发。

"走吧——滚，"他说，"滚得远远的，省得惹麻烦。"

我又发动了车子，发动机在微微颤动，我说：

"阿尔·诺加德最近怎么样？"

他瞪着我。"你认识阿尔？"

"是的，好几年前他和我一起在这儿办过个案子——就是威克斯当警察局局长那会儿。"

"阿尔现在在宪兵队，那地儿我也想去。"他愤愤不平地说道。他开始往回走，脚后跟甩得很厉害。"滚，趁早滚，别等我改变主意。"他凶巴巴地说。

他大步流星走过街道，再次经过阿尔默医生家的前门。

我松开离合，开车走了。回城的路上，我左思右想，思绪断断续续，阿尔默医生那双清瘦的、神经质的手时不时地浮现在眼前，一直拉着窗帘的边缘。

回到洛杉矶时是中午，我吃了点东西，决定回卡汉加大楼的办公室看看有没有信件。在办公室里，我给金斯利打了个电话。

"我见过拉威利了，"我告诉他，"他说了很多废话来证明他没撒谎。我试着激了激他，但是没得到什么有价值的信息。我还是觉得他们可能吵了一架，然后分手了，他还是想与她和好。"

"那他一定知道她在哪儿。"金斯利说。

"他可能，但也未必。另外，在他家门口还发生了件奇怪的事儿。那条街上只有两所房子。另外那所房子是阿尔默医生的。"我简单跟他说了说刚才非常奇怪的遭遇。

他沉默了一会儿说道："是阿尔伯特·阿尔默医生吗？"

"是的，怎么了？"

"他给克丽斯托看过病，来过几次家里——她以前喝醉酒的时候。他时不时地就给人打针。他太太——让我想想，他太太怎么着了来着？哦，对了，她自杀了。"

我说："什么时候的事情？"

"记不清了。很久以前了。我跟他们没什么交集。你现在打算怎么办？"

我告诉他我要到狮角去，虽然已经有点晚了。

他说还来得及，因为在山上日落要晚一个小时。

我说好，然后我们就挂了。

第五章

　　圣贝纳迪诺在午后的热浪中煎熬着，折射出星星点点的光亮。空气热得能把舌头烫出个泡。我一边喘着粗气一边开车，中间停了好一阵子去买了瓶酒，以防我还没到山上就热晕了。然后我开始爬坡，往克雷斯特莱恩开。十五英里的路，海拔爬升了五千英尺，即便如此也还是很热。又开了三十英里的山路，我到了一个叫作泡泡泉的地方，周围满是松柏。那儿有一个简易的隔板搭建的小店和一个加油站，但已经像到了天堂一样，因为从那儿开始，一路都很凉爽。

　　狮湖大坝的两头各有一个武装的哨兵，中间也有一个。经过的第一个哨兵要我在穿过大坝前关闭所有的窗户。一百码① 开外的地方有条绳子，上面拴着软木浮标，不让游艇靠近。除此之外，战争似乎并没有给狮湖带来什么影响。

　　独木舟漂在蓝色的水面上，划艇的外置发动机突突作响，快艇最引人注目，像是精力充沛的孩子，在水面上划出一道宽阔的泡沫，一个急转，船上的女孩子们都尖叫了起来，她们的手掠过水面。快艇掀起的波浪里，摇摇晃晃的是钓鱼人的倒影，他们花了两美元买了张钓鱼证，正打算从这些没人爱吃的鱼身上赚回那么一毛两毛。

---

① 1 码约等于 0.9144 米。

马路沿着高高的、露出地面的岩层向下延伸，一直到了一片杂草地，草地里点缀着野鸢尾花、白紫色鲁冰花、喇叭花、楼斗花、薄荷和火焰草的残枝败叶。碧空万里，黄色的松树高耸入云。地势再次变低，和湖水齐平，满眼都是穿着花哨的宽松裤子的姑娘们，她们戴着束发网和发卷，拿着土里土气的手帕，脚上踩着宽底凉鞋，露着白花花的大腿。人们摇摇晃晃地骑着自行车，小心翼翼地从高速公路上经过，时不时地会有不安的小鸟噗噗地掠过电动踏板车。

距离村子一英里远的地方，有一条小路斜插进高速公路，蜿蜒延伸到大山深处。高速公路标识下面有一块粗糙的木板，上面写着：距小鹿湖还有 1.75 英里。我开了上去。开始的一英里路，能看到山坡上星星点点地散落着一幢幢小木屋，再往前走就什么都没有了。不久，另外一条非常狭窄的路出现在眼前，又看到一块粗糙的路牌：小鹿湖。私家道路。禁止穿越。

我拐上这条路，小心地爬行在巨大的、光秃秃的花岗岩中，经过一个小瀑布，又穿过一片迂回曲折的树林，树林寂静无声，里面有黑橡树、铁树和常绿灌木。一只蓝羽鸟在树枝上凄厉地叫着，一只松鼠一边对着我骂骂咧咧，一边用爪子愤怒地砸着手里的一颗松果。一只紫红色顶的啄木鸟停下了在黑暗中的摸索，用一只圆溜溜、亮晶晶的眼睛盯了我很长时间，然后躲到树干后面，用另一只圆溜溜、亮晶晶的眼睛继续盯着我。接着，我来到一扇由五根木条钉成的栅栏门前，又看到一块路牌。

门的那一边，小路在林间向前蜿蜒了几百码，突然，树林掩隐中一片椭圆形的湖水跃然眼前。湖边乱石林立，野草丛生。远看，湖水就像落在一片卷曲叶片上的露珠。湖水近处是一个简易的水泥大坝，大坝上拉了一条绳子作扶手，大坝边上立着一架古老的水车。附近有个小木屋，用当地松木建的，还带有树皮。

沿着那条长长的滨湖路，或直接穿过简易大坝上那一小截路，能到达一座坐落在水面之上的巨大的红木屋。远处还有另外两所独幢的木屋。三所房子都锁着，非常寂静，窗帘也都拉着。那所大木屋的百叶窗是橘黄色的，面湖的那边还有一扇十二窗格的窗户。

湖的另一头有一个码头和一个亭子。一个歪歪斜斜的木头指示牌上，白色的大字写着：基尔卡雷营地。我搞不清牌子指的是哪里，于是下车朝最近的木屋走去。木屋后面的什么地方有斧子的砰砰声。

我砸了砸木屋的门，斧子声停了下来，从哪里传来了一个男人的喊声。我找了块石头坐下，点了根烟。木屋的角落里传来了脚步声，有点凌乱。那是一张风吹日晒的脸，皮肤黝黑黝黑的，他的手里拿着一把双刃斧。

他很结实，但不高，走路的时候有点跛，每走一步右腿都有点往外拐，会浅浅地在地上画个圈。他的下巴也是黝黑黝黑的，胡子没刮，蓝色的眼睛里目光很平和，灰白色的头发在耳边打起了卷，真该剪了。他下身穿着蓝色丹宁牛仔裤，上身是一件敞着的蓝色衬衫，露出古铜色的结实的脖子。

嘴角叼着一根烟，他冷冷地说道：

"什么事儿？"

"你是比尔·切斯吗？"

"是。"

我站起来，从口袋里拿出金斯利先生的手信，递给他。他眯着眼看了看，咚咚咚地回到屋子里面，出来的时候鼻子上架了副眼镜。他仔仔细细地看了两遍，然后把信放进衬衫口袋，系上了口袋的扣子，伸出手说：

"幸会，马洛先生。"

我们握了握手，他的手摸起来就像是木锉。

"您想看看金斯利先生的房子是吧？很高兴为您服务。看在上帝的分儿上，他不是要卖吧？"他平静地看着我，冲着湖对面指了指。

"有可能，"我说，"加州现在什么都能卖。"

"可不是吗。那就是他的——红木屋，盖的时候用了很多多节松木，屋顶是复合木的，石基石柱，全套卫浴，全屋窗帘都是直贡呢的，大壁炉，大卧室里还有油炉——伙计，春天和秋天都用得着——那可是煤气柴火两用的油炉，牌子还是朝圣者的呢，一水儿的好东西。花了八千多，就这么个山上的木屋。还有个私人水库呢。"

"有电灯和电话吗？"我友好地问道，想跟他套套近乎。

"有电灯，没电话。现在弄不了。要是弄的话，拉线进来可要花不老少钱呢。"

他那双蓝眼睛依旧淡定地看着我，我也看着他。他的脸看起来饱经风霜，可他看上去还是像个酒鬼。他的皮肤粗糙发亮，上面青筋暴突。他的眼睛炯炯有神。

我说："房子现在有人住吗？"

"没。前几周金斯利夫人回来过，又下山了。我猜她随时可能回来。金斯利先生没说吗？"

我一脸吃惊。"他怎么会说，难道她和房子一起出售？"

他先皱了皱眉，又回过头哈哈大笑，笑声洪亮得就像是拖拉机回火了一样，瞬间划破了林间的寂静。

"老天啊，太逗了！"他喘着气说，"难道她和房子一起……"他又喊了一声，然后立刻住嘴了。

"是的，这房子很好。"他说，有点警惕地看着我。

"床舒服吗？"我问道。

他靠过来，笑了。"你想在脸上挂点彩吧？"他说。

我瞪着他。"这个我可不感冒，"我说，"我还真不想。"

"我怎么会知道床舒不舒服？"他怒气冲冲地说，稍微欠了欠身，好用右手给我来上一拳，必要的话。

"我不知道你怎么会不知道，"我说，"我不会逼你说，我也能查到。"

"当然，"他愤愤不平地说道，"你以为我看不出你是个探子。哪个州我没待过，什么探子没见过，我打一枪换一个地方。你脑子坏了吧伙计。金斯利脑子也坏了，雇个探子到这儿来，看看我是不是穿他的睡衣了，是吧？听着，你个探子，我是缺条好腿，可我不缺女人——"

我伸出一只手，心想他可别气得连我的手都拽下来扔湖里去。

"你想多了，"我跟他说，"我到这儿来可不是来打探你的私生活的。我以前没见过金斯利先生，今天早上第一次见。你这是怎么了？"

他垂下眼睛，恶狠狠地用手背抹了一下嘴，很用劲儿，像是要弄伤自己。接着他把手举到眼前，紧紧握住，又打开，他盯着自己的手指，手指有些微微颤抖。

"抱歉，马洛先生，"他缓缓地说，"我昨晚喝高了，在屋顶上过的夜，现在还没缓过劲儿呢。我已经上来一个月了，一直一个人，也没人说话。最近遇到点儿事儿。"

"喝一杯能好点吗？"

他一下来了精神，两眼放光。"你有酒吗？"他问道。

我从口袋里拿出那瓶裸麦威士忌酒，举高了一点，好让他看清瓶盖上的绿色商标。

"这酒好，"他说，"他妈的，真太好了。等我一下，我拿几个杯子，还是你想到屋里喝？"

"就外面吧，风景不错。"

他拖着那条僵腿进屋去了，回来的时候拿着几个小的干酪杯，坐在我旁边的大石头上，浑身透着一股汗臭味。

我拧开瓶盖儿，给他倒了满满一杯，给自己少倒了点。我们碰了碰杯然后喝起酒来。他在舌头上回味了一下，嘴角的一丝苦笑给他的面颊印上了些许光泽。

"这酒太对味儿了伙计，"他说，"我也不知道我为什么要发牢骚。我猜任是谁一个人待在这儿总会闷的。没伴儿，没有真正的朋友，没老婆。"说到这儿他停了一下，眼睛看向一旁，"尤其是没老婆。"

我望着这一小片蓝色的湖水。一条鱼从一块突出的岩石下面一跃而起，一束光线刚好投射在它身上，水面上泛起了阵阵涟漪。一阵清风拂过，松树的树尖轻轻摆动，发出温和的海浪般的声音。

"她走了，"他慢慢地说，"有一个月了。星期五。6月12号。我忘不了那天。"

我愣住了，但很快回过神儿来，给他的空杯子里又倒了些威士忌。6月12号，星期五，正是克丽斯托·金斯利夫人该去镇上参加聚会的那天。

"你肯定不爱听。"他说。然而他暗淡的蓝色眼睛里却满是倾诉的渴望，那么强烈。

"这不关我的事儿，"我说，"但要是说出来能让你好受一点的话——"

他猛地点点头。"有时候两个陌生人碰巧在公园长椅上坐在一起，"他说，"然后他们就开始聊上帝。你遇到过吗？其实平时他们跟最好的朋友都不聊上帝。"

"我遇到过。"我说。

他又喝了点酒，目光掠过湖面。"她挺好的，"他轻轻地说，"就是嘴有些刻薄，但人挺好的。我和穆里尔是一见钟情。我在里弗赛德的酒吧里遇见她的，其实那种地方一般碰不到她这样的姑娘，可我们就这么认识了，还结了婚。我爱她。我知道我太走运了。只是我太垃圾了，真的不配和她在一起。"

我动了一下，表示我在听，但什么也没说，我怕打断他。我坐在那儿，端着酒却没喝，我想喝来着，但他正跟我说掏心窝子的话，我不忍心喝。

他继续忧伤地说："可你知道结婚是怎么回事——不管是谁，过不了一阵子，即便像我这样的，没一处好的人，也想偷个荤，和谁都行。这很糟糕，可婚姻就是这样。"

他看看我，我说我在听。

他一口气又喝了一杯。我把酒瓶递给他。一只蓝羽鸟飞上了一棵柏树，在树枝间跳来跳去，动作很稳健，既没有扑棱翅膀也没停脚。

"确实，"比尔·切斯说，"这儿的乡巴佬差不多都疯了，我也快了。我现在可是坐着享福呢，不用付租子，每个月还有不老少的养老金支票，一半都是战争债券，还娶了这么个人见人爱的金发美人儿，而我竟然一直疯疯癫癫，一无所知。都是我自找的。"他使劲指了指湖对面的红木小屋。在落日的余晖中，小屋变成了暗红色。"就在那个前院，"他说，"就在那排窗户下面，那个招眼的小婊子，在我眼里就是个烂货。天哪，我简直就是个傻子。"

他喝了第三杯，然后把酒瓶放在石头上，从衬衫里摸出一支烟，在大拇指的指甲上划着了一根火柴，急促地吸了几口烟。我张开嘴呼吸，没有发出一点声音，就像躲在窗帘后面的盗贼。

"该死，"他终于开口说道，"我要是想偷腥，也不该吃窝边草，总得换个不一样的，你说是不是。可那个小婊子，和穆里尔一样，也是金色的头发，连身型和体重都差不多，一个模样，连眼睛的颜色都是一样的。可是，伙计，从那以后都变了。是，她很漂亮，可也没比别人漂亮到哪儿去，在我眼里也算不上多好看。那天早上，我在那边烧垃圾，手上正忙活着，和往常一样。然后她从后门过来了，穿着半透明的睡衣，那睡衣太薄了，透得都能看见她淡粉色的奶头。她懒洋洋地说：'来一杯吧，比尔。多好的早晨啊，别干活儿了。'我也太想好好喝一杯了，所以我走进厨房，接过那杯酒，然后一杯接着一杯，后来我就到屋里去了。离她越近她的眼睛就越勾人。"

说到这儿他停了一下，特意看了我一眼。

"所以，你刚才问我床舒服吗，我就恼火了。其实你没别的意思。只是我想起了太多事情。的确——那床我睡过，不要太舒服了。"

他停了下来，刚才说过的话还飘在空中，慢慢地消散，接着是一片寂静。然后他俯身捡起石头上的酒瓶，盯着它，像是在脑子里和它较量了一番。显然，威士忌赢了，和往常一样。他狠狠地喝了一大口，然后用力拧紧瓶盖，像是做了什么重要的事情，又捡起一块石头扔进了河里。

"那天我从大坝那边回来，"他慢慢地说，听上去已经醉了，"我耍了个滑头，以为能瞒过去。我们男人总是会在这种事情上犯错，你说是吧？结果压根儿就瞒不过去。我听着穆里尔数落我，她特别平静，她说我的那些我都不敢想。嘿，是，我还真以为我能瞒天过海。"

他又停下了。"所以她走了。"我说。

"那天晚上，我没在这儿待。我觉得自己太龌龊了，没脸待在这儿，只想喝个烂醉。我跳上福特车，去了湖的北边，和几个跟我一样没用的家伙混在一起，喝了个够，虽然喝得一身臭气，可一点儿也没觉得好多了。一直到早晨四点，我回到家，发现穆里尔已经走了，收拾东西走了，除了书桌上的一张字条和枕头上那点面霜，什么都没留下。"

说着他从一个破破烂烂的旧钱包里抽出一张皱皱巴巴的纸，递给我。是用铅笔写的，纸上有蓝格子，是从笔记本上扯下来的。上面写着：

"对不起，比尔，可我死也不愿意和你在一起了。穆里尔。"

我还给他。"那边儿呢？"我问道，指了指湖对面。

比尔·切斯捡起一块儿扁平的石头，想打个水漂儿，可是没漂起来。

"什么事儿也没有，"他说，"那天晚上她也收拾行李下山了。我再没见过她，也不想再见她。整整一个月，我都没有穆里尔的信儿，音信全无。我完全不知道她到底在哪儿。可能跟什么别的男人在一起吧。希望他比我对她好。"

他起身从兜里拿出钥匙，晃了晃。"所以，要是你想过去看看金斯利的房子，请便。谢谢你听我说这些婆婆妈妈的事情。也谢谢你的酒，给。"他拿起酒瓶，把剩下的酒递给我。

第六章

我们从湖边的斜坡下去，到了大坝的顶部，路很窄。比尔·切斯抓着铁立柱上的扶手绳，甩着那条僵硬的腿走在前边。有那么一次湖水缓缓地打了个转儿，漫过了脚下的大坝。

"早上我会用水车放些水，"他回过头说，"那该死的东西也就这点好处。那是一个摄制组三年前架起来的，他们在那儿拍了个片子。坝那头下边那个小码头也是他们做的。他们建的大部分装置都被拆了拖走了，但金斯利让他们留着那个码头和水车，给这里增加点情调。"

我跟着他走上一段厚重的木头台阶，到了金斯利房子的门廊前。他打开门，我们走进屋，屋子静悄悄、暖烘烘的，因为一直锁着，可以说有点热。光线透过百叶窗，在地面上投下一道道细长的影子。起居室很敞亮，铺着印度地毯，家具是山区风格的，都带有衬垫，而且有金属包边。印花棉布的窗帘，素色的硬木地板，灯有好几盏，角落里还有一个小小的嵌入式酒吧，配了几个圆凳子。房间很整洁，也很干净，看起来不像是仓促离开的样子。

我们走进卧室。有两间卧室是双床房。另一间有一张大床，奶油色的床罩上有一个毛线缝的紫红色的图案。这是主卧室，比尔·切斯说。涂了清漆的梳妆台上摆着一些洗漱用品，还有些翠绿色的珐琅和不锈钢质地的配饰，再就是些零零碎碎的化妆品。有几个冷霜的瓶子上印有吉勒雷恩公司波浪形的金色商标。卧室有一面全是推拉门的柜子。我拉开一个柜子，探头往里瞧了瞧，全是女式度假的衣服，我用手翻了翻，比尔·切斯有点不高兴地看着我。我把门滑上，拉开了下面一个很深的鞋柜，里面少说有六七双鞋还是崭新崭新的。然后我关上抽屉，直起身。

比尔·切斯杵在我面前，下巴扬起，双手叉腰，手上的皮肤很粗糙，骨节突出。

"你翻这些女人的衣服干吗？"他生气地问道。

"原因很多，"我说，"比如金斯利太太从这儿离开以后并没有回家。他丈夫没再见过她。他不知道她在哪儿。"

他放下拳头，慢慢地搓着手。"你还真是个探子，"他气冲冲地说，"第一感觉准没错。我还说了那么多。伙计，我刚才说的可都是掏心窝子的话，我他妈真是太聪明了！"

"但凡别人能保守的秘密，我也可以。"我说，然后绕过他走进厨房。

厨房里有一套很大的绿白相间的组合炉灶，一个上了漆的黄松水槽，阳台入口处有一个自动热水器。穿过阳台，厨房的另一边是一个明亮的早餐室，有很多扇窗，还有一套很奢华的塑料餐具。餐具架也是五颜六色的，上面放着彩色的盘子、杯子和一套锡镴制的餐碟。

一切都井然有序。沥水架上没有脏杯子、脏盘子。周围也没有脏酒杯或是空酒瓶。没有蚂蚁，也没有苍蝇。不管过去德雷斯·金斯利太太的生活有多放纵，这次她走的时候可没像往常那样留下一片"格林威治村"①一样的狼藉。

---

① 格林威治村：美国纽约市西区的一个地名，住在这里的多半是作家、艺术家等。格林威治村是在1910年前后在美国形成的，那里聚集着各种各样的艺术工作者、理想主义者甚至工联分子，他们大都行为乖张、和世俗格格不入。

我回到起居室，又从门廊出来，等着比尔·切斯锁门。锁好门，他转过身，脸上还是一副不高兴的样子。我说：

"我可没请你把心掏出来给我看，但我也没拦着你。金斯利不需要知道他老婆和你那档子事儿，除非还有什么事情我不知道。"

"去你妈的。"他说，还是那张臭脸。

"好，随你骂。有没有可能你老婆和金斯利老婆一起走的？"

"怎么可能？"他说。

"你走了，借酒浇愁去了，她们可能吵了一架，又和好了，相拥而泣。然后也许金斯利老婆带着你老婆一起下山了。她总得坐车下山对吧？"

这听起来很荒唐，但他很认真地想了一下。

"不，穆里尔从来不会找谁去抹眼泪，她总是有本事把别人弄哭。即便她真的需要安慰，也不会找这个小婊子。要说车，她自己有辆福特。她开不了我的车，我的腿不好使，我的车的操作杆都改装过了。"

"只是这么想了一下。"我说。

"别想了。"他说。

"你随便就能跟陌生人掏心窝子，不过脾气可够暴的。"我说。

他上前一步。"想找事儿是不是？"

"听着，伙计，"我说，"我在努力证明你其实是个好人。帮帮忙好吗？"

他使劲吸了一口气，垂下手，松开攥紧的手指，很无助的样子。

"伙计，看来跟谁我都没法儿愉快地相处了，"他叹气道，"想绕着湖走回去吗？"

"当然，要是你的腿还行。"

"以前走过好几回呢。"

我们并肩走着，像两只友好的小狗。就这样一路走了五十码。路面高过湖面，两侧都是高高的岩石，宽度刚够过一辆车。距离湖的尽头一半远的地方还有一座小一点的木屋，建在岩石上。第三座木屋在最远处，坐落在一片比较平坦的地面上。两所房子都锁着，看起来都空了好久。

过了一两分钟比尔·切斯说："那个小婊子真的跑了？"

"似乎是这样。"

"你真的是个警探，还是只是个包打听的？"

"只是个包打听的。"

"她跟别的男人跑的？"

"我觉得有可能。"

"肯定是这样。金斯利应该能猜到。她男伴儿很多。"

"在山上吗？"

他没回答。

"有没有一个叫拉威利的？"

"我怎么知道。"他说。

"这个人金斯利先生也知道，这不是什么秘密，"我说，"她从埃尔帕索发了封电报，说她要跟拉威利去墨西哥。"我从口袋里翻出电报给他看。他从衬衫上摸索出眼镜，然后停下来开始读电报。看完，他把电报还给我，又把眼镜摘掉，望着蓝色的湖面。

"这算是我告诉你的小秘密吧，作为交换。"我说。

"拉威利来过一次。"他慢慢地说。

"他承认他几个月前见过她，可能就是在这儿。但他说从那以后就没见过了。我不知道该不该信他。没理由信，也没理由不信。"

"那她现在没跟他在一起？"

"他说没有。"

"我觉得她才不会把结婚当个事儿，"他平静地说，"到佛罗里达那种地方度个蜜月更像她的风格。"

"但你也不确定对吗？你有没有看到她走，或者有没有听到什么可靠的消息？"

"没，"他说，"有的话，我也不见得会告诉你。我不是什么坏人，可也没那么好。"

"谢谢配合。"我说。

"我可不欠你什么，"他说，"去你妈的爱管闲事的。"

"这话我可没少听。"我说。

我们沿着湖边走到头。他站住了，我没有理会他，继续往前走，走到了一个小码头上，靠着码头尽头的木头栏杆。那里像是原来有个亭子，现在只剩下两面呈直角的墙立在大坝对面。墙上有一截大约两英尺高的飞檐，像是护顶的样子。比尔·切斯从我后面走上来，靠在我旁边的栏杆上。

"其实我想说谢谢你的酒。"他说。

"嗯。湖里有鱼吗？"

"有些老不死的鳟鱼。没什么新鲜的。我不怎么钓鱼。我可没那工夫。抱歉我的臭脾气又来了。"

我笑了，靠在栏杆上，望着下面深邃宁静的水面。从上面看下去是绿色的，水里有漩涡，还有一个绿色的什么东西在很快地移动。

"老爷子在那边，"比尔·切斯说，"看看那老家伙的块头，那么胖，真不害臊。"我看到水下面有一截路面，我问他是干什么用的。

"以前坝没有起来的时候是个码头，现在水位提升了，就有六英尺被淹在了下面。"

一只平底船拴在码头柱子上，拴船的绳子已经磨损了。它静静地停在水中，轻轻地摆动。周围很安静，阳光很好，那是一种城市里没有的安静。我可以在那儿坐上几个小时，什么也不想，彻底忘了德雷斯·金斯利、他老婆，还有他老婆的男伴儿们。

　　突然，我面前的水面发出很大动静，比尔·切斯喊了起来："快看那边！"声音像深山里的炸雷一般。

　　他粗糙的手指嵌入我的胳膊，真要命。他大半截身子都探出了护栏，像潜鸟一样审视着水面。虽然他的皮肤黝黑，但仍能看出他面色发白。我顺着他的目光朝水下那个台子的边缘望去。

　　在那截泡在水里的绿色木架子的一头，似乎有什么东西慢悠悠地从暗处浮了上来。那个漂浮物若隐若现，一会儿露出水面，稍做停顿，一会儿又从木架子下面消失得无影无踪。

　　那玩意儿看起来像极了人的胳膊。

　　比尔·切斯直起身，转身沿着码头咚咚咚地往回走，在一堆乱石前俯下身，喘着粗气，从我这里可以很清晰地听到他喘气的声音。他捡起一块石头，举到胸前，从码头上走回来。那石头得有一百磅①重，他颈部棕色的皮肤绷得紧紧的，脖子上暴出根根青筋，好像帆布下的绳索。他紧咬着牙关，牙齿间嘶嘶地出着气。

　　他走到码头尽头，站稳了，把石头高高地举起来，停了一会儿，望着水下，估算着什么。突然，嘴里发出一声闷响，他踉踉跄跄地往前走了几步，狠狠地撞在护栏上，护栏剧烈地摇晃起来，那块大石头被砸进了水中。

　　溅起的水花把我俩都淋湿了。那块石头不偏不倚地砸中了水下那块木板的边缘，几乎正中我们看见的那个上上下下的漂浮物。

　　水被搅浑了一阵子，过了一会儿涟漪才渐渐散去，只剩中间一丝白色的泡沫，水下传来很闷的声音，像是木头断了，声音很遥远。突然，水面上冒出一块老朽的木板，露出锯齿状的一端，足足有一英

---

① 1 磅约等于 0.454 千克。

尺，接着又沉了下去，漂走了。

水面平静了下来。这时，有什么东西浮了上来，不是木板。它慢慢地，简直可以说是优哉游哉地浮了上来，那是一个深色的扭曲的东西，一边在水里徐徐翻滚，一边慢慢地浮了上来。那玩意儿不经意间轻轻划破水面，不紧不慢地。我看出那是一件羊毛衫，黑色的，湿透了的羊毛衫，还看见一件皮坎肩，比墨汁还黑，一条便裤，接着是一双鞋，鞋和裤边之间有什么东西鼓出来了，看起来有点恶心。还看见一撮亚麻色头发横在水里，停留了一小会儿，好像被谁存心放在那儿，然后又打了个转儿，缠到了一起。

那玩意儿又打了个滚儿，水面上隐约看到一只胳膊，胳膊的那头是一只肿胀的手，可怕的手。接着是一张脸，倒不如说是一团膨胀的、烂泥状的、灰白色的东西，没有眼睛，没有嘴巴，看不出任何面部特征。简直可以说是一块灰面疙瘩，或者是一个长着头发的怪物。

一串笨重的绿宝石项链下面像是人的脖子，项链的一半已经嵌到了肉里，一些闪闪发光的东西把这些巨大而又粗糙的绿宝石串到了一起。

比尔·切斯抓着扶手，手指关节上的肉都磨秃了。

"穆里尔！"他喊道，声音一下子沙哑了，"我的主啊，是穆里尔！"

他的声音听起来有些遥远，像是翻山越岭，穿过了一片浓密的森林才抵达这里。

第七章

　　警察局局长的办公室很简陋，办公室的窗子后面有个柜台，柜台的一头堆着许多文件夹，都落满了灰尘。办公室门的上半部分是玻璃，玻璃上用斑驳的黑色油漆写着：警察局局长、消防队队长、镇治安官、商会。在玻璃下方角落的是美国劳军联合组织的名牌和红十字会的徽章。

　　我走进去，柜台后的角落一边是圆腹烤炉，另一边是活动书桌。墙上挂着一幅巨大的蓝色地图，是城镇地图。地图旁边有块木板，上面有四个钩子，其中一个挂着一块方格纹毛毯，破破烂烂，满是补丁。落满灰尘的文件夹旁边还有个柜台，柜台上放着一只普通的弹簧笔、一些用过的吸墨纸，和一瓶污迹斑斑、黏糊糊的墨水。桌子旁边的墙上全是醒目的电话号码，像是小孩儿写的，看得出写的时候很使劲儿，大概会永远留在上面了。

　　书桌旁的木头扶手椅里坐着个男人，腿搭在木板上，两只脚一前一后，像踩在滑雪板上一样。他的右腿边有个痰盂，痰盂很大，可以盘进一条软管。他的头上戴着一顶汗渍斑斑的宽边帽。他的手很大，看上去很光滑，交叉着，很惬意地放在肚子上。下身穿着一条卡其色的裤子，看上去有些年头了，已经被洗得很薄。衬衣和裤子很配，只是显得更旧一些。他没打领带，扣子系得很结实，紧紧地裹住了他的粗脖子。他的头发是灰褐色的，只有太阳穴那里有一点残雪的颜色。他基本是靠左坐着，因为右屁股兜有个手枪皮套，皮套里有一只点45口径的手枪，露出来半英寸的样子，抵着他坚实的后背。他左胸膛的星星徽章有点弯曲了。

他的耳朵很大，眼睛看起来很友善，嘴巴在慢慢地嚼着什么，看起来像一只对人毫无威胁的松鼠，只是没松鼠那么紧张。我很喜欢他。我靠着柜台看着他，他也看着我，点了点头，把半品脱①烟液吐进右腿旁边的痰盂，痰盂咚地响了一声，这让我觉得有点恶心。

我点了根烟，四下看去，想找只烟灰缸。

"就地上吧，伙计。"这个大块头男人友好地说。

"你是巴顿警长？"

"治安官、副警长。跟法律有关的都归我管。我最近还在竞选。有几个厉害的对手，这次我可能赢不了。每个月八十块呢，有睡觉的地儿，柴火和电也管。在这深山老林里可不是小数目了。"

"没人赢得了你，"我说，"你就快名扬四海了。"

"真的吗？"他面无表情地说，又吐了一口烟液，简直是糟蹋了那痰盂。

"是的，要是小鹿湖也归您管的话。"

"金斯利家。当然。怎么了？"

"湖里有具女尸。"

他吓了一大跳，用手挠了挠耳朵，抓着扶手直起身，熟练地用脚把椅子往后一踢。他个子够大的，看着很结实，甚至胖得有点可爱。

"我认识吗？"他有些担心地问道。

---

① 1 美制品脱约等于 473 毫升。

"穆里尔·切斯。我猜你认识。比尔·切斯的太太。"

"是的，我认识比尔·切斯。"他的语气变硬了一点。

"看起来像是自杀。她留了张字条，从字条上看，她只是离家出走。不过也可能是遗书。她的样子不太好看，水里泡的时间太长了，看样子有一个月了吧。"

他抓了抓另一只耳朵。"怎么搞的？"他紧紧地盯着我的脸，非常从容冷静，想从上面看出些端倪。他看起来一点也不着急。

"一个月前他们吵了一架。比尔跑到湖的北岸去了，待了几个小时，回来的时候她已经走了，然后就再没见过她。"

"我知道了。你是谁，小伙子？"

"我叫马洛，从洛杉矶来的，去查看金斯利的房子。我有一封手信，金斯利写给比尔·切斯的。比尔·切斯带着我沿湖走了走，我们走到那个小码头上，就是那些拍电影的人弄的那个小码头。我俩正靠着护栏看风景呢，突然有个什么东西从水下的旧码头，就是以前停船的地方，浮了上来，看起来像是人的胳膊。比尔用大石头砸了一下，尸体就浮出来了。"

巴顿一动不动地看着我。

"你说，警长，我们是不是最好过去看看？比尔那家伙已经快吓疯了，他现在一个人在那儿呢。"

"他还有多少酒？"

"我走的时候没剩多少了。我本来有一品脱，但是我们聊天的时候喝掉了大半瓶。"

他走到那个活动办公桌前，打开一个锁着的抽屉，拿出三四个酒瓶，举到半空中打量。

"这瓶差不多还满着，"他一边说一边拍了拍其中的一个瓶子，"弗农山，够他喝了。镇上不给钱买紧急用酒，我只好四处寻摸些来。我自己可不喝。真是搞不懂怎么会有人那么爱喝酒，离了它就活不了。"

他把酒塞到左屁股兜里，锁上抽屉，抬起柜台的挡板，把一张卡片从玻璃门板的边上塞了进去。出来的时候我看了一眼，上面写着：二十分钟后回来——尽量。

"我先下去找霍利斯医生，"他说，"马上就回来接你。那是你的车吗？"

"是的。"

"我回来的时候你开车跟上。"

他上了一辆有警笛的车，车上还有两个红色的聚光灯、两个雾灯、一个红白相间的防火板，车顶上有一个空袭警报器。后座上有三把斧子、两大捆绳子和一个灭火器。踏板支架上放着备用的汽油罐、机油罐和水罐。轮胎架的备胎上还拴着一个备胎。椅套里的填充物都跑出来了，一团一团脏兮兮的。车身斑驳的油漆上灰尘落了有半英寸厚。挡风玻璃的右下角有一张白色的卡片，上面是黑体的大写字母，写着：

"选民们，请注意！请投吉姆·巴顿警长一票，他老了，干不了别的了。"

他掉转车头从街上开了去，只留下一阵白色的灰尘。

第八章

他在一座白色的大楼前停了下来，大楼位于公交车站的对面。他走进这座白色的建筑，不久就和一个男人一起出来了，那个男人上了车，坐进放着斧子和绳子的后座。警车从街上开了回来，我开车跟了上去。我们沿着主干道往前开，在人群中穿行，满眼尽是各种各样的长裤和短裤、法国水手衫、打着结的印花大围巾、隆起的膝盖，还有鲜艳的口红。穿过村庄，我们开上了一座土苍苍的小山，在一座小木屋前停了下来。巴顿轻轻地按响警笛，一个男人打开门，他穿的蓝外套都褪色了。

"上车说吧，安迪，有要紧事儿。"

穿蓝外套的男人沉着脸点了点头，然后低头回到了小木屋里。再出来的时候，他戴了顶牡蛎灰的猎狮帽，坐进驾驶室，巴顿则挪到了旁边。他大约有三十岁，皮肤黝黑，身手敏捷，看起来就是本地人那种脏兮兮、营养不良的样子。

我们一路开到了小鹿湖，我跟在后面，吃的灰都够做上一盘泥饼子了。我们开到那个五根木条做的栅栏门前，巴顿从车上下来，把门打开，让我们过去，一直开到了湖边。然后他又从车上下来，走到水边，朝那个小码头望去。

比尔·切斯光着身子坐在码头上，头埋在手里。他旁边湿漉漉的木板上有什么东西直挺挺地放在上面。

"我们可以再往前开一段。"巴顿说。

于是两辆车继续往前开，到了湖的尽头，然后我们四个人一起往下走，到了湖边，比尔·切斯背对我们坐着。医生停下了脚步，又剧烈地咳嗽起来，他用手帕掩住口，咳完又若有所思地看了看手帕。他瘦骨嶙峋，眼球突出，看上去病恹恹的。

木板上放着的是个女人的尸体，面朝下趴着，胳膊下面有根绳子。比尔·切斯的衣服堆在另一边。他那条瘸腿，伸得直直的，膝盖处很平，有疤，另一条腿弯着，抵着他的头。我们从他身后过来，他没动，也没抬头。

巴顿从屁股后面抽出那瓶一品脱装的弗农山酒，拧开盖子，递给他。

"来，痛快喝一口，比尔。"

空气中有一股可怕的、令人作呕的味道。比尔·切斯似乎完全没有注意到，巴顿和医生似乎也没闻到。那个叫安迪的家伙，从车上拿了一条褐色的、土苍苍的毯子，扔过去，盖住了尸体。接着，他一言不发地走到一棵松树下开始呕吐。

比尔·切斯喝了一大口，然后举着瓶子坐了下来，用光秃秃的弯曲的膝盖抵着瓶子。他开始说话，声音很干涩，他谁也没看，也没特别说给谁听。他说他们吵架了，不过没说为什么。他压根儿没说金斯利夫人，提都没提一下。他说我走了以后他找了根绳子，脱了衣服，把尸体从水里捞了上来。他说他先把她拖到岸边，然后扛在肩上，最后放到了码头上。他说他不知道为什么要这样做。放下尸体以后他还又下了次水，他不用说我们都知道是为什么。

巴顿往嘴里放了一片烟叶，安静地嚼了起来，眼睛里没有一丝波澜。接着他咬紧牙齿，俯下身，把尸体上的毯子拉开，小心翼翼地把尸体翻了过来，好像一不小心就会把它弄碎了一样。夕阳西下，光线落在那串绿宝石项链上，项链的一部分已经嵌入肿胀的脖子。项链上面的石头做工很粗糙，也没什么光泽，像皂石或者假的玉石。链子是镀金的，上面有个鹰嘴扣，两端用发光的小石头连在一起。巴顿直起身，后背很坚实，他用一块黄褐色的手帕擤了一下鼻子。

"有什么发现吗，医生？"

"发现什么？"突眼的医生吼道。

"死亡原因和死亡时间。"

"别傻了，吉姆·巴顿。"

"什么都看不出来，是吗？"

"就看看这玩意儿？好家伙！"

巴顿叹了口气。"好吧，看上去像溺死的，"他承认道，"但也不一定。有些案子，受害人可能是先被刺死或者毒死或者别的什么方式杀死的，凶手会把受害人泡在水里，好让他看起来像是淹死的。"

"这种案子多吗？"医生凶巴巴地问道。

"我发誓，就发生过一起，真的。"巴顿说，用眼角的余光瞥了一眼比尔·切斯，"以前米查姆老爹住在北岸那边。他在希迪峡谷那儿有一个小屋，夏天的时候他会到他贝尔特山谷那边的一个砂矿区淘淘金。去年深秋的时候，人们好一阵子没见过他，后来下了场大雪，他的屋顶塌了一边，我们想去帮忙把屋顶撑起来，想着老爹可能没打招呼就下山过冬去了。他们淘金的老一辈人就是那样。哎哟，老爹压根儿就没下山。他在床上呢，脑袋后面插着一把引火斧，斧子几乎全插进去了。一直没查出来是谁干的。有人说他藏了一小袋金子，都是夏天淘的。"

他若有所思地看着安迪。戴着猎狮帽的男人用舌头舔了舔牙齿，说道：

"我们都知道是谁干的，那个叫盖伊·波普的家伙。只是那家伙也死了，得肺炎死的，九天以后我们才找到米查姆老爹。"

"十一天。"巴顿说。

"九天。"戴着猎狮帽的男人纠正道。

"都是六年前的事情了，安迪。随便你吧。你为啥觉得是那个叫盖伊·波普的家伙干的？"

"我们在那家伙的房子里发现了三盎司①的小金块，上面都是灰。他的矿里只有些金沙，只有老爹矿里出过金块，都是1.5克以上的。"

"原来如此，"巴顿说，然后莫名其妙地冲我笑了一下，"是人哪有不忘事儿的，不是吗？怎么小心都会忘的。"

"够了，别拿你们那一套糊弄人了，警官先生。"比尔·切斯厌恶地说道，他穿上裤子，又坐下来穿上鞋子和衬衫。都穿好了以后他站起身，捡起瓶子，喝了一大口，然后轻轻地把瓶子放在木板上，朝着巴顿伸出满是汗毛的手臂。

"照你们这么想，直接把我铐上得了。"他恶声恶气地说。

巴顿没理他，走到护栏跟前，低着头说："怎么会在这儿，这儿的水这么浅，坝那边水才深。"

比尔·切斯垂下手，平静地说："她自己干的，你个笨蛋。穆里尔水性很好。她下水游到那边的木板下面，然后张开嘴，让水流进去。只能是这样，只有这个可能。"

"我可不这么觉得，比尔。"巴顿温和地回答道，眼神很空洞。

安迪摇了摇头。巴顿冲他狡黠地一笑："又想找事儿了，安迪？"

"应该是九天，我告诉你。我刚算了一遍。"这个戴着打猎帽子的男人闷闷不乐地说道。

---

① 1盎司约等于28克。

医生一甩胳膊走开了，他一只手扶着头，另一只手捂着手帕又咳嗽起来，然后仔细查看着手帕。

巴顿冲我使了使眼色，往栏杆外吐了口吐沫。"来，安迪，咱们分析分析。"

"你有没有试过把一具尸体拖到六英尺的水下去？"

"没，从来没有，安迪。用绳子可以吗？"

安迪耸了耸肩。"用绳子的话，尸体上会有痕迹。这太明显了，还用费劲去隐藏尸体？"

"时间关系，"巴顿说，"这家伙有自己的计划。"

比尔·切斯哼了一声，俯身去够那瓶威士忌。他们都沉着脸，猜不到在想些什么。

巴顿漫不经心地说："对了，有张便条。"

比尔·切斯在钱包里翻了翻，抽出一张折起来的格子纸。巴顿接过去，读得很慢。

"好像没有日期。"他评论道。

比尔·切斯忧伤地摇了摇头。"是没日期，但她是一个月前走的，6 月 12 日。"

"她以前也离家出走过，对吧？"

"对。"比尔·切斯死死地盯着他，"有一回我喝多了，和一个妓女睡了。就是去年 12 月第一场雪前。她走了一个星期，回来的时候精神得不得了。她说她只是有事出去了一阵子，和一个以前在洛杉矶一起工作过的姑娘在一块儿呢。"

"那姑娘叫什么名字？"巴顿问道。

"她没说，我也没问她。她的事情我都不太清楚。"

"好吧，她那次走的时候留字条了吗，比尔？"巴顿接着问道。

"没有。"

"这张字条看起来有点旧了。"巴顿举着字条说道。

"我在身上装了一个月了。"比尔·切斯愤愤地说,"谁告诉你她以前也走过?"

"我忘了,"巴顿说,"你知道,小地方嘛,人们总是很是非。除非是夏天,会来很多外边的人。"

有一阵子谁都没说话,巴顿漫不经心地开口道:"你说她是6月12号走的?还是你觉得她是那天走的?当时湖对面的人也在这儿吗?"

比尔·切斯看了看我,脸又沉了下来。"你问问这个包打听的吧——要是他还有什么没告诉你的。"

巴顿压根儿就没看我。他望着湖水尽头远处的山脊,温和地说:"马洛先生没说什么,比尔,他只是告诉我这具尸体是怎么浮上来的,她是谁,还有像你说的,穆里尔走了,留了张字条,你给他看了。都没错,对吧?"

又是一阵沉默。比尔·切斯垂下头,望着几英尺之外毯子下面的尸体。他攥紧拳头,一大滴泪从面颊上流下来。

"金斯利太太当时在这儿,"他说,"她也是那天下山的。别的房子没人。佩里家的和法克家的今年一直都没上来。"

巴顿点了点头,没说话。空气中弥漫着一种紧张的气氛,好像不用开口,事实已昭然若揭。

接着,比尔·切斯歇斯底里地喊道:"抓我吧,你们这些狗娘养的!就是我干的!我把她淹死了。她是我女人,我爱她。我他妈是个浑蛋,以前是,以后也改不了,可我还是爱她。你们不会懂的,也不劳烦你们懂,抓我吧,去你妈的!"

谁都没吭声。

比尔·切斯低头看了看自己结实的棕色拳头,猛地举起来,使劲往自己的脸上砸。

"你个狗娘养的。"他喘着粗气喊道。

他的鼻子开始慢慢地流血。他站在那儿，血顺着嘴唇流下来，流到嘴边，一直流到下巴，一滴血慢慢地滴到他的衬衫上。

巴顿平静地说："我们还是得把你带下山审问一下。你知道的。我们没有指控你什么，但是下边的人得和你谈谈。"

比尔·切斯沉重地说道："我能换个衣服吗？"

"当然，安迪，你陪他去，顺便看看还能找到什么有用的东西，把这儿收拾一下。"

他们沿着湖边的一条小路走了。医生清了清嗓子，目光掠过水面，叹了口气。

"需要用我的救护车运尸体吗，吉姆？"

巴顿摇了摇头。"不用了，镇上没钱，大夫，我想这位女士可以坐个便宜点的车。"

医生生气地走开了，边走边回头说："到时没钱埋来找我。"

"看这话说的。"巴顿叹气道。

第九章

印第安海德酒店坐落在新舞厅对面的拐角处，那是一座棕色的大楼。我把车停在大楼前，在里面的洗手间洗了把脸，梳了梳我那硬邦邦的松针一样的头发，然后走进大堂旁边的餐厅。餐厅里人头攒动，男男女女穿行其中，到处都是穿着休闲夹克的男人们，周围满是酒气，女人们涂着血红色的指甲油，指节脏兮兮的，放肆地笑着。餐厅经理是个不好惹的，只穿了件衬衫，看起来有点低俗，叼着根破雪茄，警惕地在大厅里走来走去。收银台那儿有个白头发的老头，正想方设法听清收音机里那条战争新闻，但是电波干扰太厉害，噪音大得像团糨糊。餐厅最里面的角落里，一支五人乡村管弦乐队正竭力用音乐声盖过人群的喧闹。他们穿着不太合身的白色外套和紫色衬衣，木然地冲着烟雾缭绕、酒气弥漫的大厅微笑着，狮角正值盛夏。

我狼吞虎咽地吞下所谓的"例餐"，一口气干了那杯白兰地，从餐厅出来，走到了大街上。天还亮着，但一些霓虹灯已经亮了起来，夜晚慢慢降临，夜色中，车来车往滴滴叭叭，小孩子雀跃呼喊，保龄球咔嗒作响，桌球撞到一起发出沉闷的声响，靶场里传出点22步枪欢快的射击声，投币点唱机在引吭高歌。喧嚣背后，湖面上的高速游艇虽然轰隆作响，好像拼了命地往前冲一样，但其实只是在原地兜圈子。

　　一个苗条的、棕色头发的姑娘坐在我的克莱斯勒里，她穿着深色宽松裤子，看起来有点严肃。她一边抽烟一边和旁边坐在脚踏板上的农场牛仔说话。我绕过去上了车。那小伙子提了提裤子，晃晃悠悠地走了。那姑娘坐在那儿没动。

　　"我是波蒂·凯佩尔，"她愉快地说，"我白天是这儿的美容师，晚上在《狮角旗帜报》社工作。很抱歉未经允许我就坐进你的车。"

　　"没什么，"我说，"你只是想坐会儿，还是想让我送你去什么地方？"

　　"要是您愿意和我聊聊，咱们可以开到僻静点的地方，马洛先生。"

　　"消息还挺灵通！"我说着发动了车子。

　　我向前开，经过邮局，到了一个拐角处，看到一个蓝白色箭头的指示牌，上面写着"电话"，牌子后面是一条小路，通往湖边。我拐了过去，经过电话局。说是电话局，其实只是一个小木屋，屋前有一小块围起来的草坪。然后我们又经过了另一座小木屋，停在一棵巨大的橡树前面。这棵橡树枝蔓横出，穿过整条马路，枝干一直延伸到足足50英尺之外。

　　"这地方够僻静吗，凯佩尔小姐？"

　　"是太太，还是叫我波蒂吧，大家都这么叫我。这地方不错，很高兴见到你，马洛先生。我知道你是从好莱坞来的，那可是座罪恶之城。"

　　她伸出一只棕色的手，很结实，我们握了握手。她的手劲之大就像掘冰人的手钳子，应该是经常给那些金发胖太太做头发的缘故。

　　"我见过霍利斯医生了，"她说，"就是穆里尔·切斯的事情，真可怜。我想你知道的更多，我听说是你发现的尸体。"

　　"实际上是比尔·切斯发现的。我只是当时和他在一起。你见过吉姆·巴顿没有？"

"还没有。他下山了。反正我也不觉得他能告诉我什么。"

"他在竞选。"我说，"你不是记者吗？"

"吉姆不搞政治，马洛先生，我也算不上什么记者。那份小报真的只是业余搞搞的。"

"好吧，你想知道什么？"我递给她一支烟，帮她点着。

"从头说起吧。"

"是德雷斯·金斯利先生写信委托我来这儿的，去查看一下他的房子。比尔·切斯带我看了房子，和我聊了聊，说起他妻子离家出走的事情，还给我看了他妻子走的时候留下的字条。刚好我带了瓶酒，都让他给喝了。他太难过了，喝了酒，就说起了他的伤心事儿。不过他本来也太孤单，太痛苦，太想找人说说话了。就是这样，我本来也不认识他。我们绕着湖走了一圈，走到码头的时候比尔看见水下的石板那儿露出一只胳膊，那竟然是他太太穆里尔·切斯。基本就是这样了。"

"我听霍利斯医生说尸体在水里泡了很长时间，烂得都认不出来了。"

"是的。大概有一个月了，从他以为她走了的那天开始算起。不可能是别的原因，那就是封遗书。"

"您觉得有疑点吗，马洛先生？"

我用余光打量了一下她，一头蓬松的褐色头发，一双深邃的褐色眼睛。已近黄昏时分，光线在不知不觉中一点点变暗。

"我猜警察总是会觉得这类案件有疑点。"我说。

"您呢？"

"我的意见不重要。"

"不妨说来听听？"

"我今天下午才见到的比尔·切斯，"我说，"他是个暴脾气，而且他说他自己不是什么好人，可他好像挺爱他老婆的，而且我觉得要是他知道他太太的尸体就泡在水里，他也不大可能在这儿待一个月吧，更不可能还有心情一边晒着太阳在湖上看风景，一边惦记着水下的尸体，想着怎么淹死她的，心里头清清楚楚这一切都是他干的。"

"我也做不到，"波蒂·凯佩尔轻声说，"没人能做到。可是大家都知道这种事情也不是没有发生过。你是做房地产的吗，马洛先生？"

"不是。"

"那你是做什么生意的，请问？"

"我不方便告诉你。"

"这等于已经告诉我了，"她说，"另外，你跟吉姆·巴顿说你的全名的时候，霍利斯医生刚好听到了。我们办公室也有洛杉矶的城市通信簿。不过，我可没告诉别人。"

"多谢你。"我说。

"而且，我也不会和别人说，"她说，"要是你不想让别人知道。"

"那么，我要怎么感谢你？"

"不用了，"她说，"什么都不需要。我不敢说是个职业记者，我们也不会刊登任何会让吉姆·巴顿难堪的东西。吉姆可是个好人。但是这个案子还是有疑点，对吧？"

"别乱说，"我说，"我对比尔·切斯一点兴趣都没有。"

"那穆里尔·切斯呢？"

"我干吗要对她感兴趣？"

她小心翼翼地把烟头捻灭在仪表盘下面的烟灰缸里。"随你便吧，"她说，"不过有件小事儿你可能愿意琢磨琢磨，要是你还不知道的话。六个星期前，有个洛杉矶警察来过这儿，叫迪·索托，特别横，我们看不惯，也没跟他说太多。我是说我们《狮角旗帜报》办公室的三个同事都不喜欢他。他拿着张照片，说是找一个叫作米尔德里德·哈维兰的女人，和什么案子有关。那张照片很普通，是一张放大的快照，不是警局的档案照。他说听说这个女人在这儿。那照片看起来特别像穆里尔·切斯。头发看起来有点红，但和她在这儿的发型完全不一样，眉毛修得又细又弯。你知道眉毛一变，女人就会看起来很不一样，但那照片确实很像比尔·切斯的太太。"

我轻敲着车门，过了一会儿，问道："你跟他说什么了？"

"我们什么都没跟他说。首先，我们也不太确定照片上的人；其次，我们不太喜欢他说话的方式；第三，就算我们确定照片上的人，也喜欢他说话的方式，我们也不会让他去烦她。何必呢？大家谁没犯过点错。就说我吧，以前还嫁过一个教授呢，他是雷德兰兹大学教古典语言文学的。"她轻快地笑道。

"这倒是一则精彩的故事。"我说。

"当然，但在这山上我们也只是普通人。"

"这个叫迪·索托的见过吉姆·巴顿没有？"

"当然，他肯定见过了。不过吉姆没说过。"

"他出示警徽了没有？"

她想了想，摇了摇头。"我不记得他给我看过。我们觉得他是警察，也是听他说的。他看起来很结实，举止就像城里凶巴巴的警察。"

"我觉得这恰恰说明他可能不是警察。有人告诉穆里尔这家伙的事儿了吗？"

她有点犹豫，静静地看着窗外，好一阵子才转过来点点头。

"我告诉她了。其实根本不关我的事儿，对吧？"

"她怎么说？"

"她什么都没说，只是滑稽地笑了一下，还有点尴尬，好像我讲了个蹩脚的笑话。然后她就走了。但有那么一瞬间，我确实觉得她的眼神儿有点怪。你还是对穆里尔·切斯没兴趣吗，马洛先生？”

“我为什么要关心她？说实话，今天下午到这儿，我才第一次听说她，我也没听说过什么米尔德里德·哈维兰。需要我把你送回镇上吗？”

“哦，不用了，谢谢。我走回去，只有几步路，非常感谢！我有点希望比尔别遇上什么麻烦，尤其像这种大麻烦。”

她下了车，抬起一只脚，扬起头笑道：“他们说我是个很棒的美容师，我希望是这样，因为记者这活儿，我可是糟糕透顶了。晚安。”

我也说了晚安。她走进夜色中，我一直坐在车上看着她，直到她走到大街上，消失了身影。然后，我从克莱斯勒上下来，径直向电话局那座小小的乡间小屋走去。

第十章

一只温顺的雌鹿悠闲地穿过我面前的马路，脖子上戴着皮质狗项圈。我拍了拍她毛茸茸的脖子，走进电话局。桌前坐着一个穿着宽松长裤的小个子姑娘，正在电话簿上忙活儿着。她帮我查了一下打到贝弗利山庄要多少钱，又帮我用零钱换了硬币。电话亭在外边，靠着电话局前面的围墙。

"希望你喜欢这儿，"她说，"很安静，很惬意。"

我把自己关进电话亭。90美分可以和德雷斯·金斯利说上5分钟。他在家，电话很快就通了，但是山里信号不好，杂音很大。

"有什么发现？"他的声音听起来又来劲儿了，趾高气扬的样子，像是喝了三杯威士忌。

"太多了，"我说，"但都不是我们需要的。你一个人吗？"

"有关系吗？"

"我没关系。但我知道我要说什么，你可不知道。"

"好吧，继续，管它是什么呢。"他说。

"我和比尔·切斯聊了好一阵子。他很孤独。他老婆走了——一个月前，他们吵了一架，他出去喝了个烂醉，回来的时候她已经走了，留了张字条说她死也不肯和他一起过了。"

"我想比尔大概是喝多了。"金斯利的声音听起来很遥远。

"他回来的时候，山上的两个女人都走了。他也不知道金斯利太太去哪儿了。拉威利五月份的时候确实上来过一回，但那之后就没再来过了，基本上是他自己承认的。当然，拉威利也可能在比尔喝醉的时候又来过，但那也没什么意义，那样的话得有两辆车开下山才对。我猜可能金斯利太太和穆里尔·切斯一起走的，只有穆里尔有自己的车。但这种推测，因为有了别的发现，也没派上什么用场。因为穆里尔·切斯压根儿就没走。她淹死在你家的私人湖里了。今天尸体才浮上来，当时我就在跟前。"

"天哪！"金斯利听起来吓坏了，"你是说她跳湖自杀了吗？"

"可能，她留的那个字条也可能就是遗书，读起来也像是遗书。尸体卡在被淹没的旧坝下面。当时我们在大坝上站着，望着水面，比尔发现有一只胳膊在水里浮浮沉沉。是他把她弄出来的。他们现在逮捕了他。可怜的家伙，现在彻底崩溃了。"

"天哪！"金斯利又喊了一声，"我猜他也会崩溃的。看起来像是他——"他没说完接线员就插了进来，要求再付 45 美分。于是我又塞进去两个 25 美分的硬币，电话又通了。

"看起来像是他怎么了？"

金斯利的声音一下子变得特别清晰，他说："像是他杀了她吗？"

我说："很像。吉姆·巴顿是这边的警察，他很怀疑为什么字条没有署上日期，似乎他以前也因为别的女人离开过他。巴顿有点怀疑比尔可能藏了张以前的字条。不管怎样，他们已经把比尔带到山下圣贝纳迪诺的警署讯问去了，尸体也带下去了，要做尸检。"

"你怎么想？"他慢慢地说。

"是比尔自己发现的尸体。他没必要带我去大坝那边。她可能已经在水下面待了很久，可能永远不会被发现。那张字条旧可能是因为比尔每天都把它装在钱包里，老是拿在手里摩挲，对着它发呆。这字条很可能本来就没写日期，以前可能也不写。我觉得这种字条多半都不写日期，因为写字条的人往往很着急，根本就顾不了日期。"

"尸体肯定高度腐烂了。他们现在能找到什么线索？"

"我不知道他们的设备有多高级，但我想他们能发现她到底是不是淹死的，以及她身上有没有任何暴力的痕迹，要是那些痕迹不会被水冲掉或者因为腐烂而消失的话。他们还能发现她是中枪死的还是被捅死的。要是喉咙里的舌骨断了的话，说明她是被勒死的。现在关键是我必须告诉他们我为什么来这儿，审案子的时候我必须做证。"

"这下坏了，"金斯利嘟哝道，"坏了，你打算怎么办？"

"一会儿我回家的时候会在普雷斯科特旅馆停一下，看看那儿有什么线索。你太太和穆里尔·切斯关系好吗？"

"我猜还不错吧。克丽斯托大多数时候都挺好相处的。穆里尔·切斯我不太熟。"

"你认识一个叫米尔德里德·哈维兰的人吗？"

"谁？"

我重复了一遍这个名字。

"不认识，"他说，"干吗这么问？"

"我问的每个问题你都反问回来。"我说，"不为什么，没说你就得认识米尔德里德·哈维兰，况且你连穆里尔·切斯都不怎么认识。我明天早上再给你打电话吧。"

"你可一定要打。"他说，犹豫了一下，"很抱歉让你摊上这麻烦事儿。"他补充道，接着又犹豫了一下，道了句晚安，然后就挂了。

电话立刻又响了起来，那个长途接线员呵斥我多投了五分钱的币。我说我就爱往这种洞里塞钱，她听了很不高兴。

走出电话亭，我深深地吸了几口新鲜空气。那只温顺的、戴着皮质狗项圈的雌鹿站在步道尽头的篱笆豁口里。我试着把它从路上推开，可是它却靠在我身上，就是不肯走。于是我跨过栅栏，回到克莱斯勒上，开回了村里。

巴顿的警察局里还亮着一盏吊灯，但小木屋里已经没人了。他的"二十分钟后回来"的牌子还放在门上的玻璃框里。我一直下到停船的地方，到了一个废弃的海滨浴场旁边。几只快艇噗噗噗地在银色的水面上飞驰。湖对岸那些小山坡上有些房子，远远看去玩具一样大小，渐次发出星星点点的黄色灯光。山脊上空，一颗明亮的星星在东北方向的夜空中发出隐隐的光亮。一只知更鸟坐在一棵一百英尺高的松树的枯树梢上，等着天黑透了好吟诵他的晚安曲。

过了一会儿，天彻底黑了，知更鸟唱了起来，然后消失在深邃的夜空里。我把烟头弹进几英尺外寂静的水面，回到车上，开始往回开，去小鹿湖。

第十一章

通往私家道路的大门被锁上了。我把克莱斯勒停在两棵松树之间，翻过大门，蹑手蹑脚地沿着路走，一直走到湖边，夜色中的湖水跃然眼前，波光粼粼。比尔·切斯的小屋黑着。那边的三座小屋在灰白色花岗岩的映衬下好像几座魅影，森森然的样子。湖水涓涓流过大坝的顶端，闪烁着白光，无声地沿着大坝外侧的斜坡落了下去，汇入了下面的小溪。我竖起耳朵，别的什么声音都没有。

切斯房子的前门锁着。我慢慢走到后面，发现那儿也挂着把难看的大锁。我沿着墙试了试纱窗，都锁着。高处倒是有一扇没有纱窗的窗户，窗户不大，是那种农舍双开窗户，就在北墙中间靠下的位置，不过也锁着。我静静地站了一会儿，又仔细听了听。没有风，周围的树木如影子般默不作声。

我用刀片在那扇小窗户的窗缝中间摆弄着。没用。我倚着墙，想了想，猛地捡起一块大石头，啪的一声砸向两个窗框连接的地方。窗扣从木窗框里别了出来，发出断裂的声音，窗户一下子别开了，里面黑乎乎的。我顺势爬上窗台，有条腿抽筋了，不过我还是想法儿从窗边翻了进去。我转过身，嘀咕了几句，毕竟从那么高的地方，费了老鼻子劲儿才进来的，然后我又仔细听了听。

突然，一束手电筒的强光直射我的眼睛。

一个声音冷静地说道："要是我的话，我会在那儿歇歇。你一定累坏了吧。"

我被那束光钉在墙上，就像一只被拍扁的苍蝇。接着，灯的开关响了一下，一盏台灯发出了昏暗的光芒。手电筒熄灭了，是吉姆·巴顿，他就坐在桌子旁边的沙发椅里，那是一把老式褐色的莫里斯式沙发椅。桌子的一头搭着一条带流苏的褐色围巾，围巾一直垂到他厚实的膝盖上面。他还穿着下午那套衣服，只是多了件皮坎肩，看上去很旧了，大概是格罗弗·克利夫兰①刚当总统时候的物件儿。他手里没别的，只有个手电筒，眼神空洞，下巴有节奏地咀嚼着什么。

"小子，你破窗进来是想干吗？"

我拽过一把椅子，跨坐在上面，胳膊搭在靠背上，四下打量了一下。

"我本是想干点什么来着，"我说，"主意还不错，不过现在我看还是算了吧。"

小木屋比从外面看要宽敞一些。我待的地方是起居室，里面有几件不打眼的家具，松木地板上铺了一块碎呢毯子，墙边有张圆桌，圆桌旁放着两把椅子。有扇门开着，里面可以看到一个大黑炉灶的一角。

巴顿点了点头，打量了一下我，眼神很温和。"我听到有车开过来，"他说，"我知道是冲这儿来的。不过你脚底下够轻的，我一点儿都没察觉。小子，我一直对你有点好奇。"

我没说话。

"你不介意我叫你'小子'吧，"他说，"我们确实没那么熟，但我就是爱这么叫，改也改不掉，但凡没有白胡子或者关节炎的对我来

① 格罗弗·克利夫兰（Grover Cleveland）担任过两届美国总统（1885—1889，1893—1897）。

说都是'小子'。"

我说随便他，怎么都行。

他笑了。"洛杉矶的电话簿上有一大堆侦探，"他说，"但只有一个叫马洛的。"

"你怎么想起来查这个？"

"就是好奇吧，想知道你的底细。再说比尔·切斯也跟我提过，你好像是什么警探，但你自己却什么都没跟我说。"

"我该告诉你的，"我说，"抱歉让你费心了。"

"也没费什么心，我可没那么上心。你带证件了吗？"

我拿出钱包，各样给他看了看。

"嗯，你挺适合干这行的，"他满意地说道，"而且你这张脸还挺具迷惑性，什么也看不出来。我猜你是打算搜查一下这房子。"

"的确。"

"我已经仔细翻过一遍了。刚结束，坐下来。我先回了趟我的小屋才过来的。不过，恐怕我不会让你搜查这里。"他抓了抓耳朵，"当然，我也不太确定到底能不能让你搜查，不妨你先告诉我谁雇你来的。"

"德雷斯·金斯利。来找他太太。一个月以前她跑了，从这儿走的。所以我到这儿来找她。她应该是跟一个男人走了，但那个男人不承认。我觉得这上面可能会有什么线索。"

"那有什么发现吗？"

"我只追踪到她最远到了圣贝纳迪诺，后来去了埃尔帕索，然后就没线索了。但我觉得调查才刚刚开始。"

巴顿起身打开小屋的门，一阵扑鼻的松木味儿涌了进来。他冲门外啐了一口，又坐下来搓了搓斯泰森毡帽下灰褐色的头发。他不戴帽子的时候有点难看，平时一定很少把帽子摘下来。

"你对比尔·切斯一点兴趣都没有，对吗？"

"一点都没有。"

"我猜干你们这行的主要做离婚业务的吧，"他说，"不是什么干净活儿吧，我觉得。"

我没理会他。

"金斯利应该没找警察帮忙，对吧？"

"不大会，"我说，"他太了解她了。"

"你刚才说的这些都不能解释你为什么要搜查比尔的房子。"他小心地说道。

"我就是爱四处打探。"

"胡扯，"他说，"你就不能找个好点的理由。"

"好吧，那不如说我确实关心比尔·切斯，但只是因为他遇上麻烦了，太可怜了——就算他也不是什么好人。要是他真的杀了他老婆，这儿应该有证据能证明；要不是他杀的，也应该有证据。"

他把头偏向一侧，像只警惕的小鸟。"比方说什么证据？"

"衣物、珠宝、梳妆用品，任何女人出走会带的东西，而且是不打算再回来的那种。"

他慢慢往后一靠："但她其实并没有离开，小子。"

"那样的话她的东西应该还在这儿。但要是还在，比尔应该早就发现她没拿走它们，他就应该知道她没走。"

"我的天，这两种可能都不好。"他说。

"可要是他谋杀了她，"我说，"那他就得处理掉那些她可能带走的东西，要是她真要走的话。"

"你认为他会怎么做？"在黄色台灯的印照下，他的侧脸变成了古铜色。

"我知道她自己有辆福特。除此之外，我觉得他会把能烧的都烧了，烧不了的都埋到森林里。把车沉到水里太危险了，但他也没法儿把车烧了或者埋了。那车他能开吗？"

巴顿有点吃惊。"当然，他右腿的膝盖不能打弯儿，所以脚刹用起来没那么灵便，但他可以用手刹。比尔自己的福特就不一样了，他把刹车踏板换到变速杆的左边，就在离合器旁边，这样他一只脚就可以同时把它们踩下去。"

我把烟灰磕进一个蓝色的小罐子里，罐子上有个镀金标签，那原来是装橘子蜜的。

"怎么处理这个车对他来说是个大麻烦，"我说，"不管把车开到哪儿，他都必须返回来，回来的话他当然不想被别人看到，而如果他只是把车随便丢在街上，比方丢在圣贝纳迪诺，车子很快会被人发现，车主也很容易确认。他当然也不想这样。那么最好的办法就是找个二手车贩子把车赶紧脱手，但他可能也没认识的。因此，最大的可能，他会把车藏到森林里，步行就能到的距离。考虑到他的腿，距离应该不会太远。"

"对于一个刚才说完全不关心的人来说，你考虑得够周密的。"巴顿不动声色地说道，"好吧，现在你认为车就藏在树林里，那么接下来呢？"

"他必须考虑到车子可能会被发现。树林虽然很偏僻，但时不时还是会有护林人或者伐木工人去到那里。要是车子被人发现了，最好里面也有穆里尔的东西，那样的话他就有借口了——虽然都算不上高明，但至少是可能的。其一，不知道是谁杀了她，然后做了手脚，这样一旦命案被人发现，就会以为是比尔干的。其二，穆里尔的确是自杀，但她布置了现场，好嫁祸给比尔。报复性自杀。"

巴顿仔细琢磨了一下，看上去非常平静。然后他走到门口，又啐了一口，再次坐下来，抓了抓头发，满腹狐疑地盯着我。

"照你说的，第一种猜测很有可能，"他承认道，"但只是有可能，我想不出凶手会是谁。还有那个字条呢，是怎么回事？"

我摇了摇头。"假使那字条比尔以前就有，假使他以为她走了，没有留下字条，假使整整一个月她杳无音信，他可能会很担心，很忐忑，他会觉得要是她真出了什么事儿，这张字条可以为他开脱。他是没这么说过，不过也可能是这么想的。"

巴顿摇了摇头，觉得不靠谱。我也一样。他慢慢地说道："至于你说的另一种情况，简直太荒谬了。自杀，然后做手脚嫁祸于人，这太不符合人性了。"

"那是你把人性想得太简单了，"我说，"这种事情发生过，而且往往就是女人干的。"

"不可能，"他说，"我都五十七了，什么疯子没见过。你这根本就是无稽之谈。我认为她当时确实要走，也真的写了字条，但她还没来得及走就被比尔拦住了，他一怒之下杀了她。接下来他就做了我们刚才说的那些。"

"我从来没见过她，"我说，"所以我也不好说她会怎么做。比尔说他是一年前在里弗赛德的什么地方认识她的。她之前的生活可能很复杂。她是个什么样的女人？"

"她打扮起来是个挺可爱的金发小妞儿。她挺顺着比尔的。不大说话，总是不动声色的样子。比尔总是说她脾气不好，但我从来没见过，倒是总见比尔骂骂咧咧的。"

"你觉不觉得她很像照片里一个叫米尔德里德·哈维兰的人？"

他停止了咀嚼，下巴不动了，嘴巴一下子绷得紧紧的，过了好一阵子才又开始慢慢嚼了起来。

"我的天，"他说，"看来晚上钻被窝前我得特别仔细检查一下床底下，万一你在下面呢！你打哪儿知道的？"

"一个叫波蒂·凯佩尔的姑娘告诉我的，她人很好。她在报社兼职，来采访我。她碰巧提到有个洛杉矶来的警察拿着张照片到处找人，叫迪·索托。"

巴顿拍了拍他厚实的膝盖，肩膀向前一弓。

"我当时做错了，"他严肃地说道，"我犯了个错误。那个大块头给镇上的每个人都看了照片，最后才拿给我看，这让我很恼火。照片看起来是有点像穆里尔，但是也没法儿确定。我问他为什么找她。他说是警察要找她。我说我就是警察，话说得有点粗，不是很客气。他说他接到的命令就是找到这位女士，其余一概不知。或许他不该那样瞧不起我。当时我跟他说我认识的人里，没有和这张照片长得像的。也许我不该这样说。"

这个一直都很冷静的大个子男人隐约冲着天花板的一角笑了笑，然后垂下眼睛定定地看着我。

"要是你能保守秘密的话，我会非常感激，马洛先生。你的猜测很有道理。不知你去过浣熊湖没有？"

"没听说过这个湖。"

"往后走大概一英里，"他说，用拇指朝身后指了指，"朝西有一条林间小路。你往前开会经过许多树木。再开一英里，小路会爬升五百英尺，开出去就到浣熊湖了。不是很大，但风景很美。偶尔会有人在那儿野餐。路不太好开。那儿有两三个浅湖，到处都是芦苇。那个地方即便是现在，背阴的地方都还有雪。那儿还有几座手工建造的原木小屋，我印象中一直摇摇欲坠。另外还有一座很高大的框架结构的房子，已经破败了，大概十年前曾经是蒙特克莱尔大学夏令营的营地，废弃很久了。这所房子离湖不近，是用重型木材建造的。绕到屋后有个洗衣房，里面有个锅炉，很旧，都生锈了。旁边是个大柴房，门安在滚轴上，可以上下滑动。那原本是个车库，但后来被用来放柴火了，淡季的时候会锁起来。这儿的人至多偷点柴火，不过就算偷也不会溜门撬锁。我想你知道我在柴房里发现了什么。"

"我以为你去了圣贝纳迪诺。"

"我改变主意了。我感觉让比尔坐前边，后面拉着他老婆的尸体下山不太合适，于是就用医生的车把尸体运了下去，让安迪和比尔一起下山。我觉得我怎么着都得查看一下再跟警长和验尸官说明情况。"

"穆里尔的车在柴房里？"

"对。车里还有两个没上锁的行李箱，里面都是衣服，看样子装的时候很着急。都是女人的衣物。关键是，小子，那地方陌生人不可能知道。"

我同意他说的。他把手伸进坎肩的侧兜，摸出一小团纸巾，在手掌上打开。

"过来瞧瞧。"

我过去看了一下，纸上是条细金链子，上面有一把小锁，比链子的环扣大不了多少。金链被剪断了，不过锁子还完好无损。链子大概有七英寸①长。链子上和纸上都沾有白色的粉末。

"你猜我在哪儿找到的？"巴顿问道。

我捡起链子，试着看缺口能不能对上，结果对不上。我没说什么，舔了一下指头，蘸了点白色的粉末，尝了尝。

"在糖粉罐子或者盒子里发现的吧。"我说，"这是条脚链，有些女人戴上就不会取下来，像婚戒一样。取这链子的人应该没钥匙。"

"你怎么看？"

"似乎价值不大，"我说，"比尔怎么会只把脚链从穆里尔的脚上

---

① 1 英寸等于 2.54 厘米。

扯下来，却还留着那条绿宝石项链呢，这说不通。要说穆里尔弄丢了钥匙，自己弄断了脚链，藏起来又被人发现了，也说不通。除非是先发现她的尸体，否则也不可能彻底搜查房间，脚链也不可能被人发现。要是比尔弄断的，他也会把链子扔到湖里去。可要是穆里尔想要留着它，而且不想让比尔发现，那么放在糖粉罐子里就有点能说通了。"

巴顿这时有点不解："为什么？"

"因为只有女人会把东西藏在这里。糖粉是用来做蛋糕霜饰的。男人可不会碰这些。能发现这个，您真够厉害的，警长。"

他有点不好意思地笑了。"真见鬼，我把盒子打翻了，糖洒出来了，"他说，"要不然怎么能让我找着。"他说着把纸又卷了起来，塞回到口袋里，站起身，一副尘埃落定的神态。

"你打算留在这儿还是回镇上去，马洛先生？"

"回镇上去，等着你问讯我，我想你会的。"

"当然，这得验尸官说了算。你能把你刚才弄破的窗户关上吗？我来关灯锁门。"

我按他说的做了，他打开手电，关了灯。我们一起走了出去，他又摸了摸木屋的门，确保锁上了，然后轻轻关上纱门，站在那儿望着月光下的湖面。

"我想比尔不是存心要杀她的，"他惋惜地说道，"他很可能完全是不小心勒死她的，他手劲儿那么大。一旦他把她勒死了，他就得想办法掩盖它。我也很痛心，但这也不能改变事实和这种可能。这完全是自然而然的事情，这种事情通常都没错。"

我说："要我说的话，他干吗不逃跑。我不明白他怎么还能在这儿待下去。"

巴顿冲着石兰灌木丛黑丝绒一样的影子啐了一口，缓缓地说道：

"他有政府的抚恤金，要是跑了就没了。山穷水尽、走投无路的时候，男人什么不能忍，只能硬着头皮上，天下男人不都这样。好吧，晚安，我还想到下面的小堤上走走，在月光下静一会儿。这样的夜晚，我们还得想着杀人越货的事情。"

他默默地走下去，融入了茫茫夜色。我站在那儿，直到他彻底消失了踪影，又回到了小屋锁着的门前，翻了过去，钻进车里，倒了回去，打算找个藏身的地方。

第十二章

距离大门三百码远的地方有一条小径，路面上落满了去年秋天棕色的橡树叶。小路向前蜿蜒绕过一块花岗岩石头就看不见了。我沿着路开下去，岩层露出地面，道路崎岖不平，路上都是石子儿，一路颠簸，就这样开了大概有五六十英尺，然后我把车停到一棵树下，掉转车头，冲着来时的路，关了灯和发动机，坐在那里开始等。

半个小时过去了，不抽烟时间过得可真够慢的。突然，我听到远处有汽车发动引擎的声音。声音越来越大，一道白色的车灯掠过我前面的路面，接着声音又渐渐消失在远处，这之后空气中弥漫着一股刺鼻的、干燥的尘土味儿。

我从车上下来，回到切斯家门口。这次用力推了一下，弹簧窗就开了。我又翻了进去，轻轻落在地上，举着手电穿过房间，走到台灯前。我拧开台灯，听了一会儿，什么声音都没有，然后走进厨房，打开了水槽上边的吊灯。

火炉旁边的木柴箱里整整齐齐地放着劈好的木柴。水槽里没有脏盘子，炉灶上也没有馊了的锅。比尔·切斯，不管他是不是孤独，房子收拾得还挺整洁。厨房有扇门通向卧室，卧室里有扇很窄的门通向一个极小的浴室，显然是前不久才加盖在房子边上的，纤维衬板还干干净净的。浴室没什么线索。

卧室里有一张双人床，一个松木的梳妆台，一面圆形的镜子嵌在梳妆台后面的墙上，还有一个衣柜，两把直靠背椅，一个锡制的废纸篓。床的两边各有一张椭圆形的碎呢地毯。墙上是比尔·切斯钉上去的一套作战图，从《国家地理》上剪下来的。梳妆台上有一条看起来很傻的红白相间的荷叶边装饰。

我在抽屉里翻了翻，有一只仿皮的首饰盒没有被带走，里面装着各式各样廉价的人造珠宝首饰，还有一些女人们常在脸上、指甲上、眉毛上用的东西，只是在我看来有点太多了。不过这也只是我的猜测而已。衣柜里的衣服有男式的也有女式的，不过都不多。比尔·切斯的衣服里有一件颜色很扎眼的格纹衬衫，衣领上过浆。在角落的蓝色包装纸下面，我发现了不太好的东西，一条桃粉色蕾丝边的丝质衬裙，看上去还很新。这年头，任何一个正常的女人都不会丢下她的丝质衬裙。

这对比尔·切斯很不利。我开始猜测巴顿看到了会怎么想。

我回到厨房，开始小心翼翼地查看水槽上面和旁边的开放式的架子。上面摆满了家常用的瓶瓶罐罐。糖粉装在一个褐色方盒子里，盒子的一个角已经撕坏了。看得出来，巴顿刚才努力要把洒出来的糖粉装回去。糖粉旁边是盐、硼砂、小苏打、玉米淀粉、红糖什么的。可能还有东西藏在这些罐子里。

就是从脚链上剪断的东西，不然切口不会对不上。

我闭上眼睛，随便用手一指，是小苏打。我从柴火箱后面抽出一张报纸，打开来，把小苏打从罐子里倒了出来，用勺子搅了搅。那苏打真够多的，不过全都只是苏打。我用漏斗装了回去，又试了试硼砂罐子，也只有硼砂。第三回总该走运点了吧，我打开了玉米淀粉，弄得到处都是细密的粉尘，可是里面也只有玉米淀粉。

突然，远处传来一阵脚步声，我定住了，伸手把灯拉灭，潜回起居室，去够台灯的开关。没用了，已经来不及了，脚步声又响了起来，很轻，很谨慎。我脖子后面的汗毛都竖了起来。

我在黑暗中等着，左手拿着手电筒。有两分钟的时间，什么都没发生，死一般的寂静。我换了几口气，但是不敢大声出气。

不会是巴顿。是他的话，会开门进来，数落我一通。脚步声很轻，小心翼翼地，一下走，一下停，一下又走，一下又停好久。我溜到门口，悄悄转动把手，一把拉开门，用手电指着门外。

那双眼睛就像两盏金色的灯，那东西先跳开了，接着咚咚咚从树后传来一阵迅疾的蹄声。原来是只好奇的小鹿。

我再次把门关上，打着手电回到厨房。手电筒椭圆的光束正好对着糖粉罐子。

我又拉开灯，把罐子拿下来，把糖粉倒在报纸上。

巴顿检查得不够细致。碰巧发现了一样东西，他就以为是全部了。他似乎没注意到应该还有点别的什么。

在那堆白色的细糖粉里，还有一小团白纸。我把它抖干净，打开，里面是一个小金桃心，比女人小拇指的指甲还小。

我用勺子把糖粉装回罐子里，把罐子放回到架子上，然后把那张报纸团成一团扔进火炉，回到起居室，拧开桌子上的台灯。在明亮的灯光下，可以看到小金桃心后面有字，不用放大镜也能看清楚。

是手写体的，上面写着："阿尔给米尔德里德。1938 年 6 月 28 日。我的挚爱。"

阿尔给米尔德里德。一个叫阿尔什么的给米尔德里德的。米尔德里德·哈维兰就是穆里尔·切斯。穆里尔·切斯已经死了——死前两周有个叫作迪·索托的警察找过她。

我站在那里，拿着那个桃心，思考这件事和我有什么关系。我努力想，却怎么也想不明白。

我把它包起来，离开小屋，开车回到村里。

我到的时候巴顿正在办公室里打电话。门锁着，我只好在门口等他打完电话。过了一会儿，他挂了电话，打开门。

我径直从他身旁走过，把那团纸放在他桌上，打开。

"你在糖粉里找得不够仔细。"我说。

他看了看那个小桃心，又看了看我，绕到桌子后面，从桌上拿了一个廉价的放大镜，研究了一会儿桃心的背面，然后放下放大镜，皱着眉头看着我。

"我该猜到你会再搜查一下那个房子的，你一定会的，"他没好气地说，"你小子不是想给我惹麻烦吧？"

"你当时就该注意到链子的切口对不上。"我对他说。

他遗憾地说："小子，我可没你眼神儿那么好。"他一边用又粗又硬的手指摆弄着那个小桃心，一边看着我，没有再说话。

我说："你是不是觉得这个链子说明以前发生过什么，比尔为此吃过醋，我也这么想——要是他见过它的话。但是严格说来，我倾向于认为他从来没见过这玩意儿，也没听说过米尔德里德·哈维兰。"

巴顿慢慢地说道："看来也许我该给那个叫迪·索托的家伙道个歉，对吧？"

"要是你再见到他的话。"我说。

他又深深地看了我一眼，我也这样回敬了他。"你先别说，小子，"他说，"让我自己猜猜，现在你对整件事的看法完全不一样了。"

"没错儿。比尔并没有谋杀他的妻子。"

"是吗？"

"是的。她是被她以前认识的什么人杀的。那人之前联系不到她，后来又找到了她，发现她跟别人结婚了，很生气。那人知道上面这个村子——很多不住这儿的人都知道——他还知道有个可以藏车藏衣服的好地方。他恨她，却装作很爱她，劝说她跟他走，等到万事俱备，她留了张字条要跟他走，他就勒住她的脖子直到她咽气，然后沉尸湖中，逃跑了。你觉得有这种可能吗？"

"好吧，"他谨慎地说，"事情的确变复杂了，谁说不是呢？确实也不是一点可能都没有。还是有可能的。"

"你要是不爱听了，吭一声，我还会有新发现呢。"我说。

"我就知道你会的。"他说，然后他笑了，自打我见他，这是头一回。

我又跟他说了回晚安，然后出了办公室，留下他一个人在那里翻来覆去地琢磨整件事情，像是一个哼哧哼哧挖木桩的农场主。

第十三章

十一点左右我来到圣贝纳迪诺，下到坡底，停在普雷斯科特旅馆①旁边一个斜着的车位上。我从汽车行李箱里拖出一个小旅行包，刚走了两三步，一个穿着镶边裤子、白衬衫，打着黑领结的侍者猛地从我手中把旅行包抢了过去。

当班的职员是个光头，对我一点兴趣也没有，对别的东西也没什么兴趣。他半披着白色亚麻西装，把签字笔递给我的时候打了个哈欠，眼睛望着远处，像是想起了小时候的事情。

送行李的侍者和我搭乘一个四乘四英尺见方的电梯到了二楼，拐了几个弯，经过好几个客房区。我们越走越热。终于，侍者打开一扇门，房间就是一个男孩儿房的大小，只有一扇窗，开在通风井上。空调的进风口在房顶的一角，小得就跟女人用的手帕似的，上面拴着根丝带，微微抖动着，多少还有些风。

那个侍者又高又瘦，肤色发黄，看起来上了点年纪，冷静得像块鸡肉冻。他一边来回嚼着口香糖，一边把我的包放在椅子上，抬头看看窗格，又站住了，盯着我，眼睛水汪汪的。

"或许我该要间一美元的房间，"我说，"这间看起来有点太紧

---

① 前文提到在普雷斯科特旅馆发现了无人认领的轿车，属于失踪的金斯利太太。——编者注

凑了。"

"有间房都不错了。镇上已经爆满了。"

"给咱们拿点姜味汽水，还有杯子和冰块儿吧。"我说。

"咱们？"

"是的，要是你刚好也想来一杯。"

"反正也晚了，不如来一杯吧。"

他说着出去了。我脱了外套，解下领带，把衬衫和背心也脱了，开着门在温乎乎的气流中走了一圈。空气闻起来有股烧热的铁腥味。我侧身挤进浴室——就是那种很狭小的浴室——把温凉的水浇在身上。那个懒洋洋的高个子端着托盘回来的时候，我感觉呼吸畅快多了。他关上门，我拿出一瓶黑麦酒。他兑了两杯，我们客套地相视一笑，然后就喝了起来。我的脖子后面开始出汗，顺着脊柱流了下去，还没来得及放下杯子，袜子已经湿了一半。可我还是觉得好多了。我坐在床上看着那个侍者。

"你能待多久？"

"干吗？"

"帮我回忆点事儿。"

"我他妈的记性可差了。"他说。

"我想花点钱，"我说，"怎么高兴怎么花。"我从身后取下钱夹，把皱巴巴的美元在床边一字铺开。

"抱歉，"侍者说道，"我猜你是侦探吧？"

"别傻了，"我说，"你见过侦探用自己的钱打牌的吗？你就当我是打听事儿的。"

"有意思，"他说，"喝了点酒我的脑袋好使多了。"

我给了他一美元。"好好想想，我可以叫你休斯敦的得州牛仔吗？"

"阿马里洛①来的，"他说，"不过没关系。你觉得我的得州口音怎么样？我真是受够了，可我发现别人还挺喜欢。"

"挺好，"我说，"得州口音没什么不好的，又不会让你少赚一块钱。"

他咧嘴笑了，把那张一美元钞票整整齐齐地叠好，塞进了裤子的表袋。

"6月12日，星期五，那天你在做什么？"我问他，"傍晚或者晚上的时候。那是个星期五。"

他抿了一小口酒，开始回忆，轻轻地晃着酒杯里的冰块，边喝边嚼着口香糖。"我就在这儿，6点到12点的班。"他说。

"一个女人，一个很苗条、很漂亮的金发女人，那天入住这里，一直待到晚上，然后乘夜车去了埃尔帕索。我想她一定是上了那班车，因为星期天早上的时候她在埃尔帕索。她来这儿的时候开了一辆帕卡德快马轿车，车子登记在克丽斯托·格雷丝·金斯利名下，登记地址是卡森大道965号，贝弗利山庄。她可能就是用这个名字入住的，也可能用的是别人的名字，也有可能入住的时候压根儿没登记。她的车现在还在旅店的车库。我想见见那天帮她登记入住和退房的服务员。可以的话再给你一美元——考虑一下吧。"

我从床上摊开的那堆钱里抽出一美元，他窸窸窣窣地把钱塞进了口袋。

"行。"他冷静地说。

接着，他放下杯子，走出房间，关上门。我喝光了杯子里的酒，又倒了一杯。我走进浴室，又往身上浇了些温热的水。这时墙上的电话叮铃铃地响了起来，我从浴室门和床之间的狭小缝隙挤过去接

---

① 阿马里洛：美国得克萨斯州北部一城市，位于拉伯克以北的柄状狭长地带。

电话。

得州口音说道："是桑尼，但他上周五被征召入伍了。还有一个叫莱斯的，当时帮她办的退房。他还在。"

"好的，可以让他上来吗？"

我正品着第二杯酒，考虑要不要再来上这么一杯时，传来了一阵敲门声。我打开门，门口站着一个瘦小的、绿眼睛的、鬼鬼祟祟的人，嘴巴像女人的一样，绷得紧紧的。

他几乎是手舞足蹈地进了屋，看着我，脸上带着几分嘲讽。

"喝一杯？"

"当然。"他冷冷地说道，然后给自己倒了一大杯酒，又往里面加了点姜味汽水，一口气喝了下去，接着，往两瓣薄薄的、光滑的嘴唇里塞了支香烟，然后从上衣口袋里摸出根火柴，啪的一声点燃，往外吐了口烟，继续盯着我。他没有直视床上的钞票，而是用眼角的余光扫了它们一眼。他衬衫的口袋上，绣的不是数字，而是"领班"这两个字。

"你就是莱斯？"我问他。

"不是。"他停了一下。"这儿不欢迎侦探，"他接着说道，"我们自己不雇侦探，我们也不喜欢和别人雇的侦探打交道。"

"谢谢，"我说，"那就这样吧。"

"嗯？"小嘴巴不高兴地拧了拧。

"你走吧。"我说。

"你不是要见我吗？"他嘲笑道。

"你是领班？"

"当然。"

"正好我想请你喝一杯，再给你一块钱。喏，在这儿。"我给了他一美元，"谢谢你上来。"

他接过钱，装进兜里，一句感谢的话也没说，就杵在那儿，一缕一缕的烟从他的鼻孔冒出来。他紧盯着我，目光恶狠狠的。

"这儿我说了算。"他说。

"那得看你有多大本事，"我说，"看样子也不过如此。现在你酒也喝了钱也拿了，该干吗干吗去。"

他迅速转过身，耸了耸肩，悄无声息地溜出了房间。

过了四分钟，又有人敲门，很轻。高个小伙儿笑容满面地进来了。我绕过他又坐回到床上。

"你不喜欢莱斯吧，我猜？"

"没什么大不了的，他满意了？"

"我想是的。你知道领班都那样，他们总要捞上一笔。或许你最好叫我莱斯，马洛先生。"

"所以是你帮她退的房。"

"不是，那根本就是哄人的。她压根儿就没在柜台上登记。但我记得那辆帕卡德。她给了我一美元让我帮她停车，帮她在上火车前照看东西。她在这儿吃的晚餐。这地儿一美元可不少，我可忘不了。后来那辆车一直没被开走，大家都在说呢。"

"她那天什么打扮？"

"她穿着一件黑白外套，白色为主，戴着一顶巴拿马草帽，帽子上有一根黑白相间的带子。她很漂亮，头发是金色的，像你说的那样。后来她搭了辆出租车去的车站。我帮她放的行李。行李上有名字的首字母，但是很抱歉我记不得了。"

"你不记得才好，"我说，"不然你的记忆力未免太好了。喝一杯吧。她看起来多大年纪？"

他又洗了只杯子，给自己兑了一小杯酒。

"这年头女人的年纪不太好说，"他说，"我猜她大概有三十岁，也可能三十几或者二十八九。"

我从外套里翻出克丽斯托和拉威利在海边的快照，递给他。

他端详着照片，一会儿拿近，一会儿拿远。

"你不需要到法庭上做证。"我说。

他点点头。"我也不想去。这些金发妞都是一个模子，换件衣服，光线一变，或者化个妆，就看起来都一样或者都不一样。"他盯着照片，显得有些犹豫。

"你在想什么？"我问道。

"照片里这个男的，他也和这事儿有关系吗？"

"继续。"我说。

"我记得这个人在大堂里和她说过话，他们一起吃的晚饭。他个子很高，长得很漂亮，身材很好，像个次重量级的拳击手。他俩一起上的出租车。"

"你确定吗？"

他看了看床上的钞票。

"好吧，你要多少？"我不耐烦地问道。

他一下子强硬了起来，扔下照片，从口袋里抽出两张折起来的钞票，扔到床上。

"谢谢你的酒，去死吧。"他往门口走去。

"哎呀快坐下，别这么暴脾气。"我喊道。

他坐下来，冷冷地看着我。

"别他妈搞得像南方人。"我说，"这些年我什么样的旅馆没去过，遇上个不爱开玩笑的也没啥，但我可不爱和开不起玩笑的人打交道。"

他慢慢露出了笑容，很快点了点头，又拿起相片，看着我说：

"照片上的这男的还挺像本人的，"他说，"比这女的像。可还有一件事让我记住了他。我印象中，那位女士不太喜欢他在大堂里大摇大摆地朝她走去。"

我想了想，觉得这也说明不了什么。他也可能是迟到了，错过了约会。于是我说道：

"应该有什么原因。你有没有注意到那位女士戴的首饰？戒指，耳环，任何看来比较显眼的、值钱的东西？"

他说他没注意到。

"她是长头发还是短头发，直的、大卷还是小卷，天生的金发还是染的？"

他笑了。"天哪，你可看不出是天生的还是染的，马洛先生。就算是天生的，她们也希望再亮一些。还有就是，我记得她头发很长，就是现在流行的那种长发，发梢稍微往里扣一点，很直。但我也可能记错了。"他又看了一眼照片，"照片里她绾起来了，看不出来有多长。"

"很好。"我说，"我这样问，只是想确定你并没有过度观察。要是一个人看到的细节太多，那和什么也没看到的人一样不可靠，一般情况下，一半都是他编的。考虑到当时的情形，你的观察没问题，非常感谢。"

我把那两美元还给他，又加了五美元给他。他谢过我，喝完杯子里的酒，就轻轻地离开了。我也把杯子里的酒喝完，又进去冲了下凉，决定还是开车回家睡，我可不想睡在这个热窟窿里。于是，我穿上衬衫和外套，拎着包下楼了。

大堂里只有一个服务员，就是那个贼眉鼠眼的红头发领班。我拎着包经过柜台，他也没有试图帮我拎包。那个光头服务员接过我手里的两美元，连看都没看我一下。

"花两块钱在这个下水道一样的地方过夜，"我说，"还不如睡垃圾桶呢，不要钱，还通风。"

那个服务员打了个哈欠，半天没反应，突然轻快地说道："凌晨三点那会儿可凉快儿了，一直到早上八九点都挺舒服。"

我擦了把脖子后面的汗，摇摇晃晃地走到车上。虽然是半夜，座位都还是热的。

我大概两点四十五到的家，好莱坞简直是个冰箱，连帕萨迪纳都很凉爽。

第十四章

　　我做了个梦。我梦见我沉在一片深邃冰冷的绿色水面之下，胳膊下面夹着一具尸体。尸体有一头金色长发，漂浮在我面前。还有一条巨大的鱼，眼睛鼓鼓的，身体也胀得圆鼓鼓的，亮闪闪的鳞片上都是腐烂物，它斜着眼睛看我，老不正经的样子。我就要憋不住气的时候，胳膊下面的尸体突然活了，游走了，然后我和那条大鱼纠缠到了一起。那具尸体一直在水里翻滚，长长的头发不停地打着转儿。

　　醒来的时候我嘴里全是床单，两只手使劲儿扣着床头，手松开放下来的时候，肌肉很酸痛。我从床上起来，在房间里走了走，点了支烟，光着脚踩在地毯上。抽完烟我又回到了床上。

　　再醒来的时候是九点钟。阳光洒在脸上，房间里有点热。我洗了个澡，刮了胡子，穿上衣服，在小餐厅里做了吐司、鸡蛋和咖啡。我快弄好的时候，有人敲公寓的门。

　　开门的时候，我正嚼着吐司，门口站着一个身材消瘦、看起来很严肃的人，他穿着一套银灰色的西装。

　　"弗洛伊德·格里尔警督，中央侦查局。"他边说边走进房间。

　　他伸出一只干巴巴的手，我握了握。他坐下来，但只是坐在椅子的边缘，警督都是这样，一边在手里转着帽子，一边用他们惯用的眼神看着我，目光很沉静。

"我们接到一个圣贝纳迪诺打来的电话，说了狮角的事情。淹死了个女人。发现尸体的时候你似乎在现场。"

我点了点头说道："喝点咖啡吗？"

"不，谢谢。我两小时前就吃过早饭了。"

我端着咖啡坐在他对面。

"他们让我们调查一下你，"他说，"帮他们了解一下你的情况。"

"当然。"

"我们查过了，据我们了解目前你没什么问题。不过只是有点凑巧，发现尸体的时候刚好有干你们这行的人在。"

"的确，"我说，"我挺走运。"

"所以我只是想过来跟你打个招呼。"

"很好，很高兴认识您，警督先生。"

"真是有些凑巧，"他又点点头说道，"所以你也是有事上去的？"

"就算有事，"我说，"据我所知，也跟那个淹死的女人没有任何关系。"

"但是你也不确定吧？"

"除非结案，不然你怎么能确定最后是什么结果，对吧？"

"你说得对。"他又用手指摆弄起帽子的边缘，像个腼腆的牛仔。可是他的眼睛里并没有丝毫的羞怯。"我只是想确认，你说的结果要是刚好和这个溺死的女人有关，你会让我们知道的。"

"当然，我希望这一点您尽可以放心。"我说。

他用舌头顶起下嘴唇。"最好不只是希望。你现在还不太想说？"

"眼下我知道的不比巴顿多。"

"巴顿是谁？"

"狮角的警长。"

这个瘦削的、表情严肃的男人大度地笑了笑。他把关节捏得咔咔作响，停顿了一下，说道："圣贝纳迪诺的地方检察官可能会和你谈谈——在讯问之前。但不会太快。目前他们在录指纹。我们借了个技术人员给他们。"

"那可不容易。尸体在水里泡的时间太长了。"

"一直都是这么处理的，"他说，"他们在纽约弄出套办法，那儿老是有尸体要打捞。他们会从手指上切几块皮肤组织，泡在一种溶液里，让它们变硬，再把指纹拓印出来。这种办法很好用，已经是惯常的做法了。"

"你们觉得这个女人可能有什么犯罪记录？"

"干吗这么问，我们都是要在尸体上取指纹的，"他说，"你应该知道的。"

我说："我不认识这位女士。要是你觉得我是因为认识她才来的这儿，根本不是这么回事儿。"

"可是你不愿意告诉我你为什么来这儿。"他坚持道。

"所以你觉得我在撒谎。"我说。

他用一只精瘦的食指转着帽子。"你误会我了，马洛先生。我们没有任何想法。我们做的只是调查和发现。这些都只是例行公事。你知道的。你干这行也很久了。"他起身戴上帽子，"你要离开镇子的话，最好告诉我一声，非常感激。"

我说我会的，然后和他一起走到门口。他低了下头，出去了，虽然脸上带着笑，可表情还是有点忧伤。我看着他无精打采地从大厅晃了出去，按下电梯按钮。

我转身回到餐厅，看看还有没有咖啡，还有三分之二杯。我加了奶油和糖，把杯子拿到电话跟前，拨了市警察总署的电话，转到侦查局，然后询问弗洛伊德·格里尔警督是否在办公室。

电话那头说道："格里尔警督现在不在办公室。需要转接其他

（）

人吗？"

"迪·索托①在吗？"

"谁？"

我又重复了一遍这个名字。

"他是哪个部门的，什么职位？"

"便衣警察什么的。"

"稍等。"

我等了一会儿。粗喉音的男声说道："搞什么？花名册上没这个人。你是哪位？"

我挂了电话，喝完咖啡，拨通了德雷斯·金斯利的电话。干练冷静的弗洛姆塞特小姐说他刚进办公室，二话没说就把电话接通了。

"怎么样？"他说，新的一天刚刚开始，他的声音洪亮有力，"旅馆那儿有什么发现？"

"她确实去过那儿。拉威利也去那儿找过她。给我提供情报的旅店服务员自己提起拉威利的，我没有给他任何提示。他们一起吃的晚饭，然后一起搭车去了火车站。"

"我就知道他在撒谎，"金斯利慢慢地说，"我跟他提起埃尔帕索的电报的时候，我感觉他有点吃惊。我印象很深。还有别的吗？"

"那儿没有了。不过今天早上有个警察来找我，简单地调查了一下，警告我不得私自离开小镇。他想搞清楚我为什么去狮角。我没告诉他，他甚至不知道有个吉姆·巴顿，很显然巴顿也没有告诉任何人。"

"吉姆做事很有分寸。"金斯利说，"昨晚你问我那个名字干吗——米尔德里德还是别的什么？"

---

① 前文提到的身份有待确认的警察，曾拿着一张疑似穆里尔的照片，寻找一位名叫米尔德里德·哈维兰的人。——编者注

我简单给他了说经过。我告诉他穆里尔·切斯的车和衣服找到了，以及在哪儿找到的。

"这对比尔很不利。"他说，"我知道浣熊湖，但我从没想过那个旧柴房能用——我都不知道那儿有个旧柴房。这不仅是不利，简直像是比尔的预谋了。"

"我不同意。假设他对地形足够了解，他根本用不着花时间去琢磨藏东西的地方。他的腿不可能走远。"

"可能吧。你现在打算怎么办？"他问道。

"当然是再去会会拉威利。"

他也觉得该这样，又补充道："突然冒出来这档子事儿，挺不幸的，不过跟我们完全没关系，对吧？"

"没关系，除非你太太知道点什么。"

他一下子厉害起来："听着，马洛，我想我可以理解，你们探子的本能就是把所有发生的事儿往一块儿凑，但别太离谱。事情不是这样——至少我知道的不是这样。最好把切斯家的事儿交给警察，专注金斯利家的事儿吧。"

"好的。"我说。

"我其实不想这么霸道的。"他说。

我哈哈大笑，跟他说再见，然后挂了电话，穿好衣服，到地下室开上我的克莱斯勒，再次驱车前往贝城。

第十五章

　　我驾车经过牵牛星街的十字路口，沿着马路一直开到峡谷边缘，停在一个半圆形停车场。旁边有一条人行道，还围着一圈白色的木质围栏。我在车里坐了一小会儿，一边思考，一边望着远处的大海，欣赏着海岸边青灰色的山体。我在考虑，是跟拉威利旁敲侧击挠挠痒呢，还是凶一点吓唬吓唬他。来软的我没什么损失。要是没用——也不一定有用——那就走着看，不行再来硬的，还可以砸烂他的家具。

　　半山腰处，靠近外侧的房子下面有条铺过的路，小路蜿蜒向下，路上空无一人。再往下走，另一条山坡路上，几个小孩儿正在往坡上扔回旋镖玩，他们你推我搡、互相叫骂着追抢回旋镖。远处再靠下一点，还有所房子掩隐在绿树红墙中。后院的绳子上能看见晾着衣物，两只鸽子趾高气扬地沿着屋脊散步，脑袋摆来摆去的。一辆蓝褐色相间的公交车缓缓驶过街道和那所红砖房子，停了下来，一个年纪不小的男人小心翼翼地从车上下来，站稳了，用结实的手杖敲了敲地面，才慢慢往坡上走。

　　空气比昨天还要清新，这是个宁静的早晨。我把车留在那儿，沿着牵牛星街走到623号。

　　前面几扇窗的百叶窗是放下来的，看起来没精打采的样子。我沿着覆盖着韩国苔藓的小径往下走，按响门铃，发现门并没有关严。它松动了，靠在门框上，很多门都会这样，弹簧插销挂在锁盘靠下的地方。我记得前天走的时候就不太好关，要用点力。

我轻轻推了一下门，咔嗒一声门朝里开了。房间里面很黑，但西边的窗户透着些光。没人应门。我没再按铃，把门又往开推了推，走了进去。

房间里很静，暖烘烘的，有一股味道，就是那种日上三竿还没开窗透气的味道。长沙发旁边的圆桌上有瓶威使 69，几乎空了，旁边还有瓶满的。铜制的冰桶底子里还有点水。有两个用过的杯子，半瓶苏打水。

我把门恢复成刚才的样子，站在那儿竖起耳朵。要是拉威利不在，我可以趁机搜查一下这里。我没抓到他太多把柄，但也够用了，他应该不敢报警。

时间安静地流逝着，壁炉架上的电子钟发出枯燥的嗡嗡声，远处埃斯特街上的汽车嘀嘀叭叭地响着，峡谷对面的山麓间有飞机掠过，大黄蜂一样嗡嗡作响，厨房里的电冰箱突然轰隆隆地低吟起来。

我又朝里走了走，站住了，四下窥视，除了房子里本来的声音，其他什么声音也没有，房子里应该没人。我顺着地毯朝后面的拱廊走去。

这时，一只戴着手套的手出现在白色的金属扶手上，就在拱廊的另一头，楼梯向下延伸的位置。

那只手停住了。

接着又动了起来，露出一个女人的帽子，然后是她的头。这个女人轻轻地沿着楼梯上来，一直往上走，转身穿过拱廊，似乎还没有发现我。她很瘦，看不出年纪，棕色的头发有点乱，嘴巴上有一抹猩红，颧骨上的腮红有点太多了，眼睛上涂了眼影。她穿着蓝色粗花呢的套装，紫色的帽子歪戴在头上，快要掉下来的样子，难看极了，简直是魔鬼一样的装束。

她终于发现我了，但她并没有停下，脸上的表情也没有丝毫变化。她慢慢地走进屋子，伸出右手。她的左手戴着刚才扶手上看到的褐色手套。戴着手套的右手则握着一把小手枪。

接着她停下了脚步，向后一仰，嘴里发出痛苦的声音。突然，她咯咯地笑了起来，声音很尖，有点紧张。她用枪指着我，稳步朝我走来。

我盯着枪口，并没有叫喊。

她走近了。近到几乎可以耳语的时候，她用枪指着我的肚子，说道：

"我是来要租子的。房间保持得不错，没弄坏什么。他一直都挺仔细的，房子还算整洁。我只是来催催他，别把租子拖太久。"

一个有点紧张和害怕的家伙礼貌地问道："他租子欠了多久了？"

"三个月，"她回答道，"两百四十块。设备这么齐全的房子，80块一个月够可以了。以前也有收不上来的时候，可最后总能要回来。他答应今早给我支票的，电话里说的。我是说他答应今早给我的。"

"在电话里说的，"我说，"今天早上。"

我悄悄往旁边挪了挪，打算靠近一点，从侧面把枪打掉，踢出去，然后赶紧跑，以防她再把枪捡回来。以前这招儿不怎么好用，但偶尔你也得试试，看来现在是时候了。

我移动了大约六英寸，但不够近，还够不到枪。我说："你是房东？"我没正眼儿看枪。我有那么一点点希望她并不知道自己正拿枪指着我。

"干吗这么问，当然，我是福尔布鲁克夫人，你以为我是谁？"

"哦，我也觉得你可能是房东，"我说，"因为你一直在说租子的事儿，可是我并不知道你的名字。"我又移动了八英寸，很顺利，千万不能浪费这么好的机会。

"那么你是谁，请问？"

"我是来收租车费的，"我说，"刚才门开了条缝儿，我一推就开了。我也不知道怎么回事儿。"

我摆出一副信贷公司业务员的表情，绷起脸，但随时都能灿烂地笑出来。

"你是说拉威利先生的租车费也欠着？"她问道，有点担心的样子。

"欠的不多，但有些。"我平静地说。

一切就绪，现在距离合适，速度应该也没问题。只要干净利落的一下，把枪打下来，再踢出去。我抬起脚，准备行动。

"你知道，"她说，"说来好笑，这支枪是我在楼梯上发现的，脏兮兮、油乎乎的，你说是吧。楼梯上的地毯可是上等的雪尼尔绒，贵着呢。"

她把枪递给我。

我伸手去接，我的手有些僵硬，简直和鸡蛋壳一样硬，或者说一样脆。我接过枪。她闻了一下刚才握枪的手套，露出厌恶的表情。她继续堂而皇之地说了起来，语调和刚才完全一样。我的膝盖响了一声，吃不消了，得放松一下。

"你要容易一些，"她说，"我是说车，你大不了直接把车开走。可要带走这么一所房子，还有这么好的家具，可没那么容易。赶租户可是要花钱花时间的。总是会发生冲突，会弄坏东西，有时候还是故意的。这地毯就要两百多块，还是二手的。虽然不过是黄麻的，但是颜色很漂亮，是不是？你可想不到那只是黄麻的，而且是二手的。不过也挺可笑的，但凡你用过的东西，就成了二手的。我也是走过来的，替政府节约点能源。我本来可以坐上一段公交车的，可这该死的家伙要么不来，要么就是方向不对。"

我几乎没怎么听她说话。她说得漫无边际，像浪花般转瞬即逝。我脑子里全是那把枪。

我卸下弹匣，是空的。我把枪转过来，看了看枪膛，也是空的。我又闻了闻枪口，有股火药味儿。

我把枪塞进口袋。这是一支六连发、点 25 口径的自动手枪。已经没子弹了。打空的，距离上次开枪时间不长，但也不会是半小时前。

"这枪被人用过吗？"福尔布鲁克夫人愉快地问道，"当然我希望没有。"

"您怎么会认为这枪被人用过呢？"我问她。声音很镇定，但脑子在高速运转。

"枪就在楼梯上，"她说，"毕竟是枪总会有人用的。"

"这话不假，"我说，"可没准儿拉威利先生的兜破了个洞。他不在家，对吗？"

"哦，不在。"她摇了摇头，看起来有点失望，"我觉得他有点不厚道，他答应给我支票我才过来的——"

"你什么时候给他打的电话？"我问道。

"干吗，昨天晚上。"她眉头皱了起来，不喜欢这么多问题。

"他一定是临时有事出去了。"我说。

她的目光落在我的两只棕色眼睛中间。

"听着，福尔布鲁克夫人，"我说，"咱们别兜圈子了，福尔布鲁克夫人。不是我有意见，当然我也不爱说这些。你不会冲他开枪了吧——就因为他欠了你三个月的房租？"

她缓缓地坐到椅子的边缘，用舌尖舔了舔猩红色的嘴唇。

"为什么这么说，这种想法儿太可怕了，"她生气地说道，"你也不是什么好东西。你不是说这枪没人用过吗？"

"是枪总有开火的时候，也总有上膛的时候。可这支现在没子弹。"

"好吧，那么——"她显得有点不耐烦，闻了闻那只油乎乎的手套。

"好的，算我想错了，就当开玩笑吧。拉威利先生出去了，你查看了他的房子，你是房东，所以有钥匙，对吧？"

"我也不想打扰的，"她咬着手指头说道，"或许我不该这么做，可我有权查看房子。"

"当然，你查看过了。你确定他不在吗？"

"我可没看床下边或者冰箱里，"她冷冷地说，"我按门铃没人应，于是就在楼梯上喊他。然后我下到楼下的客厅，又喊了他几声。我还偷偷看了一眼卧室。"她垂下眼睛好像有点害羞的样子，搓了搓放在膝盖上的手。

"就这些吗？"我说。

她爽快地点了点头。"是的，就这些。你刚才说你叫什么名字来着？"

"万斯，"我说，"菲洛·万斯。"

"你在哪里工作，万斯先生？"

"我现在没工作，"我说，"除非警察局局长再遇上什么麻烦。"

她吓了一跳。"可是刚才你说你是来收汽车租子的。"

"那只是个兼职，"我说，"临时的。"

她站起身，镇定地看着我，冷冷地说道："这样的话，我想你最好离开这儿吧。"

我说："我想我可能要先查看一下，要是你不介意的话。也许有你没注意到的东西。"

"我认为没有这个必要，"她说，"这是我的房子。请你现在就离开，谢谢，万斯先生。"

我说："就算我不走，也会有人走的。坐下吧，福尔布鲁克夫人。我只是随便看看。这枪，你知道，有点奇怪。"

"可我告诉过你，这是我在楼梯上发现的，"她气鼓鼓地说道，"其他我什么都不知道。我压根儿就不懂枪。我——我这辈子还没使过枪呢。"她打开一个很大的蓝色的包，从里面抽出一块手绢，抽泣了起来。

"随便你怎么说，"我说，"我又不是非得信你。"

她伸出左手，摆出一副可怜的姿态，像极了《东林怨》[①]里犯了错的妻子。

"哎呀我真不该进来！"她哭喊道，"真是糟透了，我就知道，拉威利先生会生气的。"

"你不该做的是，"我说，"让我发现枪是空的。在那之前一切都还在你的掌控之中。"

她跺了跺脚。这场面缺的就是这个，这下完美了。

"为什么，你真是个可恶的家伙，"她尖叫了起来，"你敢碰我你试试看！你敢过来一步你试试看！你在这儿，我一分钟也不想待了。你竟敢这样侮辱我——"

她一下收住了声音，像是突然绷断的橡皮筋。接着她低下头，抓起帽子和所有的东西，朝门口跑去。经过我的时候，她伸出一只手，想要推开我，可是没够到，我没有动。她猛地把门拉开，冲了出去，

---

① 《东林怨》（East Lynne）是十九世纪英国女作家亨利·伍德夫人（Ellen Wood）的一部成名作，写于1861年。作品围绕东林别墅和西林别墅的主人卡莱尔和海尔达这两家人，以一桩谋杀案为主要线索，集中描写了东林别墅的女主人公、没落的伯爵之女伊莎贝尔一生的经历及其悲剧性的结局。作品忠实地反映了十九世纪后期英国中产阶级的生活，故事情节复杂，催人泪下，而又带有强烈的戏剧色彩。

跑上通往街道的小路。门慢慢地合上了，我透过关门声听到了她急促的脚步声。

我用手指甲划过牙齿，然后用指节敲了敲下巴，竖起了耳朵，四周鸦雀无声。一只六连发的自动手枪，子弹都打光了。

"不对，"我大声说道，"这儿有什么不对头的。"

房子此刻显得异常的寂静。我沿着杏黄色的地毯，穿过拱廊，到了楼梯口。我在那儿站了一会儿，又听了听。

然后我耸了耸肩，轻轻地朝楼下走去。

第十六章

楼下的门厅两边各有一个门，中间还有并排的两个门。其中一个门是放桌布、床单等亚麻织品的壁橱，另一个门则锁着。我走到门厅尽头，探头看了看一间次卧，窗帘拉着，不像有人住的样子。我走回到门厅的另一头，走进第二间卧室，里面有张很大的床，地上有块咖啡色的地毯，浅色木制家具棱角分明，梳妆镜镶在梳妆柜里，镜子上有一条荧光灯带。角落里一只水晶灰狗站在镜面桌上，旁边是一只水晶盒，里面放着香烟。

梳妆台上散落着些蜜粉。垃圾桶上搭着一条毛巾，毛巾上有一道深色的口红印。床上并排放着两个枕头，还有头枕过的压痕。一只枕头下面露出一条女式手帕。床脚上横着一套纯黑色的睡衣。空气中弥漫着一股强烈的西普调香水的味道。

我很好奇福尔布鲁克夫人对此作何感想。

我转过身，对着衣橱门，打量了一下长镜子里的自己。门被刷成了白色，上面有一个水晶拉手。我垫着手帕拧开拉手，朝里看了看。松木衬里的衣橱里几乎全是男人的衣服，有一股好闻的粗花呢套装的味道。不过，里面也不全是男人的衣服。

还有一套女式的、黑白相间的西服，大部分是白色，下面还有一双黑白相间的鞋子，上面的格子里放着一顶巴拿马草帽，草帽上系着黑白相间的绑带。还有些女人的其他衣物，不过我没再细看。

我关上衣橱门，走出卧室，手里拿着一块手帕，打算用在别的门把手上。

亚麻织品的壁橱旁边有一扇门，是锁着的，应该是浴室。我晃了晃门，打不开。我弯下腰，看见把手中央有一个狭小的缝隙，门应该是从里边被锁上的，里边的把手中间有一个弹钮，被人按下去了。用那种没凹槽的金属钥匙可以从外面把门打开，只要从那个狭小的缝隙插进去，锁就会自动弹开，以防有人在浴室中晕倒，或是小孩儿把自己反锁在里面无法无天。

那钥匙应该保管在亚麻织品壁橱的最上面，但那上面没有。于是我用刀刃试了试，可刀刃太薄了。我回到卧室，从梳妆台上找到一个扁的指甲锉，能用，我打开了浴室门。

一件男士的沙色睡衣搭在一个上了色的筐子上。地上有一双绿色平底拖鞋。洗脸池的边上有一个安全刀片，还有一管面霜，没盖盖子。浴室窗户关着，空气中有股异样难闻的味道。

浴室淡青色的瓷砖地上有三枚空弹壳，锃亮锃亮的。磨砂玻璃上有一个规整的小洞。窗户左上方一点的水泥墙上有两处划损的地方，墙漆花了，露出白色的墙灰，那儿应该被什么东西击中过，比如子弹。

淋浴间的浴帘是绿白相间的油绸浴帘，挂在闪闪发光的铬制圆环上，掩住了淋浴间的入口。我把它拉到一旁，挂环发出尖锐的摩擦声，听起来格外刺耳。

我俯下身的时候，感到脖子咔嗒响了一声。他就在那儿——也不可能在别处。他蜷缩在角落里，在两个发亮的水龙头下面，水从头顶铬制的喷头上流下来，再慢慢地从他的胸腔滴下来。

他的腿弓着，只是有点松弛。赤裸的胸口上有两个青黑色的洞，都很靠近心脏，足以毙命。血迹似乎已经被冲洗干净了。

他的眼睛睁着，眼神里有种奇怪的欢欣和期待，好像闻到了清早咖啡的香味，马上要从里面出来的样子。

一切都发生得很快。你刚刮完胡子，脱了衣服准备冲澡，身体靠着浴帘，正弯腰调节水温。突然，身后的门开了，有人进来了，似乎是个女人。她手里拿着枪，你看了一眼枪，接着她就开枪了。

前三枪没打着。这么短的射程，这简直不可能，但确实如此。也许这是常有的事儿，是我少见多怪了。

你无处可逃。要是你生性凶猛、临危不乱，你尽可以冒险扑倒她。但俯身对着浴室水龙头，手里拉着浴帘，你站不稳。可要是你和普通人一样，你很可能惊慌失措。那么，除了钻进淋浴间，你无处可逃。

你也的确躲了进去。你拼命躲到最里边，但是淋浴间的空间太狭小，瓷砖墙挡住了你的去路。你一直退到最后一堵墙，无路可逃，必死无疑。她又开了两枪，也可能是三枪，你从墙边滑了下来，你的眼睛里不再有恐惧，只剩下死一般的空洞。

然后她伸手关了水龙头，从里面按下浴室门的锁，锁上了浴室门。出去的时候，她把打空了的枪扔在了楼梯地毯上。杀了人，她大概也会害怕吧。而那很可能是你的枪。

是这样吗？最好是这样。

我俯下身，拉了拉他的胳膊，很僵硬，已经冰透了。我走出浴室，没锁门。没必要再锁了，只会给警察徒添麻烦。

我走进卧室，从枕头下面抽出那条手帕，是一小块旧亚麻手帕，绣着红色的荷叶边。角上绣着两个红色的首字母"A.F."。

"艾德丽安·弗洛姆塞特小姐①。"我说道，然后笑了，笑声有点

_____

① 金斯利先生的助理。——编者注

毛骨悚然。

我甩了甩手帕，想甩掉些上面的西普调香水味儿，然后把它叠了起来，包进纸巾，放进口袋。我又上楼回到起居室，翻了翻墙边的桌子。桌上没有什么有价值的信件、电话号码或是可疑的文件夹。也许是有的，只是我没找到。

我看了看电话，被放置在壁炉旁边靠墙的小桌上。电话线很长，这样拉威利先生就可以舒服地躺在长沙发上，在光滑的棕色嘴唇里叼上一支烟，再在身旁的小桌上摆上一高脚杯的冰镇酒水，和他的女伴儿煲个漫长甜腻的电话粥。电话里的他们惬意，懒散，挑逗着，戏谑着，你来我往，说起话来没那么含蓄，当然也没那么露骨，就是他很享受的那种电话粥。

这些都成了过往。我向门口走去，把锁调好，方便我再进来，然后把门紧紧地关上，又使劲儿拉了拉，直到听到锁头咔嗒响了一声。我沿着步道走上去，站在阳光下，看着街对面阿尔默医生的房子。

这次没人冲我大喊大叫，没人从里面冲出来，也没有警察吹哨子。周围一片寂静，光线明媚而又祥和。不需要大惊小怪。只是马洛，又发现了一具尸体。目前他干得还不错。难怪人称他"凶杀使者马洛"。但凡他办案，准保一日一凶杀，运尸车得天天跟着收尸。

他是个挺不错的家伙，天真老实。

我走回到十字路口，发动车子，倒车，然后开走了。

第十七章

　　三分钟后，运动俱乐部的服务生回来了，点了点头，示意我跟他走。我们上到四楼，拐了个弯儿，他把我带到一扇半掩的门前。

　　"进去左拐，先生。尽量轻点儿，有些会员在休息呢。"

　　我走进俱乐部的图书室。玻璃门后边都是书，中间的长桌上是杂志，还有一幅打着射灯的肖像，那是俱乐部的创始人。不过这里似乎就是用来睡觉的。向外凸出的书架把房间分隔成许多小隔间。隔间里摆着高背皮椅，特别大，很舒服。几个老家伙安静地在椅子里打着盹儿，脸色有点发紫，高血压的缘故，皱缩的鼻翼里发出细微的鼾声。

　　我往里走了几英尺，轻轻拐到左边。德雷斯·金斯利先生在房间深处最里边的隔间里。他把两把椅子并排放着，面朝角落。一把靠背椅的顶端刚好能看到点他深色头发的大脑袋。我坐进另一把空着的椅子，很快地朝他点了点头。

　　"小点声儿，"他说，"这是睡午觉的地方。说吧，怎么了？我雇你可是为了省点麻烦，不是来添乱的。你害得我把一个很重要的约会都取消了。"

　　"我知道。"我一边说，一边把脸凑过去。他闻起来有股威士忌汽水的味道，挺好闻的。"一个女人开枪杀了他。"

　　他的眉毛一下子扬了起来，脸一下子僵住了，牙齿咬得紧紧的。

他的呼吸声很轻，一只大手在膝盖上绞着。

"继续。"他说，声音小得像蚂蚁。

我朝椅背后望了望，离我最近的老家伙睡得正香，他呼吸的时候，鼻孔里沾满灰尘的绒毛呼哧呼哧地来回摆动着。

"我去了趟拉威利家，可是没人应门，"我说，"门开着条缝儿，但我记得昨天门是关着的。我推门进去，房间很黑，有两个杯子，里面还有些酒。房子里很静。突然冒出来个又黑又瘦的女人，她说她是福尔布鲁克夫人，是房东，她从楼梯走上来，手套里裹着一把枪。她说枪是在楼梯上发现的，说她是来收房租的，说拉威利欠了三个月的房租，她说她用钥匙进来的。我推测她趁机四处窥探了一下，查看了房子。她把枪给了我，我发现子弹是不久前才打出去的，但我没告诉她。她说拉威利不在家。最后我把她惹怒了，她气冲冲地走了。她也可能会给警察打电话，不过她更有可能直接走了，干别的去了，把这事儿忘得一干二净——不过租子她可不会忘。"

我停了一下。金斯利正看着我，下颌的肌肉因为牙齿咬得太紧而有点鼓出来，眼神看起来有点不太舒服。

"我下到楼下。看得出有女人在那儿过了夜。有睡衣、蜜粉、香水儿什么的。浴室门锁着，我想办法弄开了。地上有三个空弹壳，墙上有两个弹孔，窗户上也有一个弹孔。拉威利就在淋浴间里，光着身子，已经死了。"

"天哪！"金斯利轻声叫道，"你是说他昨晚和一个女人过夜，那个女人今天早上在浴室里开枪射杀了他？"

"那你觉得还能是怎样呢？"我问道。

"小点声儿。"他埋怨道，"当然，这太震惊了。怎么会在浴室？"

"你也小点声儿。"我说，"怎么就不能在浴室？还有什么别的地方能让一个男人毫无防备吗？"

他说："你还不知道到底是不是那个女人干的，我是说，你还不确定，对吧？"

"不确定，"我说，"没错儿，也可能是别的什么人用一支小手枪干的，然后随便打了几枪，好显得像是女人干的。浴室在坡下，朝着一片空地，外边儿的人不大可能听到里边的枪声。在那儿过夜的女人可能已经走了——也可能压根儿就没什么女人。现场是伪造的。也可能其实就是你干的。"

"我干吗要杀他？"他惊叫道，死死地捏住两个膝盖，"我怎么会干这种伤天害理的事情。"

这没什么可理论的。我说："你太太有枪吗？"

他愁眉苦脸地转过来，有气无力地说道："我的天，兄弟，你不会真这么想吧？"

"好吧，她到底有没有枪？"

他一字一顿地说道："是的，她有，一把小型自动手枪。"

"你在当地买的吗？"

"我——不是我买的，是几年前在旧金山的一个派对上，从一个醉汉那儿弄来的。当时他拿着枪挥来挥去的，觉得很好玩，我就拿走了，再没还给他。"他使劲儿捏着下巴，手指的关节都变白了。"他很可能根本就记不起枪是什么时候丢的，在哪儿丢的。他当时真是醉得不成样子。"

"很好，"我说，"你能认出那把枪吗？"

他使劲儿想了想，扬起下巴，半闭上眼睛。我又回头朝椅背后面看了看。一个打盹儿的老头打了个很响的呼噜，把自己吵醒了，差点从椅子上掉下去。他咳嗽了几声，用又干又瘦的手抓了抓鼻子，又从马甲里摸出一块金表，沉着脸瞄了一眼，放到一旁，又接着睡了。

我从口袋里掏出那把枪，放在金斯利的手上。他看着它，表情很痛苦。

"我不知道，"他慢慢地说，"有点像，但我也不确定。"

"侧面有序列号。"我说。

"谁会记得枪上的序列号呢。"

"我也希望你不记得，"我说，"不然我反而会很担心。"

他用手握住枪，放到屁股旁边。

"真是个无赖，"他轻声说道，"我猜他甩了她。"

"我不明白，"我说，"考虑到你不会做这种伤天害理的事情，你的作案动机不充分。但是她的动机很充分。"

"我们的动机可不一样，"他没好气儿地说，"而且女人比男人冲动得多。"

"就像猫比狗冲动。"

"这话怎么说？"

"应该说有些女人比有些男人更容易冲动。这说不过去，要非说是你太太丁的，我们最好找找别的原因。"

他转过头，直视着我，没有半点开玩笑的意思，嘴角都咬出了白色的牙印。

"这可不是开玩笑，"他说，"不能让警察找到这把枪。克丽斯托有持枪许可，这把枪也是注册过的。就算我不记得，他们也能查到序列号。绝对不能让他们找到这把枪。"

"但是福尔布鲁克夫人知道枪在我这儿。"

他固执地摇摇头。"我们得冒个险。当然，我知道你会承担风险，但我不会亏待你的。如果现场像是自杀，我会让你把枪放回去。但按你说的，不是自杀。"

"不是，不然前三发子弹都得是他自己打偏的才行。但就算你奖励我十块钱，我也不能掩盖一个谋杀案，枪必须放回去。"

"我在想我可以多奖励你一些，"他小声说，"比如五百块。"

"你究竟想要收买什么？"

他靠过来，眼神严肃而又凄凉，但并不慑人。

"除了那把枪，拉威利家还有什么东西，能说明克丽斯托最近去过那里。"

"一套黑白相间的西装，一顶帽子，很像圣贝纳迪诺那个旅店服务员给我描述的样子。应该还有更多我不知道的东西。那儿一定会有指纹。你说她没录过指纹，但这并不意味着他们不会拿她的指纹去比对。她家里的卧室一定到处都是她的指纹。小鹿湖的别墅也是一样。还有她的车。"

"我们得把车——"他一开口就被我打断了。

"没用的。指纹到处都是。她平时用什么香水？"

他看起来有一瞬间有点茫然。"哦——皇家吉勒雷恩，香水中的香槟，"他木然地说，"偶尔会用香奈儿系列的。"

"你自己用的是哪种？"

"一种西普调香水，檀香味的。"

"他的卧室里全是这个味道，"我说，"闻起来有点廉价，不过我也不太懂香水。"

"廉价？"他说，仿佛刺到了极大的痛处，"天哪，廉价？三十块才能买一盎司！"

"好吧，可那玩意儿闻着更像是三块钱一加仑^① 的。"

他使劲儿按住膝盖，摇了摇头。"我是说钱，"他说，"五百美元。我现在就给你开支票。"

我没有理会他。他的话像沾染了泥土的羽毛，打着转儿徐徐落在

---

① 1 加仑约等于 3.79 升。

地上。这时，我们身后的一个老头儿跌跌跄跄地摸出了房间，脚步声听起来有点困乏。

金斯利郑重其事地对我说道："我雇你是为了不要卷入丑闻，当然也是为了保护我太太，要是她需要的话。现在看来，丑闻已经在所难免，当然也不是你的错。不过眼下这件事事关我太太的性命。我也不知道为什么，但我不相信她会开枪杀了拉威利。也许她昨晚确实去过那儿，也许这把枪就是她的，但也不能证明就是她杀的人。枪可能是她不小心留下的，其他东西她也一样丢三落四。谁都有可能捡到这把枪。"

"那儿的警察可没工夫去证明这些，"我说，"要是我之前遇到的那个警察算典型的话，那么他们就会咬住第一个嫌疑人一通乱打。一旦他们搜查现场，她就会成为头号嫌疑人。"

他搓了搓手掌。他的痛苦像是演出来的，真正的痛苦往往都是这样。

"某种程度上，我同意你的观点，"我说，"现场看起来几乎太完美了，至少第一眼看上去。她的衣服留在那里，有人见她穿过那些衣服，这也查得到。她竟然把枪留在台阶上，很难想象她会那么蠢。"

"你真是够打击人的。"金斯利无力地说。

"但这些并不能说明什么，"我说，"因为这都是我们分析推理出来的，而那些因为激情或者仇恨犯罪的人，犯了罪以后往往一走了之。我了解到她是个鲁莽、没脑子的女人。楼下的现场没有任何有所预谋的痕迹，一切迹象都表明这完全是个意外。但即便那儿没有任何和你太太有关的线索，警察也会把她和拉威利联系到一起。他们会查他的背景，他的朋友，他交往的女人。她的名字必然会在什么时候浮出水面，到那时候，一旦警察发现她已经失踪一个月了，他们一定会警觉起来，欣喜万分，摩拳擦掌。而且他们必定会追踪到那把枪的来历，而如果枪真的是她的——"

他伸手去够椅子上的枪。

"不行，"我说，"他们必须拿到这把枪。马洛可能是个聪明人，而且个人也比较喜欢你，但他绝不会冒险去窝藏枪这样的关键证据，况且这把枪还杀了人。不管我做什么，都必须基于这样一个事实——你太太显然是一个重要的嫌疑人，当然，这个事实也可能是错的。"

他哼了一声，把手里的枪递了过来。我接过枪，放到一边。然后我又把它拿了出来，对他说道："把你的手帕借我一下。我不想用我的，他们可能也会搜查我。"

他递给我一块有点硬的白色手帕，我仔仔细细地把枪擦拭了一遍，放进口袋，然后把手帕还给他。

"我的指纹没关系，"我说，"但我不想你的指纹留在上边。我能做的也只有这个了。我会再回到那儿去，把枪放回去，然后报警，配合他们调查，不管结果如何，真相都会水落石出。比如当时我为什么出现在那里，在做什么。最糟的结果是他们找到了她，证明她杀了他。最好的结果是他们比我更快地找到她，而我来证明她并没有杀害他，那意味着，实际上，我得证明是别的什么人杀的他。你想赌一把吗？"

他慢慢地点点头，说："是的——五百块押在这儿，证明克丽斯托没杀他。"

"我并没想着挣这笔钱，"我说，"你也该明白这一点。弗洛姆塞特小姐和拉威利熟吗？我是说工作以外的时间。"

他的脸突然绷紧了，像抽筋了一样，放在大腿上的两只拳头攥得紧紧的，他没说话。

"我昨天问她要拉威利的地址的时候，她看起来有点怪。"我说。

他慢慢地出了口气。

"就像吃了什么难吃的东西,"我说,"或是想起了一段失败的恋情。我是不是有点太直接了?"

他的鼻翼微微颤动着,有那么一会儿,能听到呼哧呼哧的声音。接着,他平静了下来,轻声说道:

"她……她跟他很熟——曾经。她是那种怎么开心怎么来的姑娘。拉威利,我猜,很招女人喜欢。"

"我得和她谈谈。"我说。

"为什么?"他立刻问道,脸颊上泛起了红晕。

"别管为什么。我的工作就是找各种各样的人问各种各样的问题。"

"那就谈吧,"他紧接着说,"实际上她认识阿尔默,也认识阿尔默的太太,就是那个自杀的女人。拉威利也认识她。难道这跟我们有什么关系吗?"

"我不知道。你爱上她了,是不是?"

"可能的话,我明天就娶她。"他生硬地说道。

我点了点头,然后站起身。回头看了一眼,整个房间都空了。最远处,房间的另一头,还有几尊化石在用鼻子吹泡泡。其他在软凳子上休息的老家伙早已颤颤巍巍地回去做自己的事情了。

"只是有一件事,"我低头看着金斯利说,"要是谋杀案报案不及时,警察会很不高兴。我们已经耽搁了一些时间,而且还会耽搁更多的时间。我一会儿会再回去,假装刚刚发现。我想我可以这样做,只要不提起福尔布鲁克夫人。"

"福尔布鲁克夫人?"他压根儿不知道我在说谁,"谁他妈是——哦,是的,我想起来了。"

"可千万别想起来。我几乎敢打包票,他们绝不会从她那里得到一星半点的消息。她不是那种肯主动和警察打交道的人。"

"我明白。"他说。

"确保别出错。他们会先问你问题，之后你才会被告知拉威利死了，在那之前他们也不会允许我联系你——他们知道的就是这些。别中圈套，要是你中了圈套，我就什么也查不出来了。我也得进局子。"

"你可以从那儿给我打个电话——在你报警之前。"他说道，觉得这样很明智。

"我知道，但事实上我比较倾向于不打，这样对我更有利一些。他们一定会先查通话记录。要是我给你打电话，不管在哪儿打的，倒不如承认我来找过你了。"

"我明白了，"他又说道，"相信我，我能处理好的。"

我们握了握手，我走的时候，他还站在那里。

第十八章

运动俱乐部在马路对面的拐角处，距离特雷洛尔大楼有半个街区。我过了马路，向北走，到了俱乐部的入口。原来橡胶砖的地面已经铺上了玫瑰色的混凝土，用栅栏围着，只留出一条很窄的通道，供进出大楼用。通道上挤满了吃过午饭回来的员工。

吉勒雷恩公司的会客厅看起来比前天更空旷。那个金发小姐依旧缩在角落的电话交换机旁。她一看到我就笑了，我做了个神枪手的姿势，算是跟她打招呼——用食指瞄准她，紧握下面的三根手指，大拇指上下摆动，好像一个西部猎手正在拨弄枪栓准备射击。她开心地笑了起来，只是没笑出声，仿佛这是她这个礼拜最开心的事儿。

我指了指弗洛姆塞特小姐空着的办公桌，这个金发小妞儿点了点头，插进一根线然后说了几句。门开了，弗洛姆塞特小姐袅袅地走了出来，优雅地回到办公桌前，坐了下来，淡淡地看着我，好像在等我说点什么。

"好的，是马洛先生吧，很抱歉金斯利先生不在。"

"我刚见过他。方便和我聊几句吗？"

"聊几句？"

"给你看样东西。"

"哦，什么？"她意味深长地打量了我一下。以前大概老有人想给她看点新鲜的玩意儿，蚀刻版画什么的。换个场合，我大概也会忍不住试试，看看能不能拨动她的芳心。

"正事儿，"我说，"金斯利先生的事。"

她站起来，打开了栏杆里的门。"那不如去他办公室里说吧。"

我们一起往里走，她拉开门让我先进去。从她旁边经过的时候，我特意闻了一下，檀香味。我说：

"皇家吉勒雷恩，香水中的香槟？"

她微微一笑，扶住门。"就凭我这点薪水？"

"我可压根儿没提你的薪水。你看起来不像自己掏钱买香水的姑娘。"

"是的，的确如此。"她说，"你大概不知道，我讨厌在办公室喷香水，是他要我用的。"

我们走进狭长昏暗的办公室，她坐在办公桌一头的椅子上，我坐在前天我坐过的那把椅子里。我们互相打量了一下。她今天穿的是棕褐色的衣服，戴着一个有褶边的胸饰。她看起来稍微有点温度了，但还是不怎么热情。

我递给她一支金斯利的烟，她接过烟，用他的打火机点着，往后靠了靠。

"我们别兜圈子了，"我说，"现在你已经知道我是谁，我在做什么。要说昨天早上你不知道，那是因为他喜欢耍大牌。"

她低头看了看放在膝盖上的手，抬起眼睛，几乎是有点羞怯地笑了笑。

"他是个好人，"她说，"他只是喜欢摆出一副总裁的臭架子。毕竟他才是那个被耍了的人。你不知道那个小婊子害他多苦。"——她晃了晃手里的烟——"算了，也许我不该提这些。你找我干吗？"

"金斯利说你认识阿尔默夫妇。"

"我认识阿尔默太太。确切地说,我见过她几次。"

"在哪儿见的?"

"在一个朋友家,问这干吗?"

"是拉威利家吗?"

"你该不会这么无礼吧,马洛先生?"

"我不知道你是怎么界定无礼的。咱们就事论事,这又不是外交会晤。"

"很好。"她轻轻点点头,"是的,是在克里斯·拉威利家。我以前去过那儿——只是偶尔去的,参加他的鸡尾酒派对。"

"那么拉威利也认识阿尔默夫妇——或者说阿尔默太太。"

她有点脸红了。"是的,他们很熟。"

"还有很多其他女人——他也很熟。这一点我毫不怀疑。金斯利太太也认识阿尔默太太吧?"

"是的,比我还熟。她们都是直呼其名的。不过阿尔默太太死了,你知道的,她自杀了,大概一年半前。"

"她的死有疑点吗?"

她扬起眉毛,但是看起来有点假,好像是因为我问了,故意做出来给我看的。

她说:"你这样问,有什么特别的原因吗?我是说,这跟你正在做的事情有什么关系吗?"

"之前我觉得没关系,现在也还不知道有没有关系。但是昨天,我只是看了几眼阿尔默的房子,他就叫来一个警察。那个警察查了我的驾照,知道我是谁以后,就对我很不客气,只是因为我在那儿待了一会儿。他并不知道我在干吗,我也没告诉他我是来找拉威利的。但是阿尔默医生一定知道。因为他看到我在拉威利家房前。那他干吗非得叫警察来呢?而那个警察为什么那么得意地告诉我,上一个试图诬陷阿尔默的家伙最后被抓去筑路了？又为什么问我是不是她的人——我想他说的是阿尔默太太家的人——雇的我呢？要是你能回答这当中的任何一个问题，也许我就能知道这到底关不关我的事儿了。"

她想了一会儿，瞟了我一眼，又很快把目光移开。

"我只见过阿尔默太太两次，"她慢慢地说，"但我想我可以回答你的问题——所有的问题。我最后一次见她是在拉威利家，就是我刚才说的，当时那儿有很多人。大家喝了很多酒，都在大声说话聊天。那天来的男男女女都是有妇之夫和有夫之妇，他们都是背着丈夫和妻子出来逍遥的。"

"那天有个叫布朗威尔的家伙，他醉得一塌糊涂，他现在在海军服役。当时他跟阿尔默太太取笑她丈夫的工作，说他拎着装满注射器的医药箱，整夜奔走于那些浪荡子中，免得他们早上起来神志恍惚。弗洛伦斯·阿尔默说她不关心她丈夫是怎么挣钱的，只要够她花就行。她也醉得神志不清，当然她清醒的时候也不是什么好惹的。她是那种妖娆性感、纵情欢笑的女人，到哪儿都引人注目。她会四仰八叉地躺在椅子上，露着一大截子腿。她的头发是浅金色的，肤色红润，一双淡蓝色的眼睛出奇地大。布朗威尔叫她别担心，怎么说那都是个能挣钱的行当。进出病人家只要十五分钟，不管去哪儿，一趟都得十到十五块。但有一件事他搞不明白，他说，要是道儿上没人的话，一个医生怎么能搞到那么多的针剂。他问阿尔默太太，他们是不是经常在家里招待社会上的小混混，她就冲他脸上泼了一杯酒。"

我笑了，但是弗洛姆塞特小姐并没有笑。她在金斯利硕大的镶铜玻璃烟灰缸里捻灭了烟头，严肃地看着我。

"泼得好，"我说，"是谁都会这么做，不然就好好揍他一顿。"

"是的，过了几周，弗洛伦斯·阿尔默被人发现半夜死在车库。车库门是锁着的，车的发动机开着。"她停了一下，舔了舔嘴唇。"是克里斯·拉威利发现的。天知道他回家的时候是凌晨几点。她被发现的时候，穿着睡衣躺在水泥地上，头上盖着条毯子，毯子的另一头盖在车的尾气管上。阿尔默医生不在家。这件事，报纸上没什么报道，只说她死得很突然。消息封锁得很好。"

她稍稍抬起紧扣的双手，又慢慢放回膝盖。我说：

"那后来有什么不对劲儿的吗？"

"人们都觉得不对劲儿，不过他们向来如此。后来我听到一些消息，据说是内幕。有一次我在藤街上碰到了这个叫布朗威尔的男人，他想请我喝一杯。我不喜欢他，但是那半个小时正好闲得无聊。于是我们在利维酒吧的深处坐了下来，他问我还记不记得那个把酒泼在他脸上的宝贝儿。我说我记得。我们就开始聊了，我记得很清楚。

"布朗威尔说：'咱们的朋友，克里斯·拉威利那小子过得可太滋润了，什么时候缺女朋友了，就出去捞一笔。'

"我说：'我不明白。'

"他说：'见鬼，是你不想明白吧。阿尔默的老婆死的那大晚上本来在卢·康迪的场子上，她在轮盘赌上输得精光，于是就撒起泼来，说轮盘有猫腻，大吵大闹的。康迪没办法，只好把她拖进他的办公室。他打医生专线找到阿尔默，过了一会儿阿尔默医生过来了，给她打了一针平时用的麻药，然后就走了，让康迪送她回家。好像当时他还有个很要紧的病人。所以康迪就把她送回了家，之后阿尔默医生办公室的护士来了，是阿尔默叫她来的。康迪把她弄上楼，护士服侍阿尔默太太睡下，康迪就回赌场去了。当时她可是烂醉如泥，是被别人抬到床上去的，可就在同一天晚上，她竟然能自己起来，下到车库，吸碳自杀。你觉得可能吗？'布朗威尔当时这么问我。

"我说：'这些我都不知道。你怎么知道的？'

"他说：'我认识下面一家小报的记者。当时没有讯问，也没有尸检。就算做了什么检查，也没有披露任何信息。那儿没有固定的验尸官。殡葬人员轮流充当验尸官，一个星期轮一次。他们自然很会看政客的眼色。镇子小，这样的事情很好操作，不管是谁，只要有手段，想操作，没什么不可能的。康迪当时就很有手段。他不想调查被公开，事情被闹大，阿尔默医生也不想。'"

弗洛姆塞特小姐停了下来，等我说点什么。看我没说话，她继续道："我猜你知道布朗威尔是怎么看这件事儿的。"

"当然。阿尔默杀了她，又和康迪合谋花钱摆平了这件事。比贝城干净些的城市也有这种事儿。但这还不是全部的真相，对吧？"

"不是，好像阿尔默太太的父母雇了私家侦探。那天晚上那个侦探就在那边守夜，实际上他是在克里斯之后第二个到现场的人。布朗威尔说他一定知道了点什么，但还没来得及干什么，就被捕了，酒驾，被判了刑。"

我说："就是这些吗？"

她点点头。"你可能觉得我记得太清楚了，我就是干这个的，做秘书的，要记住别人说的话。"

"我在想，这些信息并不能证明什么。就算那晚是拉威利发现的阿尔默太太，我也看不出这跟他有什么联系。你的八卦朋友布朗威尔似乎认为有人趁机利用这些事情勒索医生，但得有证据，尤其是当你想要勒索他，而他已经想办法洗脱了罪名时。"

弗洛姆塞特小姐说："我也这么想。而且我觉得克里斯·拉威利不大可能使用敲诈勒索这么肮脏的手段。我知道的就是这些了，马洛先生。我要出去了。"

她站起身。我说："还没完，给你看样东西。"

我从口袋里拿出那块喷了香水的手帕，就是从拉威利枕头下面抽出来的那块，俯身放在她面前的桌上。

第十九章

她看了看手帕，又看了看我，拿起一支铅笔，用带橡皮的那头拨了拨这一小块亚麻布。

"上面有什么？"她问道，"喷蝇油吗？"

"是种檀香味儿的香水，我觉得。"

"人工合成的吧，很廉价。说它难闻都算是客气的了。干吗要给我看这手帕，马洛先生？"她身子往后一靠，平视着我，目光非常淡定。

"我在克里斯·拉威利家发现的，他的枕头下面。上面有名字的首字母。"

她用铅笔橡皮擦那头拨开手帕，脸沉了下来，神色有几分慌张。

"有两个绣上去的字母，"她冷冷地说道，有点生气，"刚巧和我名字的首字母一样。你是这个意思吧？"

"的确，"我说，"他大概认识好些名字首字母一样的女人。"

"所以你到底还是要把事情弄得很难看。"她平静地说。

"这是你的手帕吗——或者说，这不是你的手帕吗？"

她犹豫了一下，伸手从桌上又默默给自己拿了支烟，用火柴点着，慢慢甩了甩火柴，似乎并不着急熄灭它，而是看着小火苗一点一点往上爬。

"是的，是我的，"她说，"一定是我落在那里的，很久很久以前。而且我保证我可没放他枕头下面。这就是你想知道的吗？"

我没吭声，她接着说道："他一定是把手帕借给别的什么女人了——那个女人喜欢这种香水。"

"我在脑子里大概想象了一下那个女人的样子，"我说，"好像跟拉威利不太般配。"

她的上嘴唇抽了一下。她的上嘴唇又细又长。我喜欢又细又长的嘴唇。

"我想，"她说，"你也该在脑子里好好想想拉威利是什么德行。要是你能在他身上找到半点教养，那也纯属意外。"

"这么说一个过世的人似乎不太好吧。"我说。

有那么一会儿她只是坐在那里，看着我，好像我什么都没说，而她在等我开口说点什么。突然，她的喉咙战栗了一下，战栗慢慢传递到她全身。她的手攥得紧紧的，手里的烟也被捏弯了。她低头看了一眼，猛地一下把烟扔进了烟灰缸。

"他洗澡的时候被人开枪打死了，"我说，"而且看起来像是在那儿过夜的女人干的。他当时正在刮胡子。那女人把枪落在了楼梯上，手帕也留在他的床上。"

她在椅子上稍微动了动，眼睛里一片茫然。她的脸冷冰冰的，好像一尊雕塑。

"所以你是想从我这儿知道点儿什么，是吗？"她愤愤地说道。

"听着，弗洛姆塞特小姐，我也想和气一点，礼貌委婉一点。我也想用让你愉快的方式来沟通。但总是没人给我机会，不管是我的客户，还是警察，或者是和我作对的人。不管我怎么努力地当好人，结果总是碰上一鼻子的灰，还戳到了别人的痛处。"

她点点头，好像只是勉强听到了几句。"他什么时候中的枪？"

她问道，身子又微微颤抖了一下。

"我想是今天早上，起床后不久。我说过，他刚刮完胡子，正准备洗澡。"

"那样的话，"她说，"可能就太晚了。我八点半就在这里了。"

"我并不认为是你杀的他。"

"多谢您，"她说道，"但那是我的手帕，不是吗？虽然香水不是我的。但我不觉得警察会对香水的品质那么敏感——对其他什么东西也是如此。"

"的确——私家侦探也是一样。"我说，"这事该让你感到高兴吧？"

"天哪。"她喊道，使劲儿用手背抵住嘴。

"凶手开了五六枪，"我说，"但只有两枪打中了他。他被逼到了淋浴间的角落。现场很恐怖，我觉得。显然开枪的人很恨他，又或者只是太冷血。"

"他很容易招人恨，"她茫然地说道，"也很容易招人爱，那是一种致命的诱惑。女人——甚至是正经女人——都会中了这种男人的招儿，在他们身上犯错。"

"你是不是在说你曾经以为自己爱上了他，但现在已经不爱了，而且你没有杀他。"

"是的。"她的声音现在听起来清爽利落了不少，和她不爱在办公室里用的香水一个味儿。"我相信你能够保守这个秘密。"她笑了一下，笑容中有些苦涩。"死了，"她说，"那个穷得叮当响的、傲慢自大、低俗下流、靠不住的小白脸，死了，冰了、完蛋了。不，马洛先生，不是我杀的。"

我没说话，等她平静下来。过了一会儿，她轻声说道："金斯利先生知道吗？"

我点点头。

"警察一定也知道了吧。"

"还不知道。至少我还没报警。我发现的他。他房子的门没关严，我进去了，然后发现了他。"

她拿起铅笔，又戳了戳那块手帕。"金斯利先生知道这块带香水的手帕吗？"

"没人知道，除了你和我，再有就是把手帕留在那里的人了。"

"多谢你，"她淡淡地说道，"也谢谢你这样想。"

"你有一种淡然于世的高贵气质，我很喜欢，"我说道，"但可别糟蹋了它们。你让我怎么想？难不成我把手帕从枕头底下抽出来，闻了闻，举着它说：'看，这不就是艾德丽安·弗洛姆塞特小姐的名字缩写。艾德丽安·弗洛姆塞特小姐一定认识拉威利，可能关系还不一般。有多不一般呢，就这么说吧，我的小脑袋有多肮脏，他们的关系就有多亲密。我是说，他们的关系可非同一般。可是手帕上面的香水是合成的檀香，弗洛姆塞特小姐可不会用这么廉价的香水。手帕放在拉威利的枕头下面，而弗洛姆塞特小姐也绝不会把手帕随便留在什么男人的枕头下面。所以这一切跟弗洛姆塞特小姐一点关系都没有。这只是个错觉。'"

"够了，闭嘴。"她说。

我咧开嘴笑了。

"你觉得我是个什么样的女人？"她突然问道。

"现在跟你告白是不是太晚了。"

她脸红了，显得很妩媚，这次整张脸都红了。"那你知道是谁干的吗？"

"有些想法，但也只是些猜想。我担心警察会把事情想得很简单。拉威利的衣柜里挂着些金斯利太太的衣服。要是他们知道了事情的来龙去脉——包括昨天在小鹿湖发生的事情——我担心他们就会带着手铐抓人了。他们得先找到她。对他们来说，那也不会太难。"

"克丽斯托·金斯利，"她茫然地说道，"所以连她也跟他脱不了干系。"

我说道："也不一定，很可能是完全不同的动机，我们压根儿想不到的。可能是别的什么人干的，比如阿尔默医生那样的人。"

她猛地抬起头看了我一眼，又摇了摇头。"有可能，"我坚持道，"我们还拿不出任何证据来否定这种可能。他昨天很紧张，其实他根本用不着害怕。但是，当然，也不是说只有做了亏心事儿的人才会整天提心吊胆的。"

我站起身，轻轻敲了敲桌子的边缘，低头看着她。她的脖子很迷人。她指了指那条手帕。

"那这个呢？"她呆呆地问道。

"要是我的话，我会把上面的廉价香水味儿洗掉。"

"这手帕一定有问题，不是吗？可能有大问题。"

我笑了。"我不觉得一条手帕有什么特别的。女人们总是会把手帕丢在这里或那里。拉威利那样的人可能把它们捡回来，放在有檀香囊的抽屉里。什么人发现了这些手帕，拿了一条来用。也可能拉威利把手帕借给了别的女人，想看看若是她们发现手帕上是另一个女人的名字，会是什么反应，他很享受这些。我敢说他就是那种货色。好吧，再见，弗洛姆塞特小姐，谢谢你告诉我这些。"

我起身要走，又停了下来，对她说道："当时你有没有听到布朗威尔提到是哪个记者告诉他的那些消息？"

她摇了摇头。

"那阿尔默太太父母的名字呢？"

"也不知道。但我可以帮你查一下。我很乐意试试。"

"怎么查？"

"那些信息一般都会印在讣告上，对吧？洛杉矶的报纸上肯定登过她的讣告。"

"那太感激了。"我说着用手指划过桌子的边缘，从侧面端详了一下她：肤如凝脂，一双深色眼眸顾盼生姿，秀发飘逸如水，似午夜妖娆。

我转身走出房间。电话交换机旁那个金发小妞儿满怀期待地看着我，两片娇小的红唇微微张开，想再找点乐子。

没什么能逗她的了，我没再停留，走出了大楼。

第二十章

拉威利家门口没有警车，也没人在路边转悠。我推开前门，里边既没有雪茄味儿，也没有香烟味儿。光线已经从窗户上移开，有只苍蝇绕着一只酒杯嗡嗡作响。我径直走到最里面，在下楼的扶手那儿站了一会儿。屋里的东西没人动过，整个房间静悄悄的，只是隐约能听到楼下浴室里有声音，水珠正滴答、滴答落在一个死去的男人的肩膀上。

我走到电话跟前，在电话簿上找到警察局的电话，拨通电话，一边等候接听，一边从口袋里掏出那把小手枪，放在电话旁边的桌子上。

一个男人的声音说道："贝城警察局——请讲。"我说："牵牛星街 623 号发生了一起枪杀案。一个叫拉威利的人住在这里。他已经死了。"

"623 号，牵牛星街，你是谁？"

"我的名字叫马洛。"

"你就在现场吗？"

"是的。"

"什么都别碰。"

我挂了电话，在长沙发上坐下来，开始等待。

没过多久，远处响起了警笛声，声音越来越大，也越来越刺耳。街角响起了轮胎的嘶鸣声，呼啸的警笛声沉寂了下来，接着是一阵金属的轰鸣声，然后又静了下来，很快，房前的路面上又响起了轮胎的嘶鸣声。贝城的警察可真爱惜轮胎。很快，路边传来了脚步声，我走到前面，打开门。

两个穿着制服的警察闯了进来。就是经常见到的那种大块头的警察，面容沧桑，一脸的怀疑。其中的一个戴着帽子，右边的耳朵上别了朵康乃馨。另一个年纪稍大些，头发有些花白，阴沉着脸。他们站在那儿警惕地看着我，年纪大的那个简短地说道："好吧，人在哪儿？"

"楼下浴室里，浴帘后边。"

"你和他待在这儿，埃迪。"

他迅速穿过房间，然后消失了。另一个警察则紧紧地盯着我，嘴角挤出一句：

"老实点，伙计。"

我又坐回到长沙发上。这个警察扫视了一圈房间。能听到楼下有脚步声。突然，他注意到了电话桌上的手枪，于是猛地扑了过去，像极了前场的截球手。

"这就是行凶的手枪？"他几乎喊了起来。

"我想是的。不过里面已经没子弹了。"

"哈！"他俯下身，冲我龇着牙，手移到他的枪套上，用手指拨开螺栓枪的挡板，握住了黑色左轮手枪的枪托。

"你想什么来着？"他咆哮道。

"我想是的。"

"很好，"他冷笑道，"真是太好了。"

"没那么好吧。"我说。

他稍稍后退了一点，眼神依旧很警惕。"你为什么杀他？"他吼道。

"我左思右想也想不出来。"

"哼，自作聪明的家伙。"

"我们还是坐下来，等一下凶案组的警察吧，"我说，"我保留申辩的权利。"

"别跟我来这套。"他说。

"我哪套都没跟你来。要是我开枪杀的人，我还能在这儿吗，我也不可能报警，你也不会发现这把枪。别这么着急上火的，用不了十分钟，这案子就不劳您费心了。"

他看起来有点受伤。他摘下帽子，那只康乃馨也掉到了地上。他俯身捡起花，在手指间绕来绕去，然后又把花儿扔到了壁炉的炉挡后面。

"最好别这样，"我对他说，"他们可能会以为那是个线索，然后在上面浪费很多时间。"

"哦，见鬼。"他弯腰捡回了康乃馨，放回到口袋里。"你什么都懂是不是，伙计？"

另一个警察从楼下上来了，表情凝重。他站在楼梯中间，看了看腕表，然后在本子上记了些什么，接着拉起百叶窗的一边，从前面的窗户向外张望。

刚才和我待在一起的警察问道："我可以看一下吗？"

"别管了，埃迪。没我们什么事儿了。你给验尸官打电话了没？"

"我想凶案组的警察会打的。"

"嗯，的确。韦伯巡长会处理这个案子，他什么都喜欢亲力亲为。"他看了看我说道："你是那个叫马洛的人？"

我说我就是那个叫马洛的人。

"他精明得很，什么都懂。"埃迪说道。

年长的那一位漫不经心地看了看我，又看了看埃迪，然后他注意到了电话桌上的手枪，一下子来了精神。

"对，就是那把枪，"埃迪说道，"我没碰它。"

那一位点了点头。"今天凶案组真够磨蹭的。你是干什么的，先生？他朋友吗？"他用拇指往楼梯那边指了指。

"昨天第一次见他。我是个私家侦探，从洛杉矶来的。"

"哦。"他非常警惕地看了看我。另一个警察也很狐疑地看着我。

"哎呀，那就是说事情更复杂了。"他说道。

他终于说了句明白话。我热情地冲他笑了笑。

年长的那一位又从窗户向外望了望。"对面是阿尔默家，埃迪。"他说。

埃迪也过去看了看。"还真是，"他说，"门牌上的字都能看见。嘿，楼下那家伙可能就是那个——"

"闭嘴。"另一个警察说道，同时合上了百叶帘。他们两个人都转过身，呆呆地看着我。

一辆汽车驶过街区，停了下来，车门砰地一声关上，步道上响起嘈杂的脚步声。年纪大一点的巡警打开门，进来了两个便衣，其中一位我已经认识了。

第二十一章

　　走在前边的那位在警察里算比较矮的，是个中年男子，脸型瘦削，一脸疲惫，看样子就没轻松过。他的鼻子棱角分明，稍微弯向一侧，好像以前嗅来嗅去打探什么的时候被人一肘子打歪了。头上端端正正地戴着一顶蓝色的叠层平顶帽①，底下露出花白的头发。他穿着深褐色的西装，手放在上衣外侧的口袋里，大拇指露在外面。

　　他身后的男人是德伽莫②，那个沙金色头发的大块头。还是那双冰蓝色的眼睛，满是褶皱的脸上也还是那副野蛮狰狞的表情。很看不惯我待在医生家门口的那位。

　　两个穿制服的男人看着小个子那位，抬手向他敬礼。

　　"尸体在地下室，韦伯巡长。看上去中了两枪，还有几枪打偏了。死了有些时候了。这位叫马洛，洛杉矶来的私家侦探。关于他，我目前只知道这些。"

　　"很好。"他厉声说道，但听起来有几分怀疑。他狐疑地打量了一下我，很快点了点头。"我是韦伯巡长，"他说，"这位是德伽莫警督。我们先看一下尸体。"

---

① 平顶帽（Pork Pie Hat）：帽顶像猪肉派一样的帽子，也叫作叠层平顶帽，是复古的英式绅士休闲帽款。

② 在拉威利的邻居家门口，以打扰阿尔默医生为由找过马洛麻烦的警督。——编者注

他穿过房间。德伽莫看了看我，好像我们完全没见过一样，跟着韦伯巡长下楼了，后面还跟着那个年纪大一点的巡警，剩下我和那个叫作埃迪的警察大眼瞪小眼。

我说："对面就是阿尔默医生家，对吧？"

他的脸上瞬时没了表情，不过本来也没什么表情。"是的，怎么了？"

"没什么。"我说。

他没再说话。楼下传来一些声音，很模糊，听不确切。他竖起耳朵，说道："你记得那个案子吗？"语气友好了许多。

"大概吧。"

他笑了。"他们收拾得够利索的，"他说，"捂了个严严实实，然后束之高阁，藏到浴室深处，不踩椅子根本够不着。"

"的确，"我说，"可为什么呢？"

他认真地看着我。"那里面可有文章了，哥们儿，别以为是胡来的。你跟这个拉威利熟吗？"

"不太熟。"

"有事情要查他？"

"有点事情吧，"我说，"你认识他吗？"

这个叫埃迪的警察摇了摇头。"不认识，我只记得就是这家的谁那天晚上在车库发现的阿尔默太太。"

"说不定拉威利那会儿还不住这儿呢。"我说。

"他住这儿多久了？"

"我不知道。"我说。

"得有一年半了吧，"他沉吟了一下说道，"洛杉矶的报纸也报道了吗？"

"县镇版上有那么一段。"我说，算是接上了他的话。

他抓了抓耳朵，继续听着楼下的动静。听到楼梯上传来了脚步声，他又板起了脸，从我身旁走开，挺直了身子。

韦伯巡长快步走到电话前，拨通了，开始讲话，又把电话从耳边拿开，回头问道：

"这周代理验尸官轮到谁了，阿尔？"

"埃德·加兰。"大个子警督面无表情地说道。

"给埃德·加兰打电话，"韦伯对着电话说，"让他立刻过来。让拍照取证组的也麻利点儿。"

放下电话他突然咆哮道："谁碰过这把枪？"

我回答道："我。"

他大摇大摆地走过来，一边下巴冲天、趾高气扬地看着我，一边用一块手绢小心翼翼地把枪包在手里。

"你难道不知道不能碰犯罪现场的武器吗？"

"当然知道，"我说，"但我碰它的时候还不知道这是犯罪现场。也不知道枪里已经没子弹了。当时它就在楼梯上，我还以为是谁掉在那儿的。"

"编得还挺像，"他挖苦道，"干你们这行的，这种故事还多着呢吧？"

"哪种故事？"

他死死地盯着我，没有回答。

我说："不如我来给你讲讲我了解到的事情经过？"

他像个小公鸡一样轻蔑地看了看我。"倒不如我问什么，你规规矩矩地答什么。"

我没说话。韦伯猛地转过身对那两个穿制服的人说："你俩回车上去，到调度员那儿登记一下。"

他们敬过礼就出去了，轻轻地关门，可是门别住了，他们便急了，使了半天劲儿。韦伯一直听着，直到他们的车终于开走了。然后他又向我投来阴冷的目光。

"证件看一下。"

我把钱包递给他，他翻了个底儿朝天。德伽莫坐在一把椅子里，跷着二郎腿，茫然地盯着天花板。他从口袋里摸出一支火柴，一头放进嘴里用力嚼着。韦伯把钱包还给我，我放到一边。

"干你们这行的总是爱惹麻烦。"他说。

"不一定。"我说。

他提高了声音，之前声音就不小。"我说是就是。不过，说白了，在贝城你可别想给我惹麻烦。"

我没回答。他用食指指着我：

"你是大城市来的，"他说，"你觉得你很厉害、很聪明，是不是？别担心，我们对付得了你。我们这儿虽然是小地方，但什么都不缺。我们也不搞什么政治上你来我往的那一套。我们工作起来没那些弯弯绕绕，而且动作很快。用不着担心我们，先生。"

"我没担心，"我说，"也没什么可担心的。我也只不过想体面地挣点钱。"

"别跟我耍滑头，"韦伯说道，"我可不喜欢。"

德伽莫把目光从天花板上收了回来，弯了弯食指，一边端详自己的指甲，一边低声说道：

"警长，是这样的，楼下那个家伙，死了的那位，叫拉威利。我不是很熟，不过我知道他活着的时候就喜欢到处寻花问柳。"

"那又如何？"韦伯打断道，依旧紧紧地盯着我。

"现场所有的痕迹都说明凶手是个女人。"德伽莫说道，"你知道这些私家侦探都是干什么吃的，都是些离婚业务，或许我们可以让他搭把手，别把这小子吓坏了。"

"我在吓唬他吗，"韦伯说，"我怎么一点也没看出来。"

他走到前面的窗户旁，猛地拉起百叶窗帘，一大片阳光倾泻进来，太晃眼了，尤其在这么昏暗的房间里待了这么久。他器宇轩昂地走回来，使劲儿冲我戳了戳干瘦的手指：

"说。"

我说："我的雇主是洛杉矶的一个生意人，他比较低调，不喜欢抛头露面，所以他来找我。一个月前，他太太跑了，后来，他收到封电报，电报上说他太太跟拉威利走了。但是我的客户前几天在镇上碰到了拉威利，他否认了这件事。我的客户相信了拉威利说的话，他很担心他太太。这位女士行事似乎非常鲁莽，不计后果。她很可能碰到什么坏人，遇上麻烦了。我来这儿找过拉威利，他不承认和她跑了，我并没有完全相信。后来，我找到合理的证据能够证明，那天晚上，她确实是从山上的别墅走的，当晚，她曾和拉威利一起出现在圣贝纳迪诺的一处旅馆。有了这个证据，我就又来找拉威利了，可是没人应门，门开了条缝，我就进来了，四下看看，发现了这把枪，然后我查看了一下房间，在浴室里发现了他，就是你看到的那个样子。"

"你无权搜查房间。"韦伯冷冷地说道。

"当然，"我答应道，"但这样的机会，我也不太可能错过。"

"雇你的人叫什么名字？"

"金斯利。"我把贝弗利山庄的地址递给他，"金斯利先生经营着一家化妆品公司，公司地址在橄榄街的特雷洛尔大楼，名称是吉勒雷恩公司。"

韦伯看了看德伽莫。德伽莫心不在焉地在一个信封上记录着。韦伯又看着我说："还有别的吗？"

"我还去了这位女士山上的别墅，在一个叫作小鹿湖的地方，靠近狮角，距离圣贝纳迪诺有 46 英里。"

　　我看了看德伽莫，他仍旧慢吞吞地写着。写着写着，他停了下来，手僵硬地悬在半空中，片刻又落回到信封上写了起来。我继续说道：

　　"大约一个月前，金斯利别墅的看门人和老婆吵了一架，大家都以为他老婆负气离家出走了。昨天才被发现其实早已溺死在湖里。"

　　韦伯半眯着眼睛，晃着脚后跟儿，近乎温柔地问道："干吗跟我说这些？你想说这之间有什么联系吗？"

　　"时间上有联系。拉威利去过山上。别的我就不知道了，但我想最好还是告诉你。"

　　德伽莫一动不动地坐着，低头看着地。他的表情很严肃，看起来比平时还要狰狞。韦伯说道：

　　"淹死的那个女人，是自杀的？"

　　"自杀或他杀。她走的时候留了张告别的字条。但她丈夫已经被当作嫌疑犯抓起来了。她丈夫叫切斯，比尔·切斯，他太太叫穆里尔·切斯。"

　　"我对那个案子没兴趣，"韦伯不客气地说道，"我们就说这儿发生的事情吧。"

　　"这儿没什么好说的，"我看着德伽莫说，"我来过这儿两次。第一次的时候见过拉威利，一无所获。第二次他已经死了，依然一无所获。"

　　韦伯慢慢地说："我问你一个问题，希望你能诚实回答。你可能不想回答，不过，你现在说还是以后说都一样，你知道我终归都会知道的。我的问题是，你已经搜查过房间了，我想应该很彻底，你有没有看到任何证据，能够表明这个叫作金斯利的女人来过这里？"

　　"这样问不合适，"我说，"得有证人的证词才能下结论。"

　　"我只想听你的答案，"他严肃地说道，"这儿又不是法庭。"

"答案是'有',"我说,"楼下的衣柜里挂着些女人的衣服,和目击证人描述的一样,那天晚上她在圣贝纳迪诺旅馆见拉威利时穿过。当然描述的也不一定那么准确,是一套黑白套装,白色为主,一顶巴拿马帽,帽子上有绲边的黑白丝带。"

德伽莫用手指弹了弹手里的信封。"你客户有你可真够走运的,"他说,"这就证明那个女人恰好来过谋杀现场,而她又是本该和他一起私奔的女人。我觉得我们不用再去大老远地寻找凶手了,警长。"

韦伯紧紧地盯着我,脸上除了高度的警觉,几乎没有任何表情。他出神地冲着德伽莫点点头。

我说道:"我想你们应该没那么傻。这些衣服都是定制的,很容易追查。我直接告诉你们至少给你们节省了一个小时的时间,都没用上一通电话的工夫。"

"还有别的吗?"韦伯心平气和地问道。

我还没来得及开口,一辆车就停在了门口,跟着又来了一辆。韦伯匆匆起身开门。进来了三个人,一个短头发的,头发卷曲,还有一个大块头,虎背熊腰的。两个人都拎着沉甸甸的黑色皮箱。他们身后还有一个又高又瘦的男人,穿着深灰色的西装,打着黑色领带。他的眼睛雪亮雪亮的,但一直板着脸。

韦伯指着卷头发的男人说道:"楼下浴室,布索尼。我需要房间里所有的指纹,尤其是任何类似女人留下的指纹。这活儿会比较费工夫。"

"都交给我吧。"布索尼咕哝了一句,然后和那个虎背熊腰的男人穿过房间下楼去了。

"这儿有具尸体你来处理,加兰。"韦伯朝第三个男人说道,"走,我们下去看看。你叫车了没有?"

那个眼睛雪亮的男人迅速点了点头,然后他们一道下楼了。

德伽莫把信封和铅笔放到一边，呆呆地看着我。

我说："我该不该告诉韦伯咱们昨天见过面——还是那只是我们两个人之间的事情？"

"随便你，"他说，"我们的职责就是保护公民。"

"还是你来说说吧，"我说，"我想了解一下阿尔默的案子。"

他的脸慢慢变红了，目光变得刻薄起来。"你不是说你不认识阿尔默吗？"

"昨天还不认识，也不知道任何关于他的事情。后来我才了解到拉威利认识阿尔默太太，阿尔默太太自杀了，是拉威利发现了她的尸体，拉威利有敲诈勒索阿尔默的嫌疑——或者说拉威利有敲诈勒索阿尔默的把柄。况且阿尔默家就在马路对面，巡逻车上那几位警察似乎也对此很感兴趣。有一位还说起这案子收拾得漂亮，大概是这个意思。"

德伽莫慢慢地、咬牙切齿地说道："狗崽子，我他妈要把他的警徽扒下来，就知道要嘴皮子，没脑子的猪。"

"所以，那不是真的是吗？"我说。

他看着手里的烟说道："什么？"

"阿尔默谋杀了他太太，然后通过关系轻而易举地摆平了这个案子，不是这样，是吗？"

德伽莫抽身冲我走来，然后俯下身轻轻地对我说道："再说一遍。"

我又说了一遍。

他一巴掌抽了过来，下手太狠了，我的脑袋被甩到一边，脸上火辣辣地疼，立刻就肿了起来。

"再说一遍。"他又轻轻说道。

我又说了一遍。他照着我的脑袋又是一下。

"再说一遍。"

"没门儿。事不过三，你别想再打我。"我抬起一只手，摸了摸发烫的脸颊。

他还是俯身看着我，紧咬着下唇，碧蓝碧蓝的眼睛里露出凶蛮的目光。

"再敢这样跟警察说话，"他说，"你知道后果是什么。有胆子再试试，可不是挨巴掌这么简单了。"

我紧紧咬住嘴唇，抚摸着发烫的面颊。

"再敢多管闲事，当心被人打晕了扔到鬼才知道的巷子里去。"他说。

我没说话。他走过去，又坐了下来，喘着粗气。我垂下手，慢慢动了动手指，然后攥紧了拳头。

"我会记住的，"我说，"两下都不会忘。"

第二十二章

向晚时分，我回到了好莱坞的办公室。大楼都空了，走廊里很安静。门都开着，保洁女工在里面用吸尘器、干拖把和抹布搞卫生。

我打开办公室的门，捡起信箱前的信封，看都没看就放到了桌上，然后抬起窗子，探出身，欣赏窗外隐约亮起的霓虹。有一股温暖、香甜的味道从隔壁咖啡馆的街道通风口升腾上来。

我脱掉外套，解下领带，坐到桌前，从最底下的抽屉里拿出一瓶招待用酒，给自己倒了一杯，没什么用，我又喝了一杯，还是不管用。

现在韦伯应该已经见过金斯利了。警察很可能会发布一个他太太的通缉令，也许已经发布了，没有的话也快了。事情在他们看来已经是板上钉钉。两个下流人之间的下流事，先是爱得死去活来、醉生梦死、如胶似漆，却又反目成仇，一时冲动中闹出人命，到头来一切都灰飞烟灭。

我觉得这未免有些太简单了。

我拿起信封，拆开来看。上面没有邮票，写着："马洛先生：弗洛伦斯·阿尔默的父母是尤斯塔斯·格雷森先生和女士，现居住在南牛津大道 640 号的罗斯莫尔·阿姆斯公寓。这是我通过电话簿打电话查到的。你的艾德丽安·弗洛姆塞特。"

字迹很优雅，和写字的手一样优雅。我把信推到一边，又喝了一杯，才没那么狂躁了。我把桌上的东西都推开，感到手指肿胀发烫，还有点不灵便。我用一根指头划过桌角，看了看那道在灰尘上画出的线，又看了看手指上的灰尘，然后我擦干净手指，看了看手表，看了看墙，却又好像什么都没看。

我把酒瓶放到一旁，走到水池前，把杯子洗干净。洗完杯子又洗了手，然后用凉水浸了浸脸，又抬起头来端详了一下，左边脸上的红印已经消失了，只是看上去还有点肿。虽然没多肿，但足以让我又血脉膨胀起来。我梳了梳头，打量着发丝里的白头发，越来越多了，头发下的这张脸看起来不太舒服，我一点儿也不喜欢这张脸。

我走回桌前，又看了一遍弗洛姆塞特小姐的信，在玻璃桌上把信弄平整，闻了闻，又努力抚平它，然后折起来，放进外套的口袋。

我一动不动地坐着，竖起耳朵听着，窗外的夜色渐归沉寂，慢慢地，我也平静了下来。

第二十三章

　　罗斯莫尔·阿姆斯公寓是一栋幽暗的深红色的砖墙建筑，中间有一片巨大的庭院，里面有一个流光溢彩的大厅，非常肃穆庄严，还有一些盆栽、一个狗窝大小的鸟笼，里面有只百无聊赖的金丝雀。公寓闻起来有股旧地毯的尘土味和很久很久之前的栀子花的甜腻味道。

　　格雷森夫妇住在最前面那栋楼——北翼的五楼。他们在房里坐着，房间看起来像是故意设计成二十年前的样式。里面都是笨重的家具，塞满了物件，门把手是黄铜的，鸡蛋形状，有一面巨大的镶了镀金框子的镜墙，窗前有一张大理石台面的桌子，窗边是红色长绒棉的帷帘。房间里有一股烟草味，此外还能闻出他们晚餐吃的是羊排和西蓝花。

　　格雷森太太有点胖，过去也许曾有双天蓝色的大眼睛，只不过眼镜戴久了，现在黯淡了，眼球也有点突出。她卷曲的头发已经发白了。她坐在那儿补袜子，两只肉乎乎的脚踝交叉着，脚刚好能够到地面，膝盖上放着一个柳条制的针线筐。

　　格雷森个子很高，背有些驼，脸色发黄，肩膀高耸，眉毛浓密，几乎没有下巴。他的上半部分脸像是在说'有何贵干'，下半部分却是'不送走好'。他戴着一副远近两用眼镜，刚才正焦躁地钻研着晚报。我在城市工商目录上查过他，他是一名注册会计师，看上去也绝对是干这行的，他的手指上还沾有墨迹，敞开的背心口袋里插着四支铅笔。他第七次仔细地查看了我的名片，一边上下打量我，一边慢慢说道：

"您找我们什么事，马洛先生？"

"我对一个叫拉威利的人很感兴趣，他就住在阿尔默医生家街对面。您的女儿是阿尔默医生的太太。拉威利就是那天晚上发现您女儿的人——在她去世的那晚。"

说最后这句话的时候，我有意停顿了一下，他们两个人像猎鸟犬一样警觉了起来。格雷森看了看他太太，她摇了摇头。

"我们不想谈这些，"格雷森立刻说道，"太痛苦了。"

我等了一会儿，也觉得有些压抑，接着说道："这不怪你们。我也不想逼你们。不过，我想见见你们雇的调查这个案子的人。"

他们又彼此看了看。这次格雷森太太没有摇头。

格雷森问道："为什么？"

"我最好给你们大概讲讲我的情况。"我告诉他们我在做的案子，不过没有提金斯利的名字，也跟他们说了前一天在阿尔默家门口遇到德伽莫的事情，对此，他们又警觉了起来。

格雷森直截了当地说道："我是不是可以这样理解，你不认识阿尔默，也完全没有接近过他，而他还是叫了警察，就因为你在他家门外？"

我说："正是如此。不过我在他家门外待了至少一个小时，确切地说，是我的车。"

"这很奇怪。"格雷森说。

"我想说他显得很紧张，"我说，"而且德伽莫问我是不是她的人——您女儿的人——雇的我。看起来他似乎觉得还不够安全，您说不是吗？"

"怎么不安全？"说这话的时候他没看我，而是重新点上了烟斗。他的动作很慢，先是用一支粗大的金属笔头把烟叶压瓷实了，然后才再次点着了烟斗。

我耸了耸肩没有回答。他很快地瞟了我一眼，又把目光移开了。格雷森太太没有看我，但我看到她的鼻翼在颤抖。

"他怎么知道你是谁？"格雷森突然问道。

"记下车牌号码，打电话给汽车俱乐部，在电话簿上查我的名字。是我的话会这么做，我在窗户里看到他忙乎了一阵子。"

"这么说他在警察局里有人。"格雷森说道。

"也未必。要是当时那些警察搞错了什么，他们现在一定会想方设法去掩盖。"

"搞错了！"他尖声笑了起来，笑声很刺耳。

"好吧，"我说，"这个话题的确很痛苦，不妨来点新鲜空气。你一直觉得是他谋杀了她，对吧？所以你才雇了那个探子——私家侦探。"

格雷森太太迅速抬头看了一眼，又把头勾了下去，把另一双补好的袜子卷了起来。

格雷森没说话。

我接着说："是因为有什么证据吗？还是只是因为你们不喜欢他？"

"当然有证据，"格雷森愤恨地说道，声音突然变清晰了，似乎终于决定谈谈这件事，"一定有，有人告诉过我们，只是我们一直没拿到，都在警察那里。"

"我听说他们抓了那个人，判了他酒驾。"

"是的。"

"但他没有告诉你们他知道了些什么。"

"没有。"

"这不太好，"我说，"听起来好像这家伙当时还没下定决心，到底是用他知道的事情来帮助你们，还是要借此勒索阿尔默医生。"

格雷森又看了看他太太。她轻声说道："塔利先生不像是那样的人。他个子不高，特别低调谦和。不过我知道，有时候也不好说。"

我说："那么他叫塔利。这就是我希望从你们这里了解到的信息。"

"你还想知道什么？"格雷森问道。

"我怎么才能找到他——你们的怀疑又有什么根据。一定有，不然你们也不会雇塔利，他也一定向你们表示过他有什么证据。"

格雷森勉强笑了一下，表情很拘谨。他把手放在他的小下巴上，用一根修长的黄色手指摩挲着。

格雷森太太说道："麻醉剂。"

"她就是指麻醉剂，"格雷森立刻说道，这几个字仿佛绿灯一样一下子让他打开了话匣子，"毫无疑问，阿尔默过去、现在都是一个麻醉剂医生。我们的女儿明确地告诉过我们。当着他的面也这么说。不过他不喜欢这种说法。"

"您说的麻醉剂医生是什么意思，格雷森先生？"

"我的意思是，这种医生主要和那些因为酗酒和放浪的生活而处于精神崩溃的边缘的人打交道。这些人必须长期注射镇静剂和麻醉剂。但凡有点职业道德的医生都会拒绝在戒毒所以外的地方为他们治疗。于是他们会去找阿尔默这样的医生，因为阿尔默可不会拒绝他们。这些人会继续得到治疗，只要他们肯付钱，只要他们还活着，还算清醒，即便他或她会在这个过程中变成一个不可救药的瘾君子。这很赚钱，"他严肃地说道，"但我想这对医生而言也很危险。"

"毫无疑问，"我说，"但确实能赚大钱。你们认不认识一个叫康迪的人？"

"不认识。不过我们知道他。弗洛伦斯怀疑他就是阿尔默的供药方之一。"

我说："有可能。他大概不愿意亲自开那么多的处方。你们认识拉威利吗？"

"从来没见过，但我们知道他。"

"有没有想过拉威利可能敲诈勒索过阿尔默？"

他们完全没这样想过。他用手摸了摸头顶，又摸了摸脸颊，然后把手放在单薄的膝盖上，摇了摇头。

"没有，为什么会这样想呢？"

"他是第一个发现尸体的人，"我说，"要是有什么在塔利看来不对劲儿的，拉威利也同样会注意到。"

"拉威利是那种人吗？"

"我不知道。他显然没有什么经济来源，也没有工作，游手好闲，四处游荡，特别爱和女人鬼混。"

"有这种可能，那种事儿小心一点还是有可能的。"格雷森苦笑道，"我工作中就经常遇到一星半点这样的事情。比如无担保的贷款，一拖再拖；看上去没有任何价值的投资，而投资人却绝不是那种会随便让钱打水漂儿的人；明明该被注销却一直没被注销的坏账，就是害怕招来查所得税的人。哦，是的，这些事情都很容易操作。"

我看了看格雷森太太。她的手一直没停，她已经补完了一打袜子。格雷森又长又瘦的脚应该很费袜子。

"塔利后来怎样了？他是被陷害的吗？"

"这还用说，她太太非常愤慨。她说他在酒吧里被别人灌了一杯，酒里下了药，当时他正和一个警察喝酒，街对面就候着辆警车。他出来刚一发动车子就被捕了。监狱里对他的审查也非常敷衍了事。"

"那并不能说明什么。那只是他被捕之后告诉她的。他自然会对她那么说。"

"好吧，我也不愿意相信警察会骗人，"格雷森说道，"可这些事情就这么发生了，大家都知道。"

我说："如果他们在你女儿的死这件事儿上确实不小心犯了错，那么他们肯定不想被塔利揭发。那意味着有不少人会因此丢了工作。而要是他们认为他真正的意图只是敲诈勒索，就不会太在意怎么处理他。塔利现在在哪儿？归根结底要是真的有任何可靠的线索，他当时要么已经拿到手了，要么还在找，而且他知道他在找什么。"

格雷森说道："我们也不知道他在哪儿。他被判了六个月，不过也早到期了。"

"那他太太呢？"

他看了看自己的太太。她简短地说道："贝城，韦斯特莫尔街1618 $^1/_2$ 号。尤斯塔斯和我给她寄过些钱。她现在很困难。"

我记下了地址，靠回椅子说道：

"今天早上，有人在拉威利家的浴室开枪杀死了他。"

格雷森女士肉乎乎的手一下子定在了针线筐的边缘。格雷森嘴巴张得大大的，手里还举着烟斗。他轻轻咳了两声，清了清嗓子，好像拉威利就在他面前。他缓缓地把那只黑色的旧烟斗放回到嘴里，那一刻，时间仿佛静止了。

"当然，这太意外了。"他说道，然后就顿住了，吐出一小簇灰色的烟雾，又补充道："那么阿尔默医生和这事儿没关联吧。"

"我觉得有，"我说，"他住得很近。警察认为是我客户的太太杀了他。对他们来说，只要找到她，案子就好办了。可要是阿尔默和这件事有任何牵连，那一定跟你女儿的死有关。这就是为什么我要查他。"

格雷森说道："但凡杀过一个人，杀第二个就不会手软。"他听起来好像对此颇有研究。

我说："的确，有可能。那么他杀第一个人的动机是什么？"

"弗洛伦斯有点任性，"他难过地说，"她是个有点任性，不太好相处的姑娘。有点奢侈浪费，老是结交些新朋友，都不怎么靠谱。她还太爱说话，嗓门又大，老是被骗。这样一个太太对阿尔伯特·S.阿尔默这样的男人来说可能会很危险。但我不觉得这是主要的动机，对吧，莱蒂？"

他看了看他太太，但她没看他，而是把一根缝纫针扎进一团羊毛球，什么也没说。

格雷森叹了口气继续说道："我们有理由相信他和他的办公室秘书有不正当关系，弗洛伦斯曾经威胁他要公开这桩丑事儿。他绝不可能让这种事发生，怎么可能？一桩丑事儿太容易牵扯出其他见不得人的事情。"

我说："他怎么杀的她？"

"当然是用吗啡。他一直都有，也常常用，这方面他可是专家。在我女儿陷入深度昏迷的时候，他很可能把她搬到车库，发动了汽车引擎。你知道他们没有验尸。但如果验过的话，就能知道那天晚上她一定被注射过什么。"

我点了点头，他欣慰地往后一靠，用手摸了摸头顶，又摸了摸脸，慢慢垂下手，把手放在单薄的膝盖上。他似乎对这种可能也琢磨了很久。

我看了看他们。一对上了年纪的夫妇，静静地坐在那里，满脑子都是仇恨，而事情发生已经有一年半了。

他们渴望看到的，是阿尔默的确杀了拉威利，太渴望了，若真是那样，他们全身每一个细胞都会欢欣鼓舞。

过了一会儿我说道："你们相信这些是因为你们希望它们是真

的。其实也存在这种可能，她确实是自杀，掩盖事实一方面是为了保护康迪的赌博俱乐部，另一方面是以免阿尔默在公开的听证会上被问讯。"

"胡说八道，"格雷森愤然说道，"就是他杀的，我女儿当时在床上，睡着了。"

"那也未可知。没准儿她平时就会给自己注射药物。可能她已经产生了抗药性，药效持续不了太久，所以她会半夜起来，有些神志不清、行为错乱。这种事情也常有发生。"

"我想我们已经说得够多的了。"格雷森说道。

我站起身，向他们道了谢，朝门口走去，说道："塔利被捕后你们没再做什么吧？"

"见过一个叫作利奇的地区助理检察官，"格雷森咕哝了一句，"没什么结果。他认为他和他的部下无权插手此事，至于医生是否在滥用麻醉药品，他们一点儿也不感兴趣。但康迪的赌场大概一个月以后就被关了，可能多少是因为这件事吧。"

"那也可能是贝城的警察放的烟幕弹。康迪可能在别的什么地方，毫发未损，要是你知道能在哪儿找到他的话。"

我又向门口走去，格雷森从椅子上站起身，拖着腿跟在我后面。他发黄的脸上现出了红晕。

"我不想无礼的，"他说，"我想我和莱蒂不该再像这样主观臆断。"

"我觉得你们两个都很有耐心，"我说，"还有什么我们没提到的人牵扯进来么？"

他摇了摇头，回头看了看他太太。她的手扶在蛋形织补托架上的袜子上，一动不动，头歪向一侧。她是在听什么，但并不是在听我们。

我说:"我了解到的情况是这样,那天晚上是阿尔默医生的办公室护士照看阿尔默太太去休息的。她就是那个和阿尔默医生有不正当关系的护士吗?"

格雷森太太突然说道:"等一下,我们从来没见过那个姑娘,但她的名字很好听,让我想一下。"

我们等了一会儿。"叫米尔德里德什么。"她说道,牙齿咬得咯咯响。

我深吸了一口气。"是叫米尔德里德·哈维兰吗,格雷森太太?"

她一下子绽开了笑颜,点了点头。"当然,米尔德里德·哈维兰,你不记得吗,尤斯塔斯?"

他不记得。他看着我们,像是一匹进错了马厩的马。他打开门说道:"这有什么关系吗?"

"另外,你说过塔利个子不高,"我追问道,"他不太可能——比如说——是个五大三粗爱吵吵的壮汉,总是摆出一副横样子吧?"

"哦,不,"格雷森太太说道,"塔利先生个子不高,中等年纪,头发是褐色的,说话声音不大,总是面带愁容,我是说他看起来总是在担心着什么。"

"看起来他也没办法不担心。"

格雷森伸出枯瘦枯瘦的手掌,我握了握,就像握住的是毛巾架一样。

"要是你抓到他,"他一边说,一边紧紧地咬住烟斗柄,"给我打电话,告诉我你要多少钱,当然,我是说要是你抓到阿尔默。"

我说我知道他说的是阿尔默,但我不会跟他要钱的。

我沿着寂静的门厅往回走。自动电梯里铺了红色长毛绒的地毯,上面有一股陈旧的香水味儿,闻起来就像三个寡妇在喝茶。

第二十四章

　　韦斯特莫尔街上的那栋房子是一座小框架的平房，盖在一栋大房子的后面。小平房上看不到门牌号码，但前面那栋的门边印有一行数字：1618。门牌后面透出昏暗的光。一条狭窄的水泥小径从窗下延伸到后面的房子。房前有一个小小的门廊，上面只有一把椅子。我走上门廊，按响门铃。

　　门铃响了，铃声就在近旁。纱门后面的前门被打开了，但屋里没开灯。黑暗中传来了一个幽怨的声音：

　　"什么事？"

　　我冲着黑暗说道："塔利先生在吗？"

　　那个声音平静了下来，不咸不淡地问道："谁找他？"

　　"一个朋友。"

　　那个坐在黑暗里的女人从喉咙里发出含混的一声，似乎觉得很好笑。也可能她只是清了清嗓子。

　　"好吧，"她说，"你出多少价？"

　　"这不是钱的事儿，塔利太太。我猜你是塔利太太？"

　　"赶紧走，别烦我，"她说道，"塔利先生不在这儿，他没来过这儿，以后也不会来。"

　　我把脸贴在纱门上，想要窥探一下屋里的情形。可以隐约看到家具的形状。声音传来的地方有一个沙发样的东西，一个女人正躺在上面。她似乎仰面朝天地躺着，一动不动。

"我病了，"那个声音说道，"我的麻烦事儿够多的了，走开，别烦我了。"

我说："我刚刚见过格雷森夫妇。"

一片寂静，没有任何动静，接着是一声叹息。"我从来没有听说过他们。"

我靠在纱门上，回头看了看通向街道的小径，马路对面有辆车，停车灯还亮着，周围还有些别的车。

我说道："不，你听说过，塔利太太。我是来给他们办事的。他们还没放弃。你呢？不想要回些补偿吗？"

那个声音说道："我想一个人静静。"

"我想打听点事儿，"我说，"我会搞到它们的。可以的话咱们私下里说，不行就闹个满城风雨。"

那个声音说道："又来了个警察，哼？"

"你知道我不是警察，塔利太太。格雷森夫妇不会找警察的，你可以打电话问他们。"

"我从来没有听说过他们，"那个声音说道，"就算认识，我也没电话。走开，警察先生，我病了，病了一个月了。"

"我的名字叫马洛，"我说，"菲利普·马洛，我是洛杉矶的一名私家侦探，我跟格雷森夫妇刚见过面，了解到一些信息，但我还是想和您丈夫谈谈。"

那个沙发上的女人隐约笑了一下，在房间这面几乎看不清。"你了解到一些信息，"她说，"这听起来好熟悉，太熟悉了我的天哪！你了解到一些信息，乔治·塔利也了解到一些信息——曾经。"

"他还能重新得到它们，"我说，"要是他出对牌的话。"

"要真是那样，你不用考虑他了。"

我靠着门框，抓了抓下巴。街后面有人打开了手电筒，不知道为什么，又灭了，似乎就在我的车附近。

沙发上那个模糊的灰白色面孔动了一下，然后消失了，只能看到些头发，那女人把头转了过去，面朝着墙。

"我累了，"她说，因为对着墙，声音听不大清，"太累了，快走开，先生。行行好，快走吧。"

"给你些钱怎么样？"

"没闻见雪茄的味道吗？"

我闻了闻，没闻到一点儿雪茄味儿，于是我说道："没有。"

"他们刚来过这儿，待了两个小时，上帝啊，我真是受不了了，滚！"

"你听我说，塔利太太——"

她从沙发上转过身，又露出了那张模糊的面孔，我几乎可以看到她的眼睛了，不过还不确切。

"去你的，"她说，"我不认识你，也不想认识你。我没什么和你说的，就算有，也不会和你说。是的，我住在这儿，先生，要是这也算人过的日子。不管怎样我也就只能这样了。我只想清净一点，现在，请你滚出去，别烦我。"

"让我进去，"我说，"我们可以谈谈，我想我可以给你看——"

她一下子从沙发上坐了起来，脚抵着地，炸雷一般地吼道：

"你再不走，我就喊了啊，喊到你耳朵聋掉，现在，立刻马上！"

"好吧，"我赶紧说，"我把我的名片留在门上，这样你就不会忘了我的名字，也许你会改变主意的。"

我拿出一张名片，把它塞进纱门的缝隙里，说道："晚安，塔利太太。"

她没有回答。她的目光穿过房间，跟在我后面，在黑暗中闪着微光。我走下门廊，沿着小径走回到街上。

街对面停着辆车，发动机轻轻响着，停车指示灯还亮着。数不清的街道上，数不清的车里，数不清的发动机都在嗡嗡作响。

我钻进克莱斯勒，发动了车子。

第二十五章

　　韦斯特莫尔街是一条南北朝向的街道，位于镇上比较破败的那片儿。我向北开，拐了个弯儿，在颠簸中驶过废弃的城际轨道，开进一片垃圾场。木栅栏后面都是拆解中的废旧汽车组件，奇形怪状地堆在场子里，像打完仗的现代化战场。一堆堆生了锈的零件在月光下连绵起伏，高的有房顶那么高，有小的巷道穿行其中。

　　我的后视镜里有车灯亮起，离我越来越近，我脚踩油门，从口袋里摸出钥匙，打开仪表盘下面的储物箱，拿出一支点 38 口径的手枪，放在腿旁边。

　　垃圾处理场后面有一个砖场。砖窑在荒地的尽头，砖窑上高高的烟囱并没有在冒烟。地上是成堆的深色砖块，还有一栋低矮的木制建筑，上面有个标识，里面空无一人，没有任何动静，灯也黑着。

　　后面那辆车跟上来了，警报低鸣，发出呜呜的声音，划破了寂静的夜晚。警报声向东掠过废弃了的高尔夫球场的边缘，穿过砖场，又向西边去了。我稍微加快了一点速度，但没用，后面的车很快追了上来，一大束红色的强光瞬间照亮了整个路面。

　　那辆车追上我，开到了我的侧面，打算截停我。我掉转车头，向外一打方向盘，加速向反方向开去。身后响起了刺耳的刹车声，发动机发出了愤怒的咆哮，红色的光束掠过砖场延伸到几英里远的地方。

这也没用。他们很快又从后面追了上来。我不知道该往哪儿跑。我想开回到刚才有房子的地方，至少那儿会有人出来，能看到我、记住发生的事情。

但没成功。那辆警车从旁边抄了上来，一个声音不客气地吼道：

"停车，不然一枪崩了你！"

我靠边停下车子，拉起手刹，把枪放回仪表盘下的储物盒，啪的一声关上盖子，警车就停在我车子左前方的挡泥板前。一个大块头一摔车门走了出来，咆哮道：

"听不懂警报吗？给我下来！"

我从车上下来，站在夜色中。大块头手里拿着枪。

"驾照！"他又咆哮道，简直是震耳欲聋，声音刺耳得就像锋利的铁锹铲子。

我把驾照递了过去，车里的另一个警察从方向盘后面钻了出来，走到我身旁，拿走了我手里的驾照，打着手电仔细查看起来。

"叫马洛，"他说，"妈的，你猜怎么的，这家伙是个探子，库尼。"

库尼说道："就这？那用不着这个了。"他把枪塞回枪套，扣上皮套的扣子。"我用脚趾就能搞定，"他说，"我想应该可以。"

另一个警察说道："时速五十五，酒驾，没说的。"

"闻一下这个杂种的嘴巴。"库尼说道。

另一个警察往前一倾，礼貌地瞟了我一眼。"我能闻一下吗，侦探先生？"

我让他闻了一下。

"好吧，"他谨慎地说道，"他没醉，我得说。"

"虽然是夏天，夜里还是有些凉，请这小子喝上一杯，多布斯警官。"

"好主意。"多布斯说道。他回到车上拿了半品脱酒过来，举起来看了看，还有三分之一瓶。"这儿也没什么好酒，"他一边说一边把酒瓶递给我，"一点小意思，伙计。"

"我不想喝。"我说。

"可别这么说，"库尼抱怨道，"不然我们会以为你肚子上想挨揍。"

我接过酒瓶，拧开瓶盖，闻了一下，像是威士忌，纯威士忌。

"你们不能每次都用这招儿。"我说。

库尼说道："时间，八点二十七分，记下来，多布斯警官。"

多布斯走到车前，侧身在本子上记了起来。我举起瓶子问库尼："非要喝吗？"

"也不是，揍你一顿也成。"

我举起酒瓶，抵住喉咙，灌了一口威士忌。库尼猛地冲过来，照着我的肚子就是一拳。酒全从嘴里喷了出来，我被呛得弯下了腰，酒瓶也掉到了地上。

我正要低头去捡，眼看着库尼的大膝盖冲着我的脸就来了，我忙躲到一旁，直起身，用力照着他的鼻子就是一下。他用左手捂住脸，发出哀嚎的声音，右手立刻就去拔枪。多布斯从一旁跑来，手向下一甩，警棍抽在我左膝盖后面，我的腿一软，一下子狠狠地摔在地上，疼得我直咬牙，嘴里剩下的威士忌也都吐了出来。

库尼把手从脸上拿开，手上都是血。

"天哪，"他的声音突然嘶哑了，惊叫道，"血，我的血。"他疯狂地喊了一声，冲着我的脸一脚踹过来。

我使劲儿往远处跑，还是在肩膀上挨了一下，真够疼的。

多布斯把我俩拉开："够了，查理，别把事情搞砸了。"

库尼不情愿地拖着脚向后退了三步，坐在警车的脚踏板上，用手捂着脸，然后摸出一条手帕，轻轻地放在鼻子上。

"等我一分钟，"他捂着手帕说道，"就一分钟，伙计，一分钟就够。"

多布斯说道："冷静点，够了，就这样吧。"他一边说一边在腿边轻轻甩着警棍。库尼从脚踏板上站了起来，踉踉跄跄地往前走。多布斯按住他的胸膛，轻轻推了推他，库尼试图把他的手拨开。

"我要放他的血，"他嘶哑地喊道，"有多少放多少。"

多布斯大声说道："那可不行，冷静点，我们已经拿到我们想要的了。"

库尼转过身，拖着沉重的脚步挪到警车的另一边。他靠在车上，捂着手绢骂骂咧咧。多布斯对我说道：

"起来，伙计。"

我站起身，搓了搓膝盖后面，腿上的神经一跳一跳的，像只生气的猴子。

"上车，"多布斯说道，"我们的车。"

我走过去，爬上警车。

多布斯说道："你开那辆破车，查理。"

"我要把那破车的挡泥板全他妈给他卸了。"库尼咆哮道。

多布斯从地上捡起那个威士忌酒瓶，扔到栅栏外边，钻进车里，坐到我旁边，发动了车子。

"一会儿有你好看的，"他说，"你刚才不该打他。"

我说："怎么不该打？"

"他是个好人，"多布斯回答道，"就是有点爱吵吵。"

"他这人挺没劲的，"我说，"太没劲了。"

"别告诉他。"多布斯说。警车开始动了。"他会伤心的。"

库尼砰地一声关上克莱斯勒的车门，发动了车子，挂挡的时候太用力了，简直要把车挡拔下来。多布斯开着车子平稳地转了个圈，然后沿着砖场向北开去。

"你会喜欢我们的新监狱的。"他说道。

"罪名是什么？"

他想了一下，轻打着方向盘，从后视镜里看了一下，库尼跟在后边。

"超速，"他说，"拒捕，H.B.D。"H.B.D 是警察用语，意思是酒驾①。

"还有呢，被踢肚子、踹肩膀，被强迫喝酒不然就挨揍，还有被持枪威胁，以及在手无寸铁的情况下被警棍抽？这些呢？这些算什么？"

"啊，都忘了吧，"他不耐烦地说，"你以为我想这样吗？"

"我本以为他们把整个镇子都清理了一遍，"我说，"这样，好人夜里在街上走就不用穿防弹衣。"

"他们清理了一部分，"他说，"但也不想弄得太干净，不然也挣不上脏钱。"

"最好别这么说，"我说，"你会丢了饭碗的。"

他笑了。"去他妈的，"他说，"再过俩礼拜我就要当兵去了。"

在他看来，这件事已经过去了，无足轻重。他觉得一切都是理所当然，甚至一点儿也不觉得有什么过不去的。

---

① 原文为"had been drinking"。——编者注

第二十六章

这个监舍几乎是全新的。不锈钢的围墙和门上涂着战舰灰的油漆，还泛着崭新的光泽，只是有两三处地方被什么人吐的烟液给弄脏了。头顶的灯嵌在天花板上，前边镶了块厚重的磨砂玻璃板。牢房的一头有两个铺位，上铺睡着个打呼的男人，身上裹着条深灰色的毯子。因为他这么早就睡着了，身上既没有威士忌也没有杜松子酒的味道，而且又选在上铺，不会碍着别人什么事儿，我猜他是这里的老房客了。

我坐在下铺。刚才他们搜过身，看我有没有枪，不过没翻我的口袋。我拿出一根烟，搓了搓膝盖后面火辣辣的肿块，疼痛一直放射到脚踝处。我吐在外套前襟的威士忌散发出一股臭味。我把衣服提起来，朝上面吐了口烟，烟雾向上升腾，悬浮在头顶上透出灯光的方形玻璃板周围。牢房里似乎很安静。远处什么地方，在监狱的另一头，一个女人发出刺耳的声响。我这头则宁静得像教堂。

那个女人一直在不知道的什么地方尖叫。她的声音又细又尖，有些不真实，就像月光下草原狼的号叫，只不过没有草原狼哀号时的升调。过了一会儿，尖叫声停止了。

我抽完两根烟，把烟头扔进角落的小马桶里。上铺那个男人还在打呼，从毯子的边缘处只能看见他湿漉漉、油腻腻的头发。他是趴着睡的，睡得很香，他可真行。

我又坐回到铺上。铺位是用平坦的钢条做的，上面放了块又薄又硬的垫子，垫子上有两块深灰色的毯子，叠得特别整齐。这牢房真不错，就在新市政大厅的十二楼。市政大厅也很漂亮。贝城真是个好地方。住在那儿的人都这么觉得。要是我也住在那儿，可能也会这么觉得。我可以看到美丽的蓝色海湾、海岸边的悬崖峭壁、停泊着游艇的港湾以及房前寂静的街道。那些老房子在古老的树下沉思，新房子门前则是鲜绿的草坪和铁丝网的栅栏，还有木桩支起的小树苗，就栽在房前的林荫道上。一个我认识的姑娘就住在第二十五街，街道不错，她人也不错。她很喜欢贝城。

她不会想到老旧的城际轨道的南边还有墨西哥人和黑人的贫民窟，不会想到那些阴森森的公寓，也不会想到悬崖以南海边的低俗酒吧，以及那些马路边上散发着汗味儿的小舞厅、那些大麻烟卷，更想不到某个坐在异常安静的酒店大堂的女子，正从报纸上方露出狐媚的面庞四下里窥探着什么，抑或是木栈道上的扒手、骗子、穿着溜冰鞋的醉汉，还有皮条客和妓女们。

我走过去，倚着门站着，对面没有什么动静。牢房里的灯光很昏暗，这监狱看来生意惨淡。

我看了看表，九点五十四，这时间该回家换上拖鞋，下上一把象棋，或者喝上一大杯冰饮然后再静静地抽一会儿烟斗，也可以跷着脚发呆，又或者边看杂志边打哈欠。总之，这时间该回归自我，作为一房之主，此刻应该什么都不用做，只是休息，呼吸夜晚的空气，重整思绪，明天又是新的一天。

一个穿着蓝灰色监狱制服的男人从牢房中间的通道走了过来，边走边念着牢房上的号码。他在我的牢房前停下，打开门，狠狠地瞪了我一眼。他们总是铁青着脸，觉得必须时时刻刻带着这种神情，意思是，我是警察，伙计，我可不是好惹的；当心点儿，伙计，不然我们可要好好修理你，让你满地找牙；伙计，打起精神来；伙计，说实话；伙计，走，别忘了我们可不好惹，我们可是警察，像你们这种小混混，我们想怎么收拾就怎么收拾。

"出来。"他说道。

我走出牢房，他把门锁上，用拇指示意我，我们一起走到一扇宽大的钢门前，他用钥匙打开那扇门，我们走过去，他又把门锁上，我听到钥匙在大钢环里轻快地叮当作响。走了一会儿，我们穿过一道钢门，门的外侧刷了木头颜色的油漆，内侧则是战舰灰的颜色。

德伽莫站在桌子旁边，正在和负责内勤的警官说话。

他的冰蓝色的眼睛落在我身上，说道："怎么样？"

"还好。"

"喜欢我们的监狱吗？"

"还好。"我说道。

"韦伯巡长要见你。"

"好。"

"除了'好'，没别的词了吗？"

"暂时没了，"我说，"至少在这儿是没有。"

"你有点瘸，"他说，"在哪里绊的吗？"

"是的，"我说，"被警棍绊的，它自己跳起来，在我左膝盖后面咬了一口。"

"真是太倒霉了，"德伽莫面无表情地说道，"去财产管理员那儿拿你的东西。"

"我拿着呢，"我说，"他们没收走。"

"好，那很好。"他说。

"的确，"我说，"很好。"

那个内勤警官抬起乱蓬蓬的脑袋，深深地看了我俩一眼。"你们真该看看库尼的爱尔兰小鼻子，"他说，"想看点好的吗，他脸上那玩意儿就跟华夫饼上的糖浆似的，血肉模糊。"

德伽莫心不在焉地说道："怎么搞的？他跟人打架了吗？"

"我不知道，"那个内勤警官说道，"可能也是那根警棍吧，自己跳起来打的。"

"你可真他妈话多。"德伽莫说道。

"内勤都他妈话多，"那个警官接着说道，"所以才当不上凶案组的警长。"

"你看我们就是这样，"德伽莫说道，"这是个欢乐的大家庭。"

"我们的脸上总是洋溢着笑容，"那个内勤说道，"我们总是张开双臂来欢迎，只不过每只手里都握着块石头。"

德伽莫冲我点了点头，我们一起走了出去。

第二十七章

韦伯巡长坐在桌子对面，用他的鹰钩鼻子示意我："请坐。"

我坐进一个圆形靠背的木制扶手椅，椅子的边缘有点硌，我把左腿移开了点。这是一间位于走廊尽头的大办公室，非常整洁。德伽莫坐在桌子的一头，两腿交叉，若有所思地揉着他的脚踝，眼睛望着窗外。

韦伯继续说道："你自找麻烦，现在吃着苦头了吧。你在居民区以55英里的时速驾车，警察鸣警示意你停车，你还试图逃跑。停下以后你还暴力袭警。"

我没说话。韦伯从桌上捡起一根火柴，一折两半，扔到背后。

"或者他们是在撒谎——老伎俩？"他问道。

"我没看到他们的报告，"我说，"我可能确实在居民区达到了55英里的时速，或者不管怎么说是在市内。那辆警车就停在我拜访的房子外边。我开走的时候它一直跟着我，那会儿我还不知道那是一辆警车。它没理由跟踪我，我也不喜欢被跟踪，于是我就稍微开快了一点，只是想开到镇子上亮一点的地方。"

德伽莫冷冷地看了我一眼，目光依旧很空洞。韦伯不耐烦地咬了咬牙，说道：

"当你发现那是一辆警车之后，你在街区中间掉了个头，还是试图逃跑，对吧？"

我说："是的，我们需要把这事儿敞开了说说。"

"我不怕敞开了说，"韦伯说道，"在这方面我很擅长。"

我说："那些抓我的警察就待在乔治·塔利太太家房前。我去之前他们就在那儿了。乔治·塔利过去是这儿的一个私家侦探。我想见他。德伽莫知道我为什么想见他。"

德伽莫从口袋里掏出一根火柴，安静地在嘴里嚼着软的那头。他点了点头，脸上没有什么表情。韦伯没看他。

我说："你真是个笨蛋，德伽莫。你做什么都蠢，怎么做都蠢。昨天在阿尔默家门口，你对我那么横，而当时根本就没有这个必要。本来我也没什么好奇的，你反倒激起了我的好奇心。你还丢了几个包袱给我，告诉了我要是实在心痒难耐，到哪儿去找痒痒挠。其实我还没有行动，你只要闭上你的嘴就能保护你的朋友。我本来压根儿不想干什么，你本来也尽可以省了这些工夫。"

韦伯说道："见鬼，你说的这些跟你在韦斯特莫尔街 1200 号街区被抓有什么关系？"

"和阿尔默的案子有关，"我说，"乔治·塔利本来一直在查这个案子，只是后来他因为酒驾被捕。"

"我从来没参与过阿尔默的案子，"韦伯不客气地打断道，"我也不知道是谁第一个捅的裘力斯·恺撒。你能不能别扯远了？"

"我没扯远。德伽莫知道阿尔默的案子，而且他不喜欢谈这个案子。巡逻车上的那几位也知道。库尼和多布斯没理由跟踪我，除非是因为我拜访了一位女士，而这位女士的丈夫曾经调查过阿尔默。他们刚开始跟踪我的时候我并没有开到五十五英里的时速。我想逃跑，是因为我有足够的理由相信我可能要挨揍，就是因为我去了那儿。德伽莫之前的所作所为让我这么觉得。"

　　韦伯很快地看了一眼德伽莫。德伽莫那双冷酷的蓝眼睛一直望着对面的墙。

　　我说："另外，我动手打库尼是因为他逼我喝威士忌，而且他在我喝的时候踹我的肚子，这样酒就会洒在我的外套上，可以被人闻到。这不会是你们第一次听说这种把戏吧，长官。"

　　韦伯又捏断了一根火柴。他往后一靠，盯着紧绷着的手指关节。他又看了德伽莫一眼，说道："就算你今天当上警察局局长，这事儿也得告诉我一声吧。"

　　德伽莫说道："见鬼，这个探子花招儿多得很。只是个玩笑。别开不起玩笑——"

　　韦伯说道："你让库尼和多布斯过去的？"

　　"呃——是的，是我安排他们过去的，"德伽莫说道，"我真是受够了这些人，到我们镇上包打听的无耻小人，兴风作浪，无事生非，就为了找点活儿，骗上几个老傻瓜，趁机敲上那么一大笔。这种人得好好教训一下。"

　　"你就是这么想的？"韦伯问道。

　　"我就是这么想的。"德伽莫回答道。

　　"我在想，像你这样的人会需要点什么？"韦伯说道，"我想，现在你需要点新鲜空气。去呼吸点新鲜空气怎么样，警督先生？"

　　德伽莫慢慢地说道："您是说让我出去？"

　　韦伯突然身子向前一倾，扬起尖尖的小下巴，好像巡洋舰的首柱，划破了空气，说道："不介意吧？"

　　德伽莫缓缓站起身，颧骨那儿显出一团暗红色，一只手按在桌上，看着韦伯。没人说话，气氛有点紧张。他说道：

　　"好的，长官，但这回你错了。"

　　韦伯没说话。德伽莫走了出去。韦伯等他关上门才开口。

"你真的有线索能够证明一年半前阿尔默的案子和今天拉威利家的枪杀案有关，还是这一切都只是个烟幕弹？因为你太清楚了，就是金斯利的老婆杀了拉威利？"

我说："在拉威利死前我就发现有联系了，只是不太确定，但足以让人生疑。"

"这件事情，我比你想象的知道得多，"韦伯冷冷地说道，"尽管我个人和阿尔默太太的死一点关系都没有，而且那时候我也还不是探长。要说昨天早上你还不知道阿尔默，那么此后你一定听到了许多关于他的事情。"

我把我从弗洛姆塞特小姐和格雷森夫妇那里听到的都一五一十地告诉了他。

"那么就是说你推测拉威利可能勒索过阿尔默医生？"他最后问道，"而那可能和这次谋杀有关？"

"不是推测，只不过是一种可能。如果忽视它，我未免太不专业了。如果拉威利和阿尔默之间真的存在这种关系，这种关系未免太密切，也太危险了。也可能他们只是认识，甚至连认识都谈不上。据我所了解到的，他们也有可能从来没说过话。可如果阿尔默的案子没什么疑点，为什么但凡有人稍微关注一下他们就大动干戈？凑巧的是，乔治·塔利很有可能也是在调查的时候中了酒驾的圈套。凑巧的是，仅仅因为我多看了他家两眼，阿尔默就叫了警察，接着我还没来得及再见到拉威利，他就被人开枪杀了。但是，今晚你的两个警察就守在塔利家外边，守株待兔，就等着我出现了好收拾我，这可绝非巧合。"

"我保证，"韦伯说道，"那事儿我不会撒手，你要提出指控吗？"

"生命宝贵，我可不想浪费时间去告警察打人。"我说。

他微微皱了一下眉头。"那咱就把这篇儿翻过，就当是一次教训吧，"他说，"据我了解，你并没有被登记入册，只要你愿意，随时可以回家。我是你的话，我会把拉威利的案子，以及任何可能跟阿尔默案子有关的线索都交给韦伯巡长去处理。"

我说："还有任何可能跟一个叫作穆里尔·切斯的女人有关的线索，昨天她被发现溺死在狮角附近的湖里。"

他扬起两条稀疏的眉毛。"你觉得有关联？"

"可能只是你不知道这个叫作穆里尔·切斯的女人的真实身份。要是你真的认识她，你就知道她其实是米尔德里德·哈维兰，曾经是阿尔默医生办公室的护士。就是她那晚扶阿尔默太太去睡觉，后来阿尔默太太被发现死在车库。要是死因有诈，她可能知道是谁干的，而她可能被人买通或者受到威胁，很快就在事情发生之后离开了镇子。"

韦伯捡起两根火柴，一起掰断了。两只阴郁的小眼睛死死地盯着我，什么都没说。

"说到这儿，"我说，"出现了一个真正的巧合，在整件事情中我唯一愿意承认的巧合。因为这个叫作米尔德里德·哈维兰的女人在里弗赛德酒馆遇到了一个叫作比尔·切斯的男人，出于一些目的，她嫁给了他，和他一起在小鹿湖畔生活。而这个小鹿湖的主人的妻子和拉威利有染，拉威利又是发现阿尔默太太尸体的人。这就是我说的真正的巧合。没有别的了，但这就是最根本的事实，其他事情都源于此。"

韦伯从桌前站起身，径直走到饮水机前，喝了两纸杯的水，然后慢慢在手里捏扁了纸杯，把它们团成球，扔进饮水机下面褐色的金属垃圾桶。接着，他走到窗前，站在那儿眺望着窗外的海湾。灯火管制还没开始，游艇码头上还灯火绰约。

他缓缓走回办公桌前，坐下，伸出手捏了捏鼻子，看样子是要做什么决定。

他慢慢地说道："我看不出到底为什么要把这件事和一年半前发生

的事情掺和到一起。"

"好吧,"我说,"谢谢,打扰了。"我起身要走。

我弯下腰揉腿的时候他问道:"你的腿伤得严重吗?"

"挺疼的,不过已经好多了。"

"警察这一行,"他几乎是温和地说,"问题太多了,很像政治。总是要求最顶尖的人来做,但实际上并没有什么来吸引最顶尖的人。我们只好将就着干——所以尽是些这样的事儿。"

"我知道,"我说,"我一直都知道,没什么过不去的。晚安,韦伯巡长。"

"等一下,"他说,"稍坐一下,要是必须把阿尔默的案子也拉出来,那我们就拉出来好好看看。"

"早该有人这么做了。"我一边说一边又坐了下来。

第二十八章

韦伯平静地说道："我猜有人觉得我们就是一伙儿骗子，他们觉得有个人杀了他老婆，然后给我打电话说：'嘿，警长，我这儿弄死了个人，客厅里搞得一团糟。我有五百个大洋正愁没处花呢。'然后我说：'好的，等一下，我拿个毯子，马上就到。'"

"没那么糟。"我说。

"你昨晚为什么去塔利家？"

"弗洛伦斯·阿尔默的死，他知道些线索。弗洛伦斯·阿尔默的父母雇他去查，但是他没有告诉他们那些线索。"

"你觉得他会告诉你？"韦伯挖苦道。

"我只能试试。"

"或者只是因为德伽莫对你太横，所以你也想治他一下？"

"也有点吧。"我说。

"塔利很会敲诈，"韦伯鄙夷地说道，"而且不止一次。最好别被他缠上。我告诉你他有什么，他有一只拖鞋，从弗洛伦斯·阿尔默脚上偷来的。"

"一只拖鞋？"

他微微笑了一下。"就是一只拖鞋。后来被发现藏在他家。是一只绿色的天鹅绒的舞鞋，后跟上镶了些宝石。是定制的，一个好莱坞专门给演员做鞋的匠人做的。现在你可以问我这鞋有什么要紧的。"

"这鞋有什么要紧的，警长先生？"

"她有两双这样的鞋，一模一样，一起定制的。这也没什么不正常的，以防哪一只磨损了或者被哪个莽撞的醉鬼踩坏了。"他停了一下，勉强笑了一下，"似乎有一双从来没穿过。"

"我想我有点明白了。"我说。

他靠到椅背上，轻拍着椅子的扶手，等我说话。

"从侧门到车库的路面是粗糙的水泥地，"我说，"很不平整，假设她并没有走在上面，而是被人抱过去的，假设是抱她过去的人给她穿上的拖鞋——有一只是从来没穿过的那只。"

"然后呢？"

"假设塔利在拉威利给医生打电话的时候注意到了这个细节，而医生出诊去了，于是他把这只全新的拖鞋拿走了，认为这就是弗洛伦斯·阿尔默被杀害的证据。"

韦伯点了点头。"要是他把它留在现场，让警察发现它，这就是证据。可是他把它拿走了，这只能证明他很卑鄙。"

"她的血液有没有做一氧化碳的检测？"

他两手摊开放在桌上，低着头说道："做了，血液里确实有一氧化碳，而且，调查人员对尸体的外观没有疑问，没有暴力痕迹，他们认为阿尔默医生并没有杀害他的妻子。也许他们错了，我认为当时的调查有点敷衍。"

"那当时谁负责这个案子？"我问道。

"我想你知道答案。"

"警察来的时候，难道没注意到丢了一只鞋吗？"

"警察来的时候，鞋子并没有丢。你一定记得阿尔默医生在接到拉威利的电话之后就回家了，然后才叫的警察。是塔利告诉我们那只丢了的鞋。也可能是他自己从房间里拿的。侧门没锁，女仆们都在睡觉。但我们也可以辩驳，他不可能预先知道房间里会有一只没穿过的鞋。当然我认为他也可能会想到，他狡猾得不是一般，但我也不能确定他怎么会知道。"

我们坐在那儿，互相望着，继续在脑子里琢磨着。

"除非，"韦伯慢慢地说道，"我们可以假设阿尔默的这个护士和塔利密谋要勒索阿尔默。有这种可能。一些线索可以证明。但也有更多的线索不支持这种假设。你有什么理由断定山里那个溺死的女人就是这个护士？"

"两个理由，但哪一个都不能单独成立，可放在一起就是很有力的证据。几周前，有个很凶悍的家伙，长得很像德伽莫，做事儿也像，他拿着米尔德里德·哈维兰的照片去过那儿。照片上的人有点像穆里尔·切斯，只是发型和眉毛什么的不太一样，但是相似度很高。当时没人给他提供帮助。他说他叫迪·索托，说是洛杉矶的警察。但洛杉矶没有叫迪·索托的警察。穆里尔·切斯听说了这事儿，似乎很害怕。要是那个人是德伽莫，这种假设就成立了。另一个理由是，切斯家的糖粉盒里藏着一个带桃心的金脚链。这是在穆里尔·切斯死了之后才被发现的，当时她丈夫已经被抓起来了。小桃心的背面刻着：阿尔致米尔德里德。1938 年 6 月 28 日。我的挚爱。"

"也可能是别的叫阿尔和米尔德里德的人。"韦伯说。

"你不会那么想的，巡长。"

他往前靠了靠，用食指一指。"你想说什么？"

"我想说金斯利太太并没有杀害拉威利。拉威利的死和阿尔默的案子有关，和米尔德里德·哈维兰有关，也可能和阿尔默医生有关。我想说金斯利太太之所以消失是因为发生了什么令她特别害怕的事情，她可能有也可能没有牵连其中，但她没有杀人。要是我能证明她没杀人，就有五百美元可赚，所以我当然要试试。"

他点点头。"当然。我会帮助你，要是我觉得有根据的话。我们还没找到这个女人，时间已经很紧张了。不过我可不会帮你反咬我的手下。"

我说："我刚才听到你叫德伽莫作阿尔，之前我以为是阿尔默，他的名字就是阿尔伯特。"

韦伯看了看他的拇指。"但他到头来没娶到那个女人，"他平静地说，"德伽莫曾经跟她有过一段婚姻。不过我可以告诉你，德伽莫被她整惨了。现在他身上这些坏毛病都是拜她所赐。"

我一动不动地坐着。过了一会儿才说："之前有些事我不知道，现在我开始明白了。她是个什么样的女人？"

"精明，圆滑，但品行不好，对付男人总有一套。她能让男人对她五体投地。要是你说了什么她不爱听的，德伽莫那个蠢货能立刻把你的脑袋扩下来。是她不肯和他过了，但德伽莫并没有放下。"

"他知道她死了吗？"

韦伯没出声，静静地坐了一会儿才说道："按他说的，应该还不知道。要真是同一个女人，他怎么受得了？"

"他没在山里找到她——据我们所知。"

我站起身，靠在桌前。"听着，巡长，你不是在开玩笑，对吗？"

"没有，绝对不是玩笑。有些男人就是那样，有些女人总是能让他们那样。要是你觉得德伽莫上山找她是因为他想伤害她，那你脑子大概是进水了。"

"我还真没这么想过，"我说，"不过要是德伽莫对山上的村子很熟悉，也有可能。凶手一定很熟悉那里。"

"这件事情就是你知我知，"他说，"我希望你能保守秘密。"

我点了点头，但没向他保证。我跟他道了晚安就离开了。出去的时候他一直看着我，他看起来很受伤，还有点难过。

我的克莱斯勒停在大楼侧面的警车停车场，钥匙还插在引擎上，挡泥板完好无损。库尼还说要把它们砸烂来着。我开回好莱坞，回到了布里斯托尔的公寓。时间已经很晚了，几乎是半夜。

绿色和象牙白相间的门厅空荡荡、静悄悄的，只有某间公寓里正铃声大作。电话响个不停，快到我的公寓门口时，铃声更响了。我打开门，是我的电话。在黑暗中，我穿过房间，走到墙边橡木桌架上的电话旁。它一定响了至少十回了。

我拿起托架上的电话，是金斯利。

他听起来有些焦虑不安，还有些紧张。"谢天谢地，你跑哪儿去了？"他嚷道，"我找了你好几个小时了。"

"好吧，我现在回来了，"我说，"怎么了？"

"我有她的消息了。"

我攥住电话，慢慢吸了口气，又慢慢吐了出来。"继续。"我说。

"我离得不远，大概五六分钟就过来。准备好出门。"

他挂了电话。

我站在那儿，电话还握在手里，停在半空中。过了一会儿我才慢慢放下电话，又看了看刚才拿电话的手，拳头半捏着，定住了一样，好像手里还攥着电话。

第二十九章

夜半时分，有人小心翼翼地叩门，我去开门，是金斯利，牛高马大的，穿了件乳白色设得兰运动外套，衣领随意地竖着，脖子上系了条黄绿相间的围巾，头戴一顶红棕色的卷边帽，帽檐拉得很低，遮住了额头，露出两只病兽一样的眼睛。

弗洛姆塞特小姐也一起来了。她穿着宽松的长裤、凉鞋和一件深绿色的外套，没戴帽子，头发上有一种妖娆的光泽。她耳朵上戴着耳环，是一对人造栀子花的花瓣，每只耳朵上都是一高一低两朵花瓣。她身上是皇家吉勒雷恩的味道，一进门我就闻到了。

我关上门，指了指坐的地方，说道："来点喝的吧。"

弗洛姆塞特小姐坐进一把扶手椅，两腿交叠，四下环顾想找根烟。她找到了一根，点烟的时候看似漫不经心，却又有几分做作。点好烟，她冲着屋顶的某个角落苦笑了一下。

金斯利站在屋子中间，一直使劲咬着下唇，连下巴都要咬掉的样子。我走到小餐厅，冲了三杯喝的，拿过来递给他们。然后端着我那杯走到象棋桌旁边坐下。

金斯利说："你干吗去了，腿是怎么搞的？"

我说："被一个警察打的。贝城警察局的礼物，他们的常规服务。至于我去哪儿了，我进了局子，因为酒驾。另外，看你现在的表情，我大概很快就又要进去。"

"我不明白你在说什么，"他不耐烦地说道，"完全不明白，别开玩笑了。"

"好吧，不开玩笑了。"我说，"你有什么消息，她在哪儿？"

他端着杯子坐下，右手从外套里掏出一个信封，一个很长的信封。

"你得把这个交给她，"他说，"五百美元。她想要更多，但我现在只能凑这么多。我在一家夜总会兑现了张支票，好不容易才搞到的。她不能再待在城里。"

我说："哪个城里？"

"她在贝城的什么地方，我也不知道。她会在一个叫孔雀吧的地方等你，在第八大街的安古洛林荫大道，或者在那附近。"

我看了一眼弗洛姆塞特小姐，她还是盯着屋顶的一角，好像只是来兜风的。

金斯利把信封扔过来，信封落在了象棋桌上。我打开信封，里面确实是钱。看来他说的大部分是真的。我把信封放在铮亮的小桌上，桌面上有棕色和淡金色的方格。

我说："她为什么不能取自己的钱？随便哪个酒店都可以帮她用支票结算。大多数酒店还能兑现支票。她的账户是被冻结了还是怎么的？"

"别这么说，"金斯利懊丧地说道，"她遇到麻烦了。我不知道她怎么发现自己有麻烦了，除非广播里已经发出了逮捕令。逮捕令出来了没有？"

我说我不知道。我可没空听警察的广播。我一直忙着和警察面对面地过招儿呢。

金斯利说："她现在不会冒险去兑现支票的。以前可以，现在不行了。"他慢慢抬起眼睛，看了我一眼，那是我见过的最茫然、最空洞的眼神。

"好吧，没道理的事情我们也搞不明白。"我说，"那么她在贝城，你见过她没有？"

"没有，弗洛姆塞特小姐和她通的话。她打电话到办公室来。已经是下班时间了，但当时韦伯警官和我在一起，就是海边来的那个警察。弗洛姆塞特小姐自然不希望她在那个时候打来电话。她让她晚点再打过来。她也不肯留下联系电话。"

我看着弗洛姆塞特小姐，她将目光从房顶上收了回来，落在我脑袋上面一点的位置。从她的眼睛里什么也看不出来，就像合上的窗帘。

金斯利继续说道："我不想和她说话，她也不想和我说话。我不想见她。我想毫无疑问是她杀了拉威利。韦伯似乎很确定。"

"那并不能说明什么，"我说，"他说的和他想的不一定是一回事儿。我觉得她应该不知道警察在找她，现在早没人听警察调频找乐子了。那么她后来又打过来了，然后呢？"

"大概是六点半，"金斯利说，"我们只好一直待在办公室，等她的电话。你跟他讲吧。"他把头转向那姑娘。

弗洛姆塞特小姐接着说道："我在金斯利先生的办公室里接的电话，他就坐在我旁边，但他没说话。她在电话里说把钱送到那边的孔雀吧，还问谁来送钱。"

"她听起来像吓坏了吗？"

"一点都不像，特别冷静。我得说，是极为冷静。她想得很周全，她知道送钱的人她可能不认识。她似乎知道戴利——金斯利先生不会送。"

"就叫他戴利吧，"我说，"我知道你说的是谁。"

她微微一笑。"她会在每个整点过一刻的时候到孔雀吧。我——我想还是你去送吧。我跟她描述了你的相貌，你会戴着戴利的围巾，我也跟她说了。他办公室里有几件衣服还有这条围巾。围巾很显眼。"

的确如此。那条围巾的颜色就像把几块肥大的绿腰子扔在了蛋黄上，真是够醒目的。戴着它进去就像推着一个红白蓝的手推车，再显眼不过了。

"她那样没脑子的女人，能想到这些真不简单。"我说。

"你还有时间开玩笑。"金斯利没好气地抢道。

"这话你以前也说过。"我对他说，"让我冒这么大的险，去给一个警察正在通缉的人送钱，你也真敢想。"

他在膝盖上搓了搓手，脸上挤出一抹伪善的笑容。

"我承认这有点过分，"他说，"好吧，行吗？"

"如果这样我们三个就成了帮凶。对于她丈夫和她丈夫的机要秘书来说，这么做还说得过去，但我的下场可不会是去美美地度个假那么简单。"

"我不会亏待你的，"他说，"我们也不会是帮凶，要是她没做过什么的话。"

"我也愿意这么想，"我说，"否则我也不会跟你谈了。另外，如果我确定她杀了人，我就会把她交给警方。"

"她不会和你谈的。"他说。

我拿过信封，放进口袋。"她会的，要是她想拿到这个。"我看了看腕表，"现在出发的话，我大概可以在整点过一刻的时候到。过了这么多个小时了，酒吧里的人也该牢牢记住她了。很好。"

"她把头发染成深棕色了，"弗洛姆塞特小姐说道，"这应该对你有用。"

我说："这可不会让我觉得她只是个无辜的旅客。"我把杯子里的东西一饮而尽，站起身。金斯利也把他的一口吞了下去，站了起来，解下脖子上的围巾，递给我。

"警察找你干吗？"他问道。

"弗洛姆塞特小姐好心帮我搞到一些信息，我正在做进一步的调查，寻找一个叫作塔利的人，他之前做过阿尔默的案子。我因此进了牢房。我不知道塔利家在警察的监控之中。塔利以前是格雷森家雇的私家侦探。"我补充道，同时看了看这个个子高挑，皮肤黝黑的姑娘，"或许你可以跟他解释一下是怎么回事。不过也没什么大不了的。我现在没时间说了。你们两个想在这儿等吗？"

金斯利摇了摇头。"我们回去等你电话。"

弗洛姆塞特小姐站起身打了个哈欠。"不，我不等了，我太累了，戴利。我要回家睡觉。"

"你跟我一起走，"他急促地说道，"不然我会发疯。"

"你住哪儿，弗洛姆塞特小姐？"我问道。

"日落广场，布莱森大楼，716 号公寓。问这个干吗？"她不解地看了我一眼。

"我可能什么时候会去找你。"

金斯利沉着脸，不太高兴的样子，眼神依旧很受伤，病兽一样。我把他的围巾系在脖子上，走出小餐厅，关上灯。转身回来的时候，他们两个都已经在门口了。金斯利搂着她的肩膀，她看起来很疲惫而且百无聊赖的样子。

"我当然希望——"他开始说话，然后匆忙跨出一步，同时伸出手，"你是个靠得住的人，马洛。"

"快走，赶紧的，"我说，"走得远远的，越远越好。"

他奇怪地看了我一眼，然后和她一起走了。

我一直等在那里，直到电梯上来，停下，门打开，又合上，然后又再次下去，才一个人走了出去。我从楼梯一直走到地下车库，再次发动了克莱斯勒。

第三十章

孔雀吧是一个很窄的临街的门面，紧邻一个礼品店。礼品店的橱窗里陈列着一排小巧的水晶小兽，在街灯下闪闪发亮。孔雀吧玻璃砖的门脸上嵌着一只彩色玻璃的孔雀，反射出柔和的光彩。我走进去，绕过一个中式屏风，顺着吧台望过去，然后在一个雅座的外侧坐了下来。雅座里的光线是橘黄色的，沙发的皮子是中国红的颜色，塑料桌子擦得锃亮。有一个雅座里，四个士兵正喝着闷酒，目光有些呆滞，显然啤酒也不能打发他们的无聊。他们对面则是两个姑娘和两个很花哨的男人，大呼小叫的动静很大。周围没有谁看起来像我想象中的克丽斯托·金斯利。

一个枯瘦的侍者走了过来，面容嶙峋，眼神有些邪恶。他往我面前的桌上铺了一块餐巾，餐巾上印着一只孔雀，然后递给我一杯百家地鸡尾酒。我尝了一口，看了一眼酒吧的挂钟，挂钟的表面也有一层琥珀色的光泽，时间刚好是整点过一刻。

刚才跟那两个姑娘在一起的男人中的一个突然站起身，阔步走向门口，另一个男人说道：

"你干吗非要骂那家伙？"

一个女人尖细的声音说道："骂他？骂的就是他，谁让他不正经呢。"

那个男人抱怨道:"好吧,那也没必要骂人啊,是不是?"

那些士兵当中的一个突然捧腹大笑,然后用棕褐色的手掌抹了一把脸,笑容就戛然而止了,接着他又喝了一点啤酒。我揉了揉膝盖的后面,还是火辣辣的,肿还没有退,但麻的感觉已经消失了。

一个矮小的,面色苍白的墨西哥男孩儿抱着捆报纸进来了。他的一双黑眼睛格外地大。他穿梭在不同的包厢间,试图在酒保把他赶出去之前多卖掉几份报纸。我买了一份,仔细翻了翻,想看看上面有没有任何有趣的谋杀案,结果什么也没有。

我把报纸折起来,抬起头,这时,不知从哪儿冒出来一个苗条的褐色头发的女人,她穿着炭黑色的宽松长裤、黄色衬衣和一件灰色的长外套。她从包厢前经过,却并没有看我。我试图确定是不是在哪儿见过这张脸,又或者她只是那种再熟悉不过的典型的漂亮妞,身材苗条,性格乖张。两分钟以后,那个矮小的墨西哥男孩儿又回来了,迅速瞟了一眼酒保,快步走到我的面前。

"先生。"他说,他顽皮的大眼睛一闪一闪的,冲我招了招手就又匆匆跑了出去。

我把杯子里的酒一口喝完,跟着他出去了。那个穿着灰外套、黄衬衫和黑裤子的女人正面朝橱窗,站在礼品店前。我出来的时候她微微侧了侧头。我走过去,站在她旁边。

她又看了我一眼。她脸色苍白,看起来很疲惫。头发的颜色看起来比深棕色还要暗一些。她把脸侧过去,对着窗户说道:

"请把钱给我。"说话的时候玻璃上现出一小团雾气。

我说:"我想知道你是谁。"

"你知道我是谁。"她轻轻地说,"带了多少?"

"五百。"

"不够,"她说,"根本不够。快给我。我在这儿等了半个世纪了。"

"方便在哪儿说几句？"

"不用说。把钱给我，然后走开就是了。"

"没那么简单。我冒了这么大的险，至少得让我知道发生了什么，到底怎么回事？"

"该死的，"她尖刻地说道，"他为什么不自己来？我什么都不想说。我只想赶快离开，越快越好。"

"是你自己不想让他来的。他知道你连电话里都不肯跟他说上一句。"

"的确。"她很快地说，把头一扬。

"但你得告诉我，"我说，"我可没他那么好对付。要么对我说，要么对法官说。你没有别的选择。我是私家侦探，我也得保护自己。"

"哼，干得够漂亮，"她说，"还弄了个私家侦探来。"她的声音里有几分嘲讽。

"他已经尽力了，能做到这些他也不容易。"

"你想谈什么？"

"你，你在做什么，去了哪儿，下一步有什么打算。就是这些事情吧，都是些小事儿，但很重要。"

她朝礼品店的玻璃上吐了口气，然后等着雾气慢慢消散。

"我想也许这样更好，"她还是那个冷淡空洞的语调，"你把钱给我，我自己解决。"

"不。"

她又斜着眼狠狠地瞪了我一下，不耐烦地耸了耸灰色外套里的肩膀。

"很好，非这样不可的话，我住在格拉纳达，第八大道向北两个街区，618号公寓。给我十分钟，我一个人先过去。"

"我有车。"

"我自己走。"她很快转身走开了。

她走回到街角，穿过林荫大道，沿着一排胡椒树下的街区往前走，渐渐消失了身影。我回到克莱斯勒上，等了十分钟，然后发动了车子。

格拉纳达是一栋角落里的丑陋的灰色建筑，厚厚的玻璃门和街道齐平。我开过街角，看到一个乳白色的球体，上面写着"车库"两个字。车子从入口进去，沿着坡下到地库，可以闻到很大的橡胶味儿，里面静悄悄的，车子一排一排整齐地停在那里。一个瘦高个儿的黑人从玻璃围墙的办公室里走了出来，打量了一下克莱斯勒。

"在这儿停一会儿多少钱？上楼办个事。"

他不怀好意地笑了笑。"有点晚了，老板，这么脏总要掸掸土吧，一块。"

"怎么这么贵？"

"就一块。"他无动于衷地说。

我从车上下来，他给了我一张票，我给了他一美元。还没等我开口问，他就告诉我电梯在办公室的后边，男厕所的旁边。

我上到六楼，逐一查看着门牌上的号码，周围很寂静，走廊的另一头有海浪的味道飘进来。这地方不错，随便哪个房间里没准都住着几位快乐的小姐，怪不得那个瘦高个儿的黑小伙才非要一块钱。他挺会看人的，那个黑小伙。

我走到618号公寓门外，在门口站了一会儿，然后轻轻地用脚踢了踢门。

第三十一章

她还穿着刚才那件灰色外套，站在门后面，我走过她，进入一个方方正正的房间，里面有两张靠墙的单人床，几件简单家具，都很普通。窗前的桌上有一盏小台灯，发出昏暗的黄色的灯光。桌子后面的窗子是开着的。

这女人说道："坐下说吧。"

她把门关上，径直坐在对面的一把黑漆漆的波士顿摇椅上。我坐在一个很厚实的长沙发上。长沙发的一头挂着一面暗绿色的帘子，像一扇门。帘子后边是化妆间和浴室。另一边有一扇关着的门，应该是小餐厅。房间里就是这些了。

这女人两腿交叠，头靠在椅背上，眯着眼睛看我。她的睫毛又长又密，眉毛则很弯很细，是褐色的，和她头发的颜色一样。她的面容看起来平静而又不可捉摸，不像是那种会轻易喜怒于形的女人。

"你和我想象中的很不一样，"我说，"不太像金斯利说的那样。"

她的嘴唇抽了抽，没说话。

"也不像拉威利说的，"我说，"这说明我们见什么人说什么话。"

"我可没时间聊这些，"她说，"你到底想知道什么？"

"他雇我来找你。我一直在找你。我想你可能知道。"

"是的，他办公室的那位小甜心电话里跟我说了。她说你叫马洛，还跟我说了围巾的事。"

我把围巾从脖子上摘了下来，叠好，塞进口袋，说道：

"你的行踪我大约知道一点，但不多。我知道你把车留在了圣贝纳迪诺的普雷斯科特旅馆，你在那儿见过拉威利。你在埃尔帕索发过一封电报。然后呢？你去哪儿了？"

"我只想拿到他给我的钱。我的行踪跟你没有任何关系。"

"我也不想和你争辩，"我说，"问题是你到底想不想拿到钱。"

"好吧，我们确实去了埃尔帕索，"她说，声音里有些疲惫，"我当时是想和他结婚，所以就发了那封电报。你见过那封电报了吗？"

"是的。"

"但我又改变主意了。我叫他回家，叫他走。他大吵大闹。"

"他确实离开你回家了吗？"

"当然，为什么不呢？"

"那你后来去哪儿了？"

"我去了圣巴巴拉，在那儿待了几天。实际上有一周多。然后去了帕萨迪纳。也待了差不多那么久。接着又去了好莱坞。然后就回到这儿了。就是这样。"

"这期间你一直都是一个人吗？"

她犹豫了一下，说道："是的。"

"没再和拉威利在一起——一次都没有？"

"他回家后就没有了。"

"你怎么想的？"

"想什么？"她的口气厉害了一点。

"为什么到这些地方去，却没留下一点口信。你不知道他会担心的吗？"

"哦，你是说我丈夫，"她冷冷地说道，"我不怎么担心他。他会以为我在墨西哥，不是吗？至于为什么——嗯，我只是必须把事情理一理。我的生活简直是一团解不开的乱麻。我得到哪儿静静，把这堆烂摊子理清楚。"

"在此之前，"我说，"你哪儿都没去，就在小鹿湖待了一个月，想把事情理清楚，但没有用，对吗？"

她低头看了看鞋子，又抬起头来看着我，认真地点了点头。她棕色的卷发一下子掉到脸颊两侧，她抬起左手把它们别了回去，又用一个指头揉了揉太阳穴。

"看样子我得换个新地方了，"她说，"不一定非得是什么有意思的地方，只要是个陌生的地儿就行，没人认识我，我可以一个人待着，比如酒店什么的。"

"那么事情理清楚了吗？"

"还没有。不过我也不打算再去找金斯利了。他希望我回来吗？"

"我不知道。但你为什么回到这儿来，拉威利就住在这个城市。"

她一边咬着手指的关节，一边看着我。

"我想再见他一面。我脑子里乱七八糟的都是他。我不爱他，可是——嗯，我想某种程度上我还是爱他的。但我不想嫁给他。这说得通吗？"

"部分上说得通。但是离家出走，待在这样廉价的旅馆里可说不通。这么些年你俩本来就一直各过各的，据我了解。"

"我得一个人静静，好——好把事情想明白。"她无可奈何地说，然后又咬起了手指关节，这一次很用力，"你就不能把钱给我然后赶紧走吗？"

"当然，马上。但你当时离开小鹿湖还有别的原因吗？比如，和穆里尔·切斯有关系吗？"

她有点吃惊。但吃惊的表情谁都装得出来。"我的老天，什么关系？那个整天哭丧着脸的小贱人——她算什么东西？"

"我想你们大概吵了一架——因为比尔。"

"比尔？比尔·切斯？"她似乎更吃惊了，应该说是吃惊得过头了。

"比尔说你勾引过他。"

她把头往后一仰，发出一阵刺耳而又虚伪的笑声。"我的老天，就那个灰头土脸的酒鬼？"突然她看起来又理智了起来，"到底发生了什么？干吗问这些奇奇怪怪的问题？"

"他可能确实是个灰头土脸的酒鬼，"我说，"但警察认为他还是个杀人犯，谋杀了自己的妻子。她妻子被人发现淹死在湖里，有一个月了。"

她舔了舔嘴唇，头偏向一侧，紧紧地盯着我。有那么一小会儿，我们谁都没说话。太平洋湿润的空气潜入房间，飘散在我们周围。

"我不是很吃惊，"她慢慢地说，"事情最后走到这一步。他们本来就经常打架，打得很厉害。你认为这和我离开有关？"

我点点头："有可能。"

"一点儿关系都没有，"她一边摇头一边严肃地说，"就是我跟你说的那样，没别的了。"

"穆里尔已经死了，"我说，"在湖里淹死的。你也不希望是这样，对吧？"

"我不怎么认识那女人，"她说，"她不怎么和人交流，毕竟——"

"我猜你不知道她曾经在阿尔默医生那儿干过。"

她现在看起来一脸疑惑。"我从没去过阿尔默医生的诊室，"她慢慢地说，"很久以前他到我们家出诊过几次——你到底想说什么？"

"穆里尔·切斯的真名叫米尔德里德·哈维兰，她曾经是阿尔默医生诊室的护士。"

"这么巧，有点奇怪，"她好奇地说道，"我知道比尔是在里弗赛德酒馆遇到她的，但并不知道他们怎么认识的，她又是打哪儿来的。阿尔默医生的诊室，是吗？但这也并不能说明什么，对吧？"

我说："是的，我想这真的是个巧合，这种事情的确时有发生。但你知道我为什么必须要和你谈谈。穆里尔被发现淹死在湖里，你又离家出走了，而穆里尔其实是米尔德里德·哈维兰，曾经和阿尔默医生有关联——拉威利也和阿尔默有关联，只是方式不同。当然，拉威利就住在阿尔默医生家对面。拉威利有没有可能从别的什么地方认识穆里尔？"

她想了想，轻轻地咬着下唇。"他在山上见过她，"她最后说，"但看起来不像是以前就认识她的样子。"

"他其实可能认识她，"我说，"像他那种人。"

"我不认为克里斯和阿尔默医生有什么关系，"她说，"他认识阿尔默医生的太太，但应该不认识医生。所以他也不太可能认识阿尔默医生诊室的护士。"

"好吧，我想这些对我没什么用，"我说，"但你能明白我为什么非要见你。我想我现在可以把钱给你了。"

我拿出信封，站起身，把信封放在她的膝盖上。她没有碰信封，我又坐了下来。

"你演得可真像，"我说，"表面看起来又无辜又无措，骨子里却是铁石心肠和满腔仇恨。人们真是大错特错，以为你是个没心没肺不管不顾的小傻瓜，他们真是错得太离谱了。"

她盯着我，眉毛扬了起来，什么也没说，接着嘴角现出一抹淡淡的微笑。她伸手去拿信封，在膝盖上轻轻拍了拍，然后把信封放在旁边的桌上，眼睛始终盯着我。

"福尔布鲁克夫人①你也装得挺像，"我说，"不过回想一下，我觉得演得有点过头。但当时，还真被你骗了。那顶紫色的帽子配金色的头发还不错，但戴在一团乱糟糟的棕色头发上真是难看极了。乱七八糟的妆容看起来就像是哪个扭坏了手腕的人摸黑画的，还有你那慌慌张张的怪异举止。你装得很像。当你就那样把枪放到我手里时——我竟然深信不疑。"

她暗暗笑着，然后把手伸进外套的口袋深处，用鞋跟轻叩着地面。

"可你为什么又回去了？"我问道，"为什么大早晨的在光天化日之下冒险回去？"

"所以你觉得是我开枪杀了拉威利？"她平静地说。

"不是觉得，而是知道，我知道是你干的。"

"我干吗回去？这就是你想知道的？"

"其实我没那么在乎。"我说。

她尖卢冷笑道："他把我的钱都拿走了，一分不剩，全都让他拿走了，连一个子儿都没剩下。所以我才回去的。没有任何危险，我知道他是怎么过的。回去再安全不过了。比如可以帮他把牛奶和报纸拿进去。这种情况下一般人都会失去理智，乱了手脚。我才不会，为什么要慌呢，保持清醒可安全多了。"

"我明白了，"我说，"那么其实前一天晚上你就杀了他。我应该想到的，不过也不要紧。他当时正在刮胡子。留胡子的男人，要是和女伴在一起，有时要到晚上睡觉前才去刮胡子，不是吗？"

"是有人这么说过，"她几乎是欢快地说道，"那你打算怎么办？"

"真没见过你这么冷血的小婊子。"我说，"怎么办？自然是把你

---

① 前文在拉威利家出现的"房东太太"。——编者注

交给警察，那才痛快。"

"我可不这么想。"她放出这句话来，几乎是欢快地唱出来的。"你想知道我为什么给你一把空的手枪。干吗不呢？因为我口袋里还有一支，就像这样的。"

她的右手从外套上面的口袋里摸出一把手枪，指着我。

我笑了，算不上世界上最发自内心的笑容，但确实笑了。

"我向来不喜欢这个场面，"我说，"侦探和凶手狭路相逢。凶手拿出枪，一边用枪指着侦探，一边把他悲伤的故事完完整整地讲给侦探听，想着讲完就一枪崩了他。就算最后凶手真的杀了侦探，也还是浪费了大把宝贵的时间。只是凶手并不是每次都能得逞，总会发生些什么阻挠他们。神灵也不喜欢看到这些，他们总会想办法破坏它，阻止它。"

"但这一次，"她轻轻地说，同时站起身，走过地毯向我靠近，"不如我们来点不一样的。假使我什么都没告诉你，什么都没发生，然后我真的一枪崩了你？"

"我还是不太喜欢这样。"我说。

"你好像并不害怕。"她说，然后慢慢舔了舔嘴唇，小心翼翼地向我靠近，没有发出一点脚步声。

"我不害怕，"我撒谎了，"现在已经很晚了，外面也太安静，而且窗户开着，枪声会很响。跑到街上也有点太远，而且，你的枪法还不太准。你很可能打偏。你朝拉威利开枪的时候，打偏了三次。"

"起来。"她说道。

我站起身。

"这么近，我怎么会失手。"她一边说，一边用枪抵着我的胸膛，"像这样，就不会打偏了，对吗？现在，给我乖乖站着，不许动，把手举过肩膀，一下都不许动。你敢动一下，我就开枪。"

我把手高举过肩膀，低头看了看那把枪，舌头有些不听使唤，但还能动弹。

她用左手在我身上摸了摸，没发现枪。她放下手，咬着嘴唇，瞪着我，继续把枪顶在我的胸膛上。"你得转个身。"她说，客气得就像帮忙量尺寸的裁缝。

"你做事总是会多少做不到点子上，"我说，"你真的不太会用枪。你离我太近了，我其实不想说这个——不过还是老问题，枪的保险栓还没松开。你把这个也忘了。"

于是她开始同时做两件事。一边往后退了一大步，一边用拇指摸索着保险栓，眼睛一直死死地盯着我。两件很简单的事情，一秒钟就够。但她不喜欢我来指手画脚。她不喜欢让我占上风。这稍稍打乱了她的计划，有点惹毛了她。

她轻轻咳了一声，我趁机放下右手一把将她的头摁到我的胸前，左手使劲砸向她的右手腕，手掌重重地击在她的拇指根部，枪猛地从她手里掉到地上。她的头使劲儿在我胸前扭动着，我猜她是想喊。

接着，她试图攻击我，却失去了重心，她伸过手来抓我，我一把攥住她的手腕，拧到她背后。她很强壮，但是我更强壮。她执意挣扎着往前走，我的手按在她头上，于是她把全身的力量压在我的那只手上。我一只手拉不起她，她继续往下压，我也被她拽得弯下了腰。

我们在长沙发旁边的地上扭打起来，喘着粗气，发出低沉的打斗声。就算地板咯吱响了一声，我也完全没有注意到。但我觉得窗帘环好像发出了刺耳的摩擦声，不过我也不是很确定，也没工夫想这个问题。突然，我的左后方隐约出现了一个身影，看不太清，但我知道那儿有个男人，是个大个子。

我知道的就这么多。接着眼前闪过一道火光，然后是一片黑暗。我甚至都不记得自己被击中了。只有火光和黑暗，先是一阵剧烈的恶心，然后就是无边的黑暗。

第三十二章

　　我浑身散发着一股杜松子酒的味道。可不是一点点，不像在某个冬天的早晨喝了四五杯才从被窝里爬起来那种，而是简直好像整个太平洋都是纯纯的杜松子酒，我一个猛子从船的甲板上扎了下去。我的头发、眉毛、下巴上下全是杜松子酒。我的衬衫也被杜松子酒浸透了，整个人闻起来就像只死蛤蟆。

　　我没穿外套，平躺在长沙发旁边的地毯上，头顶上方是一幅有框的画。画框是廉价的软木，上了漆，画上有一截很高的淡黄色高架桥，一个黑得发亮的火车头正拖着一列普鲁士蓝的列车从桥上经过。高架桥高耸的桥拱下是一片宽阔的黄色沙滩，沙滩上散落着游泳的人们和条纹图案的沙滩伞。三个姑娘紧紧地走在一起，手里拿着纸做的阳伞，一把樱桃红的，一把浅蓝的，还有一把碧绿的。沙滩尽头是一片蜿蜒的海湾，简直蓝得不可思议。阳光灿烂，海面上星星点点地点缀着拱形的白帆。弯曲的海岸线旁耸立着三座连绵起伏的山脉，颜色迥异，分别是金色、赤土色和薰衣草色。

　　画的最下面印着一行大写的粗体字：**蓝色车窗外的法国里维埃拉**①。

　　真够应景的。

---

①　里维埃拉：Riviera，海滨度假胜地（尤指法国的地中海海滨）。

我伸出手，却没有力气，摸了摸后脑勺，感觉软绵绵的，紧接着一阵剧痛立刻放射到脚底。我疼得叫了出来，出于职业尊严——如果说还剩那么点尊严的话，我只是哼了一声。我小心翼翼地翻过身，面前是一张被拉下来的壁床的床脚，那是张单人床，另一张没拉下来。木头上了漆，上面的设计花样似曾相识。这幅画之前就挂在长沙发的上面，而我当时压根儿就没注意到它。

我翻身的时候一个方的杜松子酒的酒瓶从胸前滚了下去，掉到了地上。瓶子是透明的，已经空了。这么大的酒味，似乎不可能只有这一瓶酒。

我趴在地上，四肢着地，使劲地闻，活像条狗——碗里的饭都吃不完却还赖着不肯走的样子。我转了转头，很疼。我又试着转了转头，还是很疼。接着我站起身，发现脚上并没有穿鞋。

鞋在墙边，东一只，西一只，一副浪荡样子。我有气无力地穿上鞋，感觉自己已经老得不像样子，好像半截身子都入了土，不过至少嘴里还有一颗牙。我用舌头舔了舔牙齿，似乎没有杜松子酒的味道。

"出来混总要还的，"我说，"总有一天让你们吃不了兜着走，有你们好看！"

窗户开着，窗边的桌子上还是那盏台灯。房间里还是那张宽大的绿色长沙发。还是那个门厅，门厅前面也还是那面绿色的窗帘。绝不能背对帘子坐，会很倒霉的，总会有事情发生。我刚才跟谁说过这话来着？一个女人，一个拿着枪的女人，一个面无表情的棕色头发的女人。那头发原本是金色的。

我四下找她。她还在那儿，躺在那张放下来的单人床上。

她全身上下只穿着一双黄褐色的长筒袜，头发乱蓬蓬的，喉咙上有几块深色的淤青，嘴张着，舌头肿得很厉害，嘴巴都快装不下了，眼球暴突，眼白不是白色的。

　　她雪白的光肚皮上有四道深红色的抓痕，好像四只嘲讽的眼睛。抓痕极深，像是四只愤怒的手指使劲抠出来的。

　　沙发上有一堆乱糟糟的衣服，大部分都是她的，我的外套也在里边。我把外套从衣服堆里捡出来穿上的时候发现有什么东西在里面刺啦作响，是那个长信封，里面的钱还在。我把信封放进口袋。马洛，那可是五百美元，希望钱都在，也没什么别的可指望的了。

　　我踮着脚，走得很小心，像是踩在薄薄的冰面上。我弯腰搓了搓膝盖的后面，想弄明白此刻到底是哪里更疼，是膝盖，还是脑袋。

　　门厅里传来了沉重的脚步声，还有嘈杂的说话声。脚步声停了下来，有人用拳头重重地砸门。

　　我站在那里，斜睒着门，紧紧地咬着下唇，等着看谁会打开门进来。门把手上的旋钮动了动，却没人进来。那人又开始敲门，敲了敲又停了下来，接着又是嘈杂的说话声。脚步声又远了。我在琢磨他们要用多久才能找到有备用钥匙的管理员。应该不会太久。

　　来不及让马洛从法国的里维埃拉跑回家。

　　我走到绿色的帘子跟前，把它拉到一旁，从这边望过去是一个很短很暗的门厅，门厅的另一头通向浴室。我走进去，把灯打开。地上有两块脚垫，一块防滑垫叠在浴盆的边上，浴盆的一角有一个鹅卵石的玻璃窗。我关上浴室门，站在浴缸的边缘，推开窗。是六楼，没有纱窗。我把头伸了出去，一片漆黑，可以隐约看到一条树木掩映的街道。我看了看旁边，距离隔壁公寓的浴室窗户应该不超过三英尺。这距离，一只健硕的山羊毫不费力就能跳过去。

　　问题是一个遭受重创的私家侦探能不能做到，做得到的话，会有什么结果。

　　这时，我身后传来一个遥远而又低沉的声音，似乎喊的是警察老掉牙那套："快开门，不然我们就踹了啊。"我冲那个声音哼了一声，真可笑。他们才不会踹门呢，脚会很疼的，警察都很善待他们的脚，他们也就对他们的脚善良。

我从架子上抓了块毛巾，然后把两扇窗都放了下来，翻过窗台，我一半身子够到了隔壁窗台，手里还抓着那扇开着的窗子的窗框。这个距离我刚好能把隔壁的窗户推开，要是它没上锁的话。但它是锁上的，我用脚够到了窗户，使劲踢破了窗栓上的玻璃，动静很大，估计在里诺①都能听到。我用毛巾包住左手，伸手进去拧窗栓。楼下的街道上有辆车经过，但没人冲我大喊大叫。

我把踢破的窗户放下去，爬到了旁边的窗台上，这时毛巾从手里掉了下去，穿过一片黑暗，落在了最下面的一块草地上，草地两旁是大楼的两翼。

我翻进了隔壁浴室的窗户。

---

① 里诺：Reno，美国有名的"离婚城市"，在内华达州西部，凡欲离婚者，只须在该市住满三个月，即可离婚。

第三十三章

我从窗台上下来，里面一片漆黑。我摸索到门边，打开门，听了听。北面的窗户透进来些月光，能看到卧室里有两张单人床，都叠得整整齐齐，上面什么也没有。不是那种壁床。这房子更大一些。我从床边走到另一个门口，进到一个起居室。两个房间的门都是关着的，有股灰尘味儿。我摸到一盏台灯，拧开灯，用手指沿着木桌子的边缘摸了一下，有一层薄灰，这房子平日里应该收拾得很干净，只不过现在锁起来了，就落了灰。

房间里还有一个很宽大的，可以看书也可以吃饭的两用餐桌，一个带收音机的扶手椅，一个像砖斗一样的书架，另有个大书架，书架上全是小说，书封都还在。还有一个乌木高脚柜，上面有一个虹吸管，一个雕花玻璃的酒瓶，四个带横纹的玻璃杯倒扣在一个印度黄铜托盘里。高脚柜的旁边有两张照片，镶在银制双相框里，是一对看上去很年轻的中年男女，脸盘圆润健康，目光里尽是盈盈笑意。他们透过相框望着我，好像一点也不介意我的出现。

我闻了闻那瓶酒，是苏格兰威士忌。我喝了几口，结果脑袋更疼了，但除了脑袋，身体却感觉舒服多了。我打开卧室灯，探头看了看衣橱。一个衣橱里全是男人的衣服，都是定制的，有很多。外套口袋里有裁缝标签，显示衣服的主人叫作 H.G. 塔尔博特。我在衣柜里翻了翻，找到一件柔软的蓝色衬衫，对我来说看上去有点小。我把衣服拿进浴室，脱掉我自己的衬衫，洗了把脸，擦了擦上半身，又用一条湿毛巾擦了擦头发，然后穿上了那件蓝色衬衫。我用了很多塔尔博特先生的生发油，还用他的发刷和发梳把头发梳整齐。现在，要说我身上还能隐约闻到些杜松子酒的味道，也已经非常淡了。

衬衫最上面的扣子怎么都系不上，于是我又在衣橱里翻了翻，找到一根深蓝色的纱制领带，系在脖子上。我穿上我的外套，照了照镜子，在夜里的这个点，我未免看起来有点太整洁了。看样子塔尔博特先生应该是个讲究的人，可即便像他这么讲究的人，这也未免看起来太整洁、太精神了。

我把头发抓乱了一些，拉紧领带，转身回到那瓶威士忌旁，想办法把自己弄得没那么精神。我点了支塔尔博特先生的烟，祝愿塔尔博特先生和太太，不论在哪儿，都比我现在开心。我希望我能活久一点，好再来拜访他们。

我走到起居室的门口，门的那边是门厅，我打开门，靠在那里抽烟。我觉得这样没用。但我也不觉得待在那儿等他们发现我从窗户翻到隔壁会好到哪儿去。

门厅不远处有人轻轻咳嗽了一声，我把头探出去，他正看着我。他迅速朝我走来，他个子不高但很机敏，身上穿着一套熨烫得很平整的警服。他的头发是红色的，眼睛则是红棕色的。

我打了个哈欠，懒洋洋地说道："怎么了，警官？"

他若有所思地看着我说："你的邻居遇到点小麻烦，听到什么异常的响动吗？"

"我想我听到有人敲门。我也刚回家不久。"

"有点晚了。"他说。

"有些人可能会这样觉得。"我说，"隔壁遇到什么麻烦了？"

"一位女士，"他说，"你认识她吗？"

"我想我见过她。"

"好吧，"他说，"你真该看看她现在的样子……"他用手勒住脖子，瞪着眼睛，咯咯咯地笑了起来，笑声让人很不舒服。"就像那样，"他说，"你什么都没听到，哈？"

"什么都没注意到——除了敲门声。"

"好吧，你的名字？"

"塔尔博特。"

"等一下，塔尔博特先生，你在这儿等一下。"

他穿过过道，欠身向一扇敞着的门厅探进去，门厅里的光也照亮了外边。"哦，警督，"他说，"隔壁的邻居在家呢。"

一个高个子男人从门厅走出来，站在那儿，沿着门厅直勾勾地盯着我。他个子很高，棕褐色头发，眼睛尤其地蓝。是德伽莫。这下好了。

"这人住在隔壁，"那个看上去很整洁的矮个子警察热心地说道，"叫塔尔博特。"

德伽莫直视着我，但那双湖蓝色的眼睛里丝毫看不出任何见过我的痕迹。他轻轻沿着门厅走过来，用手使劲儿一搡，把我推回房间。在距离门口六七英尺远的地方，他回头说道：

"进来，把门关上，小矬子。"

小个子警察走进来关上了门。

"胆子够大的，"德伽莫懒洋洋地说道，"小矬子，拿枪指着他。"

小矬子立刻打开他拴在腰带上的黑色枪套，飞快地拿出他的点38口径的手枪，舔了舔嘴唇。

"好家伙，"小矬子轻轻说道，还嘘了一声，"好家伙，您怎么知道的，警督？"

"知道什么？"德伽莫问道，依旧死死地盯着我的眼睛，"你刚才想干什么来着，伙计——下楼买份报纸——看看她死了没是不是？"

"好家伙，"小矬子说道，"强奸杀人犯，就是他扒了那女人的衣服，又用手掐死了她，警督，您怎么知道的？"

德伽莫没回答，只是站在那里，微微晃了晃，铁青着脸，面无表情。

"是的，毫无疑问，人就是他杀的，"小矬子突然说道，"闻闻这儿的空气，警督，这地方很久没通风了，瞧瞧书架上的灰尘，壁炉架上的钟都停了，警督。他怎么进来的——我看一下，可以吗警督？"

他跑出房间，向卧室跑去。我听见他在里边四处摸索。德伽莫依旧一动不动地站在那儿。

小矬子回来了。"他从浴室窗户翻进来的。浴缸上面的玻璃破了。里面有杜松子酒的味道，都臭了，太难闻了。您还记得刚才隔壁房间的味儿吧？我还找到件衬衫，警督，简直是拿杜松子酒洗的。"

他举起那件衬衫，臭味迅速弥漫开来。德伽莫随便瞟了一眼，冲过来一把扯开我的外套，盯着我身上的衬衫。

"我知道他干了些什么，"小矬子说道，"他从这儿偷了件衬衫。您看，这就是他干的好事儿，警督。"

"当然。"德伽莫用手抵住我的胸膛，然后又慢慢松开了手。他俩那口气就好像我只是块木头。

"搜他，小矬子。"

小矬子在我身上东摸摸西翻翻，想看看有没有枪。"什么都没有。"他说。

"走，带他从后面走，"德伽莫说道，"只要我们赶在韦伯之前到这儿，人就算是我们逮到的。里德那个笨家伙连鞋盒子里的飞蛾都抓不住。"

　　"可是这案子好像不归你管，"小矬子迟疑地说道，"听说您是暂时停职了还是什么的？"

　　"那我还有什么可怕的？"德伽莫问道，"要是我已经停职了。"

　　"我可不想丢了我的饭碗。"小矬子说道。

　　德伽莫不耐烦地看着他。小个子警察脸红了，他亮晶晶、红棕色的眼睛里流露出一丝担忧。

　　"好吧，小矬子，去，告诉里德。"

　　小个子警察舔了舔嘴唇。"您下令吧，警督，我听您的。我不需要知道您是不是被停职了。"

　　"咱们带他走，就我们俩。"德伽莫说道。

　　"是的，当然。"

　　德伽莫用手抵着我的下巴。"强奸杀人犯，"他轻轻地说道，"好吧，真想不到。"他动了动嘴角，那张凶残的大嘴勉强挤出一丝微笑。

第三十四章

我们走出房间，沿着走廊从 618 号公寓另一头的通道出来。门还开着，有光线透出来。两个穿便服的人站在门外，手里掬着烟在抽，好像有风一样。房间里有争吵的声音。

我们从门厅拐过弯，走到电梯前。德伽莫打开电梯井后面的防火门，我们逐级走下水泥台阶，到大堂时德伽莫停住了，握着门把手听了一下，又回头看了看。

"你开车了吗？"他问我。

"在地下车库。"

"很好。"

我们继续往下走，来到了昏暗的地下室。

那个瘦高个儿的黑家伙从狭小的办公室里走了出来，我把停车卡给他。他偷偷打量了一下小个子警察的警服，没说话，指了指克莱斯勒。

德伽莫坐到了方向盘的后边，我坐在他旁边，小个子坐在后排。我们沿着坡往上开，开进了湿润凉爽的夜色。几个街区远的地方，一辆大车闪着一对红灯向我们驶来。

德伽莫朝窗外吐了口吐沫，掉转车头朝另一个方向开去。"那应该是韦伯，"他说，"葬礼又迟到了。这下我们从他眼皮子底下跑掉了，小矬子。"

"我觉得这样不好，警督，真的，说实话。"

"腰杆儿挺直了，小伙子。你可能会回凶案组的。"

"我倒宁愿保住这个铁饭碗吃喝不愁。"小矬子说道，很快就泄气了。

德伽莫飞驰过十个街区才放慢了一点。小矬子有点忐忑地说：

"我猜您知道您在干吗，警督，但这不是回局里的路啊。"

"没错，"德伽莫说，"完全不是，对吧？"

他放慢速度，缓缓驶入一个都是小房子的街区，那些房子都长得一模一样，坐落在一模一样的小草坪后面。他慢慢刹车，沿着路边滑行，然后在街区中间的位置停下了，转过身，把一条胳膊搭在椅背上，回头看着小矬子。

"你觉得是这家伙杀了她，小矬子？"

"您讲。"小矬子说道，有点紧张。

"有手电吗？"

"没有。"

我说："左边的储物格里有一个。"

小矬子摸索了一下，有金属的碰撞声，接着手电筒的白光亮了。德伽莫说道：

"看一下这家伙的后脑勺。"

光束移动了一下，停住了。我听到了小个子男人在我身后的呼吸声，感觉到他吹在我脖颈上的气息。有什么东西在我头上摸索了一下，碰到了那个肿块。我叫唤了一声。灯灭了，街道的黑暗又涌入车内。

小矬子说道："我猜他可能被人从后面偷袭了，警督，我不太明白这是怎么回事儿。"

"那女人也是一样，虽说伤痕不明显，但还是有。她是在昏过去之后才被人扒掉衣服抓伤的，这样伤口才会流血，接着凶手才掐死了她。这一切都不会发出任何声响。怎么会呢？公寓里也没有电话。谁报的案，小矬子？"

"我怎么知道？有人打电话过来说有个女的被人杀了，地址是第八大道，格拉纳达公寓 618 号。你来的时候里德正在找摄影师。前台说打电话的人嗓音很粗，很有可能是伪装的，没有留下一星半点的名字。"

"好吧，"德伽莫说道，"如果那女人是你杀的，你会怎么离开？"

"我会走出去，"小矬子回答道，"为什么不呢？嘿，"他突然冲我吼道，"你为什么不走出去呢？"

我没回答他。德伽莫不动声色地说道："你不会从六层楼高的浴室窗户爬出去，然后砸开另一个浴室窗户，钻进一个陌生的公寓，而公寓里的人很可能在睡觉——你会吗？你不会假装住在里面，你也不会浪费那么多的时间来给警察打电话——你会吗？见鬼，那女人很可能会在那儿躺上一个星期才被发现。你怎么会放过这种机会，你会吗，小矬子？"

"我猜我不会，"小矬子小心翼翼地说，"我猜我压根儿就不会打电话。但你知道这种色情狂都有些特殊的癖好，警督。他们可不像我们那么正常。这家伙可能本来有个同伙，但那家伙把他打晕了，想陷害他。"

"别跟我说最后这些全是你自己想出来的。"德伽莫哼道，"所以我们现在坐在这儿，而那个知道所有答案的家伙和我们坐在一起，却一声不吭。"他把他的大脑袋转过来，盯着我。"你当时在干吗？"

"我记不清了，"我说，"脑袋上那一下好像把我打蒙了。"

"我们会帮你想起来的，"德伽莫说道，"我们会带你到后边的山上去，离这儿得有几英里吧，你可以在那儿静一静，欣赏一下天上的星星，然后就能想起来了。你全都会想起来的。"

小矬子说道："还是别去那儿了，警督。我们为什么不回警局，照章办事呢？"

"去他妈的规章制度，"德伽莫说道，"我喜欢这家伙，我想和他好好聊聊。他只需要被哄哄，小矬子。他只是有点害羞。"

"我可不想掺和这事儿。"小矬子说道。

"那你想怎么着儿，小矬子？"

"我想回警局去。"

"没人拦着你，小伙子，你要走回去吗？"

小矬子沉默了一会儿。"是的，"他最后说道，非常平静，"我想走走。"他打开车门，下车走上道牙。"对了，我猜您知道这事儿我得向警局汇报，警督。"

"当然，"德伽莫说，"告诉韦伯我正找他呢，下回他买汉堡的时候，不用给我买了。"

"我不知道你在说什么。"小个子警察说道，他一甩手把车门关上。德伽莫挂上离合，发动马达，以四十码的速度驶过一个半街区。在第三个街区他开到了五十码，然后在林荫道上慢了下来，向东开去，沿着路平稳地滑行，没有超速。两边驶过几辆晚归的车子，但是周围大都还沉浸在一片清晨的清冷沉寂中。

没过多久，我们驶出了市区，德伽莫开口了。"你说说吧，"他平静地说道，"也许我们可以把事情理清楚。"

车子驶过一个长坡，又向下开，然后沿着林荫大道蜿蜒穿过退伍军人医院公园式的广场。夜里飘浮在海滩上的雾气在高处的三层枝形吊灯架周围形成一圈光晕。我开始讲话。

"金斯利今晚来我家找我，说接到了他太太的电话，她急需钱。

金斯利让我把钱交给她，帮她摆脱麻烦。我的打算稍微有点不一样。他们已经告诉她我的打扮和行头，我会在第八大街安古洛林荫大道的孔雀吧等她，时间是整点过一刻，几点都可以。"

德伽莫慢慢地说道："她要逃走，那说明她想摆脱什么东西，比如她可能杀了人。"他轻轻地抬起手，然后又把手放到了方向盘上。

"我去了那儿，在她打完电话几小时之后。他们告诉我她把头发染成了褐色。她从酒吧出去的时候正好从我旁边经过，可我并不认识她。我从来没见过她真人。我只是见过一张漂亮的照片，但还是和真人不太像。她找了个墨西哥小孩儿进来叫我出去。她只想要钱，不想多说。而我想知道到底发生了什么。最后她发现她必须得告诉我点什么，于是她告诉我她住在格拉纳达。她让我等十分钟再过去。"

德伽莫说："好有时间设置埋伏。"

"确实有埋伏，但我不确定是不是她安排的。她其实不想让我上去，也不想多说。但她应该知道她得告诉我点什么才可能拿到钱，所以她的不情愿也可能只是装的，让我觉得我掌控着局势。她装得挺像，只不过被我识破了。不管怎样我还是去了，我们也谈了。起先她一直不肯说实话，后来我告诉她拉威利被人开枪打死了，她的反应有点过于激烈，才说出真相。我告诉她我要把她交给警察。"

车窗外，韦斯特伍德村飞快地向北边退去，整个村子都黑着，只有一个通宵服务站和远处公寓的几个窗户还亮着灯。

"于是她拿出枪，"我说，"我想她打算开枪来着，只是离得太近了，所以我趁机摁住了她的头。在搏斗中，有人从绿色帘子后面冲了出来，猛地给了我一下。我醒来的时候，发现她已经被人杀死了。"

德伽莫慢慢地说："有没有看清袭击你的人？"

"没有，我感觉，或者说我隐约看到是个男人，大个子男人。另外，这条围巾就在长沙发上，和其他衣服堆在一起。"我边说边从口袋里掏出金斯利那条黄绿相间的围巾，放在他的膝盖上。"今晚早些时候我见过金斯利戴这条围巾。"我说。

德伽莫低头看了看围巾，拿到仪表盘近旁打量。"这玩意儿还真不大可能忘掉，"他说，"猛扎扎冒出来，还挺扎眼的。金斯利，对吧？好吧，真没想到，接着呢？"

"有人敲门。我当时头晕眼花，还没缓过神儿，有些慌张，浑身上下全是酒，鞋子和外套也被人脱了，可能不光看起来，闻起来也像是会把女人衣服扒下来再把她们掐死的那种人。于是我从浴室窗户爬了出去，尽量把自己弄得干净一点，接下来的事你都知道了。"

德伽莫说："既然你都从那儿爬进去了，干吗不就躲在那儿？"

"有什么用呢？我猜即便是贝城的警察，用不了太久就能发现我的行踪。有可能的话，最好是在被发现之前赶紧离开。要是没人认识我，我很有可能可以从大楼跑出去。"

"我可不这么想，"德伽莫说，"但我明白你试试也没什么损失。你觉得杀人动机是什么？"

"你是说金斯利为什么要杀她——要真是他杀的话？这很简单。她一直都在欺骗他，给他惹了很多麻烦，威胁到他的工作，现在她又杀了人。当然，她有钱，而金斯利想娶别人。他可能担心她可以用钱逃脱刑罚，给他留下笑柄。就算她没有逃脱刑罚，被抓了，她的钱他也一分都拿不到。他必须跟她离婚才能彻底摆脱她。他的杀人动机有很多。而且他觉得有可能可以让我当替罪羊。这样虽然站不住脚，但会造成一些干扰和延迟。要是杀人犯都觉得不可能逃脱惩罚，也就没那么多凶杀案了。"

德伽莫说："当然也可能是别的什么人，完全想不到的人。就算金斯利真的去那儿找过她，真凶也可能另有其人，也可能是那人杀的拉威利。"

"要是你喜欢这么想的话。"

他转过头。"哪样我都不喜欢。但要是我破得了这案子，就能应付警局的斥责。破不了，我就得卷铺盖儿走人。你说过我蠢，好吧，我是很蠢。金斯利住哪儿？要说我有什么本事，那就是撬开别人的嘴。"

"贝弗利山庄卡森大道 965 号。从大概五个街区的位置，向北一直开到山脚下。在左手边，就在日落大道的下面。我没去过，但我知道街区是怎么分布的。"

他把那条黄绿相间的围巾递给我。"先装回去，到时再扔给他看。"

第三十五章

那是一所两层的白色房子，屋顶是深色的。皎洁的月光落在墙上，仿佛给屋子涂上了一层新漆。房前窗户的下半部分装着铸铁栅栏。门前是一大块平坦的草地，斜对角是一面突出的墙。所有能看见的窗户都黑着。

德伽莫从车上下来，沿着林荫路往前走，边走边回头打量通往车库的路。他走下车道，在房子的一角消失了。我听到车库门升了上去，又轰隆隆地落了下来。他又从角落里出来了，冲我摇了摇头，穿过草坪走到前门，用拇指按了按门铃，同时用一只手从口袋里摸出一支烟，塞到嘴里。

他转过身去点火，火柴的火焰映出他脸上的几道沟壑。过了一会儿，门上的风扇透出些光，猫眼弹开了，我看见德伽莫举了举他的警徽。似乎有些不情愿，但门还是被缓缓地打开了。他进去了。

他去了四五分钟。有几扇窗渐次亮起了灯，又渐次熄灭了。接着他从房子里出来了，他往车上走的时候，风扇后的灯也灭了。整个房子又回归了黑暗。

他站在车旁边抽烟，目光一直延伸到街道的拐角处。

"车库里有一辆小车，"他说，"厨师说是她的。看上去金斯利不在。他们说今早之后就没见过他了。我查看了所有的房间。我想他们说的是真的。韦伯和一个指纹专家今天下午晚些时候来过，主卧室还是到处都是粉。韦伯可能是要收集指纹，和拉威利家的指纹比对一下。他没告诉我有什么发现。他可能会去哪儿——我是说金斯利？"

"哪儿都有可能，"我说，"在路上，在酒店，在土耳其浴缸里放松紧张的神经。但我们可以先去找他的女朋友。她叫弗洛姆塞特，她住在日落广场的布莱森大楼。不在市中心，比较靠近布洛克－威尔夏大楼。"

"她是做什么的？"德伽莫一边问，一边坐进驾驶室。

"办公时间是秘书，帮他处理公务，下班以后是情人，给他暖手焐脚。不过她不是那种办公室里的花瓶，她很有头脑，还很有品位。"

"眼下就靠她了。"德伽莫说着朝布洛克－威尔夏大楼开去。我们又开始向东去了。

二十五分钟以后我们到了布莱森大楼，那是一座白色泥灰的宫廷式建筑，楼前的庭院里挂着回纹饰的灯笼，种着高高的枣椰树。入口是一个 L 形的直角，走上大理石台阶，穿过一个摩尔式拱道，再走过一个偌大的门厅和一块蓝得出奇的地毯，可以看到周围散落着蓝色的油罐，就是阿里巴巴故事里的那种，格外大，老虎都能装下。那儿还有张桌子和一个夜班管理员。管理员的胡子黏糊糊的，摸一下，指头都会被粘住。

德伽莫猛地从桌旁冲向一个开着的电梯，电梯旁边的凳子上坐着一个疲沓的老头儿，正等着下一位乘梯的客人。这时，那个夜班管理员立刻从后面追了上来，动作快得像只小猎狗。

"等一下，请问你们有何贵干？[①]"

德伽莫冲地上吐了口吐沫，意味深长地看着我说了一句："他刚才

---

① 原文为"Whom did you wish to see?"是较罕见的用法，一般使用"Who"而非"Whom"。——编者注

说'贵干'？"

"是的，别打他，"我说，"有这个词儿。"

德伽莫舔了舔嘴唇。"我知道有这个词儿，"他说，"我就是好奇他们打哪儿学来的。听着，伙计，"他对管理员说道，"我们要到716去，有意见吗？"

"当然，"管理员冷冷地说道，"这个时间我们不接待客人——"他抬起胳膊，有板有眼地看了看手腕内侧细长的手表，"现在是凌晨四点二十三分。"

"我也是这么想的，"德伽莫说，"所以我也没想麻烦你，明白吗？"他从口袋里拿出警徽，特意举起来，警徽在光线下反射出金色和蓝色的光芒，"我是警督。"

管理员耸了耸肩。"好吧，我希望不会有什么麻烦。我现在就帮您通报，怎么称呼？"

"德伽莫警督和马洛先生。"

"716号公寓。是弗洛姆塞特小姐。稍等。"

他走到一扇玻璃屏风后面，我们听到他停顿了好一会儿才开始讲话，然后他回来了，点了点头。

"弗洛姆塞特小姐现在在家，她可以见你们。"

"这不就结了。"德伽莫说道，"另外，不用劳烦派人监视我们，我对探子过敏。"

管理员露出一丝冷笑，我们进了电梯。

七楼很凉爽，也很安静。走廊看上去有一英里长。我们终于来到716号公寓的门口，门牌号码是镀金的，刻在一圈镀金的树叶图案上。门边有一个象牙白的按钮。德伽莫按了一下，门里响起了铃声，接着门开了。

弗洛姆塞特小姐穿着睡衣，睡衣上披着一件夹棉的蓝袍，脚上趿一双纤巧的簇绒高跟拖鞋。一头黑发蓬松地散着，很迷人。脸上的面霜已经擦去了，现在的妆容刚刚好。

我们从她身旁经过，进入到一个非常狭窄的房间，房间里有好几面漂亮的椭圆形镜子。家具是灰色的，都是仿古家具，上面都配了蓝色锦缎的垫子，看起来不像是一般公寓的配置。她坐在一个细长的双人沙发上，倚着沙发靠背，平静地等我们开口。

我说："这是贝城警察局的德伽莫警督。我们在找金斯利。他不在家。也许你能告诉我们该去哪儿找他。"

她没有看我，说道："这么着急？"

"是的，发生了些事情。"

"什么事情？"

德伽莫不客气地说道："我们只想知道金斯利在哪儿，妹子，我们可没空给你讲故事。"

这姑娘看了看他，脸上没有任何表情，又看向我说道："我想你最好告诉我，马洛先生。"

"我带着钱去了，"我说，"按之前说好的见到了她。我还去了她的公寓，也和她谈了。但有人藏在她公寓的窗帘后面，偷袭了我，我没看到是谁。我醒来的时候发现她已经被人杀了。"

"被人杀了？"

我说："被人杀了。"

她合上漂亮的眼睛，小巧的嘴角皱了起来。然后她站起身，很快地耸了下肩膀，走到一张细长腿的大理石台面的小桌子旁，从一个压花的小银盒里拿出一支烟，点着了，低着头，茫然地盯着桌子。手里的火柴越甩越慢，最后完全停了下来，火还着着，她把它丢进一个烟灰缸，转过身，背靠着桌子。

"我想我该尖叫或者什么的，"她说，"可我一点儿感觉也没有。"

德伽莫说道:"我们对你的感觉没兴趣。我们就想知道金斯利在哪儿。你说不说都行。不管怎么着都用不着说你的感觉。快点儿做个决定吧。"

她平静地对我说:"这位警督是贝城的警官?"

我点了点头。她慢慢地朝他转过身,带着几分高贵和几分蔑视。"这样的话,他比那些吵吵着要饭的也好不到哪儿去,没资格在我眼前晃来晃去。"

德伽莫先是阴沉着脸看着她,然后龇着牙笑了。他穿过房间坐进一把宽敞的绒椅,摊开两条大长腿,冲我摆了摆手。

"好吧,你来搞定她。当然我也可以让我洛杉矶的伙计们帮忙,但等我把事情给他们说明白,也到下下个星期二了。"

我说:"弗洛姆塞特小姐,要是你知道他在哪儿,或者他动身去了哪儿,请告诉我们。你知道我们必须找到他。"

她镇定地说:"为什么?"

德伽莫把脑袋向后一仰,大笑了起来。"这妞儿真棒,"他说,"或许她觉得我们应该跟金斯利保密,别告诉他他太太被人杀了。"

"她可比你想的聪明多了。"我告诉他。他的表情一下子严肃了起来,一边咬着大拇指,一边傲慢地上下打量着她。

她说:"只是因为必须要告知他吗?"

我从口袋里拿出那条黄绿相间的围巾,把它抖开,举到她面前。

"这是在她被杀害的公寓发现的。我想你见过它。"

她看了一眼围巾,又看了看我,不管哪一样,都没在她眼里激起波澜。她说道:"你不觉得你想知道的太多了吗,马洛先生,可作为侦探,你真算不上聪明。"

"我想知道,"我说,"而且我想我能打听到。至于我到底有多聪明,你可一点儿也不知道。"

"这太逗了，"德伽莫插嘴道，"你俩太配了，就差后面跟个耍杂技的了。但现在——"

她直接就打断了他，好像他根本不存在一样："她怎么死的？"

"被勒死的，衣服也被扒光了，身上还有抓痕。"

"德里不会做那样的事情的。"她低声说。

德伽莫的嘴唇动了动："没人知道别人会做出什么，妹子。做警察的都知道这一点。"

她还是没看他，还是一样平静的语调，问道："你想知道我们从你家出来去哪儿了，他有没有送我回家——这是你想知道的是吗？"

"是的。"

"要是他送我回家了，就不会有时间去海滩杀她，对吧？"

我说："有道理。"

"他没送我回家，"她慢慢地说，"从你家出来不到五分钟，我就在好莱坞大道打了辆出租车，就再没见过他。我想他应该回家了。"

德伽莫说道："一般女人可不会这样，她们都会给男朋友做不在场证明，但啥人都有，不是吗？"

弗洛姆塞特小姐冲我说道："他本想送我回家，但那样他太远了，而且我们俩都累了。我之所以告诉你这个是因为我知道这一点儿也不重要。要是我觉得重要，也不会告诉你了。"

"那么他的确有作案时间。"我说。

她摇了摇头。"我不知道。我不知道需要多少时间。我不知道他怎么找到那里。至少不是从我这儿知道的，她在电话里也没说。"她那双深色的眼睛望着我，找寻着什么，探究着什么，"这就是你想从我这儿知道的吧？"

我把围巾叠起来，放回口袋。"我们想知道他现在在哪儿。"

"我没法儿告诉你，因为我也不知道。"她看着我把围巾装回口袋，继续盯着我说，"你说你被人袭击了。你是说完全被打晕了？"

"是的，那人躲在帘子后面。我们现在还没搞清是谁。当时，她拿枪指着我，我忙着把枪夺下来。无疑是她杀了拉威利。"

德伽莫突然站起身。"说得可真热闹，伙计，"他没好气地说，"可什么结果也没有，我们走吧。"

我说："等一下，我还没说完，要是他有什么心事，弗洛姆塞特小姐，什么让他不堪烦扰的事情，他今晚看上去就是这样，要是他比我们想象的知道得多——或者说比我想象的知道得多——知道事到临头，已经无路可走，他也许想到什么地方静一静，想想接下来该怎么办。难道不会是这样吗？"

我停了下来，等了一会儿，瞥了一眼德伽莫，他一脸不耐烦的样子。过了一会儿，这姑娘淡淡地说道："他不会跑掉或者藏起来，因为这根本不是什么跑得了或者躲得掉的事情，但他可能需要一个人想想。"

"在什么陌生的地方，比如酒店，"我说，想起了在格拉纳达听到的故事，"或者比酒店更安静的地方。"

我环顾四周想找部电话。

"我卧室里有。"弗洛姆塞特小姐说道，立刻知道我在找什么。

我径直走过去，穿过房间尽头的门，德伽莫就跟在我后面。卧室是象牙白和玫瑰灰的色调。卧室里有一张大床，床脚没有挡板，床上有一个枕头，枕头中间有一个头枕过的圆形凹槽。梳妆用品在一个嵌入式的梳妆台上闪闪发亮，梳妆台上面的墙上镶嵌着一面镜子。浴室门开着，可以看见里面紫红色的瓷砖。电话在床边的床头柜上。

我坐在床边，拍了拍枕头上弗洛姆塞特小姐枕过的地方，拿起电话，拨了一个长途电话。我请接线员帮我转接狮角的吉姆·巴顿警官，我要和他本人通话，非常要紧的事情。然后我把电话放回听筒架，点了一根烟。德伽莫虎视眈眈地盯着我，两腿分开站在那儿，一副不依不饶、咄咄逼人的样子，时刻准备要我难看。"好吧，然后呢？"他哼道。

"等着瞧。"

"现在谁说了算？"

"既然你这么问，我说了算——除非你想让洛杉矶的警察插手。"

他在大拇指的指甲上划了根火柴，看着火柴开始燃烧，然后对着火柴长长地吐了口气，想把它吹灭，可火苗只是弯了弯。于是他把火柴弄灭，又拿出一根塞进嘴里嚼了起来。这时，电话响了。

"狮角的电话，快接。"

电话里传来巴顿懒洋洋的声音："哪位？我是狮角的巴顿。"

"我是洛杉矶的马洛，"我说，"还记得我吗？"

"当然，我记得你，小子，不过我这会儿还有点迷糊。"

"帮我个忙，"我说，"虽然我不知道你干吗要帮我。赶紧去趟小鹿湖，或者派个人过去，看一下金斯利在不在那儿。别让他发现你。你能从小屋外面看见他的车，或者是灯光。确保他别从那儿离开。一有消息就立刻给我打电话。我立刻过去。可以吗？"

巴顿说："要是他想走，我可没理由阻止他。"

"我现在和一个贝城的警察在一起，这里发生了一起谋杀案，他有些问题要问他。不是你那起谋杀案，是另外一起。"

电话里一阵沉寂。巴顿说道："你不是在要什么花招吧，小伙子？"

"没有，给我回电话，地址是坦布里奇 2722 号。"

"差不多得半小时工夫。"他说道。

我挂了电话。德伽莫咧嘴笑了。"这妞儿是不是给你发送了什么暗号？"

　　我从床边站起来。"不，我只是试着去弄明白他在想什么。他不是那种冷血杀手。不管他有多大仇恨，现在也该都了结了。我猜他可能会去他觉得最安静、最偏僻的地方——好让自己平静下来。再过几个小时，他很可能会去自首。要是在那之前抓住他，会对你们很有利。"

　　"万一他正拿枪抵着脑袋，"德伽莫冷冷地说道，"他那种人极有可能这么干。"

　　"只有找到他才能阻止他。"

　　"对。"

　　我们回到起居室。弗洛姆塞特小姐从她的小厨房里探出头来，说她正在做咖啡，问我们要不要来点。我们喝了点咖啡，围坐在一起，像是在火车站给朋友送行。

　　大约过了二十五分钟，巴顿的电话来了。金斯利的小屋里的确有灯光，车就停在房子旁边。

第三十六章

我们在阿罕布拉吃了点早餐，我给车加满油，就从70号高速公路开出去了。一路经过一辆辆卡车，驶进乡间绵延的牧区。我开车，德伽莫一脸阴郁地坐在角落里，两只手都埋在兜里。

我看着大片笔直笔直的橘子树像车轴一样飞速地掠过，听着轮胎驶过地面的呼呼声，感觉有些疲乏无力，是缺乏睡眠，情绪又太激动的缘故。

我们到了圣迪玛斯南面的长坡，坡道向上延伸到一处山脊，又向下延伸到波姆那①。这里是多雾地区的终点，同时也是半荒漠地区的起点。这里的太阳大清早就又干又晒，像陈年的雪莉酒②，中午则熔炉一般酷热难当，夜幕降临的时候又仿佛一块愤怒的砖头，一下子就从天上掉了下来。

德伽莫往嘴角塞了一根火柴，几乎是嘲讽地说道：

"韦伯昨晚不待见我，说要单独跟你谈谈，你们聊了些什么？"

我没说话。他看了看我，又把目光移开了。他朝外挥了挥手："就算这破地方白送我，我他妈也不会待这儿。空气太糟了，太阳还没出来就已经臭了。"

①　波姆那：Pomona，美国加利福尼亚州西南部一城市。
②　雪莉酒：Sherry，烈性葡萄酒，原产自西班牙南部。

"马上就到安大略了，我们会穿过山脚下的林荫大道，你会看到世界上最漂亮的银桦树，有五英里长呢。"

"管它什么树，都跟消防栓一样。"德伽莫说道。

我们到了市中心，沿着优美的林荫大道行驶着，然后在欧几里得向北驶去。德伽莫对周围的银桦树嗤之以鼻。

过了一会儿他说道："上头湖里淹死的那姑娘是我女人。自打知道这事儿我就没法儿正常思考了。我满眼都是红色。要是那个叫切斯的家伙落到我手里——"

"还嫌你惹的麻烦不够多吗？"我说，"她杀了阿尔默太太，是你帮她逃脱的。"

我透过挡风玻璃直视着前方，但我知道他此时扭过头，眼睛正直勾勾地盯着我。我不知道他的手在干吗，也不知道他脸上此刻的表情。过了好一会儿他才开口，每个字都有点不情不愿，像是从牙缝里挤出来的。

"你是疯了还是怎么的？"

"没有，"我说，"你也没疯。和所有人一样，你知道弗洛伦斯·阿尔默并不是自己起来走到那个车库的。你知道她是被人抱到那儿的。你知道这就是为什么塔利偷了她的拖鞋，那只从来没下过地的拖鞋。你知道阿尔默在康迪的赌场给他老婆打了一针，而那一针剂量刚刚好，不多也不少。他太清楚怎么在胳膊上打针了，就像你太清楚怎么对付一个身无分文、到处流浪的乞丐。你知道阿尔默并没有用吗啡了结他老婆的性命，而且要是他真想杀她，也绝不会用吗啡。并且你知道真正的凶手另有其人，阿尔默只是把她抱到了下面的车库——严格讲那时她还活着，还能吸入一氧化碳，但从医学角度上说，她已经死了，已经停止呼吸了。你全都知道。"

德伽莫轻轻地说："兄弟，你怎么活到现在的？"

我回答道："我不会轻易上当，也不畏惧职业流氓。只有卑鄙下流的人才做得出阿尔默做的事情，他不仅卑鄙下流而且闻风丧胆，就是因为他做了见不得人的勾当。准确地说，他有杀人的嫌疑，但这一点一直没有得到证实。当然他可能得费老大功夫来证明她当时已经陷入深度昏迷，无药可救，但实际上是谁杀了她，你知道是那女人干的。"

德伽莫无端端地笑了。笑声很刺耳，让人很不舒服，没有一丝欢快。

我们到了山脚下的林荫大道，又向东驶去。我觉得仍然很凉爽，但德伽莫却在出汗。他不能脱掉外套，因为他胳膊下面有枪。

我说："那个女人，米尔德里德·哈维兰当时跟阿尔默勾搭在一起，阿尔默的太太也知道，她威胁过他。我从她父母那儿了解到的。那个叫米尔德里德·哈维兰的女人，非常熟悉吗啡，知道能从哪儿搞到，也知道使用的剂量。当时家里只有她和弗洛伦斯·阿尔默，她扶阿尔默太太睡下后，完全可能趁机在针管里吸入四到五格令①剂量的药物，从阿尔默之前注射的同一个针眼中推进那个失去意识的女人体内，而她很可能会死，可能就在阿尔默回来之前。等他回家后会发现她已经死了。那就是他的问题了，他得去解决。没人会相信是别的什么人打针杀死他老婆。没人知道事情的来龙去脉。可是你知道。要让我相信你不知道，除非我觉得你比我想的要笨得多。你帮那个女人打掩护，你还爱着她。你把她吓跑了，这样就可以摆脱危险，摆脱追查，但你包庇了她。你对这个案子放任不管。你被她迷了心窍。可你为什么又去山上找她？"

"我怎么知道去哪儿找她？"他恶声恶气地说道，"能麻烦你解释一下吗？"

"一点都不麻烦，"我说，"她受够了比尔·切斯，受够了他的酗酒、

---

① 格令：Grains，重量单位，1 格令等于 0.000143 磅或 0.0648 克，用于称量药物等。

他的坏脾气还有他寒酸的生活。但她得有钱才能和他分手。她觉得她现在安全了，觉得抓住了阿尔默的把柄，于是她写信跟他要钱。阿尔默派你和她谈。她没告诉阿尔默她现在的名字是什么，或是任何她在哪儿、过得怎样的信息。只有通过写信给狮角的米尔德里德·哈维兰，才能联系到她。她只要去取信就好了。但没人给她寄信，也没人知道她就是米尔德里德·哈维兰。你就拿着一张旧照片来狮角找她，摆着张臭脸，还指望别人帮你。"

德伽莫不耐烦地说道："谁告诉你她问阿尔默要钱？"

"没人告诉我，是我自己想到的，这样所有的事情才能说得通。要是拉威利或者金斯利夫人知道穆里尔·切斯以前是谁，而且透露给了别人，你就该知道去哪儿找她，她现在叫什么名字。而你并不知道这些。所以线索只能来自山上知道她真实身份的人，那只有她自己。所以我推测是她写信给阿尔默。"

"好吧，"他最后说，"都忘了吧。现在也没什么用了。就算我摊上麻烦，那也是我的事儿。再来一遍，我还是会这么做的。"

"当然，"我说，"我没打算找任何人的麻烦，包括你。我跟你说这些，主要是因为这样你就别想把那起谋杀案赖到金斯利身上。要是真有哪个人是金斯利杀的，你尽可以抓他。"

"所以你才跟我说这些？"他问道。

"是的。"

"我以为是因为你对我恨之入骨。"他说。

"我已经不恨你了，"我说，"都过去了。我恨起人来会恨到骨子里，但不会念念不忘。"

我们此刻正沿着山脚一侧斑驳的山脊行驶，放眼望去都是开阔的沙地葡萄园。不一会儿就到了圣贝纳迪诺，我继续往前开，穿过圣贝纳迪诺，没有停留。

第三十七章

到了克雷斯特莱恩，海拔 5000 英尺，还没有热起来。我们停下来喝了杯啤酒。回到车上的时候，德伽莫从胳膊下面的枪套中取出手枪，翻来覆去地端详着。这是一把点 38 口径的史密斯威森手枪，点 44 的枪架，后坐力相当于点 45，射程甚至更远，是一个很有杀伤力的武器。

"你用不着它的，"我说，"他很高大，也很强壮，但他没那么不好对付。"

他把枪放回胳膊下面，嘟囔了几句。我们不怎么说话了，也没什么可说的了。我们沿着陡峭尖锐的山路边缘，蜿蜒行驶在起伏不定的路面上，旁边时而是白色的护栏，时而是粗石砌的墙，时而则是金属锁链。我们不断地爬升，穿过高高的橡树林，到了海拔更高的地方，橡树看起来也没那么高了，而松树却显得越来越高。我们终于抵达狮湖尽头的大坝。

我停下车，哨兵把枪甩到身体一侧，走到窗前。

"通过大坝前请关闭所有的车窗。"

我转身摇上我身后的车窗。德伽莫亮出他的警徽。"算了吧，伙计，我是警察。"他老练地说道。

哨兵淡定地看了他一眼，脸上没有任何表情。"请关闭所有的车窗。"说话的语气和刚才一模一样。

"傻了吧你,"德伽莫说道,"傻了吧你,小兵崽子。"

"这是命令,"哨兵说道,他下巴的肌肉有些微微隆起,一双黯淡的灰色眼睛瞪着德伽莫,"这是上面的命令,先生。窗户摇上来。"

"我让你跳湖你也跳吗?"德伽莫讽刺地说道。

哨兵回答道:"我可能会跳,我胆子小。"他用一只粗糙厚实的手拍了拍步枪的后膛。

德伽莫转过身,关上了他旁边的窗户。我们开过了大坝。大坝的中间和尽头各有一个哨兵。第一个哨兵一定给他们发送了什么信号。他们都警惕地盯着我们看,一点都不友好。

我继续开,穿过一大堆花岗石,往下开,又穿过一片杂草丛生的草地。映入眼帘的是和前天一样花里胡哨的长裤和大短裤,土里土气的手帕,一样的清风习习、红日当头,一样的晴空万里,连松针的味道也是一样的,山间的夏天也还是一样的清凉。但都好像是一百年前的事情了,像是凝固在了时间里,就像琥珀里的苍蝇。

我拐上通往小鹿湖的小路,在巨石间蜿蜒穿行,经过一个汩汩流淌的小瀑布。金斯利庄园的大门开着,巴顿的车停在路上,车头对着湖面,不过从那个角度看不到湖。车里没人。挡风玻璃上的牌子还在,上面还是那行字:"请投吉姆·巴顿警长一票,他老了,干不了别的了。"

巴顿的车旁边还有一辆小破车,车头冲着相反的方向。车里有一顶猎狮帽。我把车停在巴顿的车后面,锁上车,走了出来。安迪也从小车上下来了,傻站在那儿看着我们。

我说:"这位是贝城警察局的德伽莫警督。"

安迪说道:"吉姆刚翻过山,他在等你们,他早饭还没吃呢。"

我们沿着路爬上山脊,安迪则回到了车上。山脊的另一侧,山路向下延伸到那一小片蓝色的湖面。湖对岸金斯利的小屋看起来毫无生气。

"就是这个湖。"我说。

德伽莫俯身看了看，没说话。他使劲儿耸了耸肩，就说了一句："走，抓那个杂种去。"

我们继续朝前走，巴顿从一块大石头后面站了起来。还是那天那顶斯特森高顶宽边帽，还是那条卡其色裤子和那件卡其色衬衫，衬衫的扣子一直系到他的大粗脖子。左胸膛上的星星依旧弯了个角。他的下巴在动，慢慢地嚼着什么。

"很高兴再次见到你。"他说，他没看我，却看着德伽莫。

他伸出手，握了握德伽莫的硬爪子。"上次见面的时候，警督，你可不叫这个名字。是什么秘密行动吧，我猜你会说。当时我也对你不太客气。我道歉。其实你照片上的人，我是知道的。"

德伽莫点了点头，没说话。

"要是我当时警觉一点，按规矩办事，该省去多少麻烦，"巴顿说道，"也许有人就不用死了。我感到过意不去，但我又不是那种放不下的人。不如我们坐下来，你来告诉我，我们现在该怎么办。"

德伽莫说道："昨天晚上，在贝城，金斯利的太太被人杀了。我得跟他谈谈。"

"你是说你怀疑他？"巴顿问道。

"那还能怎样。"德伽莫没好气地说道。

巴顿搓了搓脖子，望着湖对面说道："他一直都没出来。有可能还在睡觉。清晨的时候我悄悄绕着小屋看了看，有广播在响，还能听到有人摆弄酒瓶和酒杯的声音。我没惊动他，没错吧？"

"我们现在过去。"德伽莫说道。

"你有枪吗，警督？"

德伽莫拍了拍左胳膊下面。巴顿看了看我。我摇了摇头，我没枪。

"金斯利可能也有枪。"巴顿说道，"我可不希望你们几枪结果了他，警督，这对我也没什么好处。我们这儿也不兴动不动就拿枪说事儿。你看起来应该能一把夺下他的枪。"

"我可麻利得不得了，如果你是指这个。"德伽莫说道，"但我想和这家伙谈谈。"

巴顿看了看德伽莫，又看了看我，然后又看了看德伽莫，扭头吐了长长的一口烟液。

"只有我还蒙在鼓里，先说说你们为什么要和他谈吧。"他坚持道。

于是我们坐下来，把来龙去脉告诉了他。他一直没说话，眼睛都没眨一下。最后他对我说："你给人干活儿的方式有点意思，至少我这么觉得。我个人觉得你俩完全被误导了。我们进去看看，我先进去——万一你们说的没错，万一金斯利有枪，万一他狗急跳墙，我肚皮大，可是个不错的目标。"

我们站起身沿着湖走了很久。到小码头的时候我说：

"他们尸检了吗，警长？"

巴顿点了点头。"是淹死的。他们说结果没问题。她不是被人刺死或者中枪死的，脑袋也没有受伤。她身上有些伤痕，但是伤痕太多，反而说明不了什么。另外，尸体泡得太久了，真是不好鉴定。"

德伽莫面色苍白，一副气鼓鼓的样子。

"我想我不该这么说，警督，"巴顿温和地补充道，"有点难以接受。看来你和这位女士很熟。"

德伽莫说道："我们过去吧，该干吗干吗。"

我们沿着湖边走到金斯利的小屋，沿着厚重的石阶拾级而上，巴顿则悄悄绕过门廊走到门口。他拉了拉纱门，没锁，他打开纱门又试了试大门，也没锁。他拉住大门，转动把手，德伽莫则扶住纱门，把纱门开大，接着巴顿打开了大门，我们走进房间。

德雷斯·金斯利闭着眼睛躺在壁炉旁边的一把深靠背椅里，壁炉已经冷了。他旁边的桌子上有只空杯子和一个快空了的威士忌酒瓶。屋子里到处都是威士忌的味道。酒瓶近旁的盘子里全是烟蒂，烟蒂堆成了一座小山，上面还扔着两个捏扁了的空烟盒。

窗户全关着，屋里已经很闷热了。金斯利穿着毛衣，面色泛红，神色凝重。

他打着呼，胳膊松弛地搭在椅子扶手上，指尖都触到地面了。

巴顿走到他近旁几英尺的地方，静静地看着他，等了好一会儿才开口。

"金斯利先生，"他淡定地说道，"我们得和你谈谈。"

第三十八章

金斯利猛地抖了一下，睁开眼睛看了看四周，头并没有动。他看了看巴顿，又看了看德伽莫，最后看了看我。他的眼皮还是有些沉重，但目光已经犀利起来。他从椅子上慢慢坐了起来，用手上下搓了搓面颊。

"我睡着了，"他说，"有几个小时了吧。我大概醉得什么都不知道了。我也不想醉成这样。"他放下手，任由它们垂了下去。

巴顿说道："这位是贝城警察局的德伽莫警督。他要和你谈谈。"

金斯利瞟了一眼德伽莫，然后目光又落回到我身上。他再开口的时候听起来非常清醒镇定，只是好像累得要死。

"那么你让他们抓住她了？"他说。

我说："我本来可以，但没成功。"

金斯利一边琢磨我的话，一边看着德伽莫。巴顿没关前门，他拉开了前面两个窗户的棕色直贡呢窗帘，把窗户推了上去，坐进一把靠近窗子的椅子，两手交叉放在肚子上。德伽莫站在那里，虎视眈眈地盯着金斯利。

"你老婆死了，金斯利，"他恶狠狠地说道，"要是你还不知道的话。"

金斯利瞪着他，舔了舔嘴唇。

"嘿，他还挺淡定？"德伽莫说道，"给他看围巾。"

我拿出那条黄绿相间的围巾，晃了晃。德伽莫用拇指示意了一下。"你的？"

金斯利点点头，又舔了舔嘴唇。

"能丢在那儿，你真够粗心的。"德伽莫说道。他使劲吸了口气，鼻子一下子吸住了，从鼻孔到嘴角显出两道深深的皱纹。

金斯利平静地说道："丢在哪儿了？"他几乎没看那条围巾，也没有看我。

"贝城第八大道格拉纳达公寓，618号。你不知道吗？"

金斯利慢慢抬起眼睛，看着我。"她在那儿？"他吸了口气。

我点点头。"她本来不想让我去她那儿。我坚持不给她钱，除非她肯和我谈。她承认她杀了拉威利。她拔出枪，也想一样把我结果了。突然有人从窗帘后面闯了进来，把我打晕了，我没看清他的长相。我醒来以后发现她已经死了。"我跟金斯利讲了她是怎么死的以及当时的状况，告诉他我做了什么以及后来发生的事情。

他听着，脸上的肌肉纹丝不动。我说完以后，他的手动了一下，像是指了指围巾。

"这和它有什么关系？"

"这位警督认为它是证据，说明你就是那个藏在公寓的人。"

金斯利想了一下。他似乎并没有一下子明白那句话的意思。他往后一靠，把头靠在椅背上。"继续，"他终于说道，"我想你明白你在说什么，但我确定我不知道。"

德伽莫说道："好吧，继续装傻吧，让你吃不了兜着走。你先讲讲你昨晚的行踪，你把你娘们送回家以后。"

金斯利不紧不慢地说道："要是你说的是弗洛姆塞特小姐，我没送她。她打出租车回去的。我本来打算自己回家，但后来没回，而是到这儿来了。我想来这儿，夜晚的空气和寂静可以帮我把事情理清楚。"

"听听，"德伽莫嘲讽道，"把什么理清楚，请问？"

"一直以来，所有让我担忧的事情。"

"哼，"德伽莫说道，"比如勒死你老婆，然后用爪子在她肚子上画画，这种芝麻大点的事儿不会让你发愁成那样吧？"

"小子，你不该这么说，"巴顿从后边打断道，"这么说不对，不管听起来多像真的，你也不能随便下结论。"

"怎么不能？"德伽莫猛地扭过他的倔脑袋，"那这条围巾呢，胖子？不是证据是什么？"

"那并不能证明什么——至少从我刚才听的判断，"巴顿温和地说道，"另外，我也不胖，只是穿得厚而已。"

德伽莫厌恶地转过身，指着金斯利。

"所以说你压根儿就没去贝城。"他恶声恶气地说道。

"没去，我干吗要去？那儿的事情都交给马洛了。另外，我不知道你干吗非要拿这条围巾说事儿，当时是马洛戴着的。"

德伽莫一下子定住了，变得有点歇斯底里。他慢慢地转过身，一双阴郁的眼睛瞪着我，里面满是愤怒。

"怎么回事，"他说，"说真的，我不懂了。不会是谁在跟我开玩笑吧，是吗？比如你？"

我说："我只是说过这条围巾在公寓房间里，而且今晚早些时候我见金斯利戴过它。你想知道的似乎就是这些。我可能应该提一下，后来我就是戴着这条围巾过去的，这样要见的那个女人才好认出我。"

德伽莫向后退了几步，靠在壁炉那头的墙上，用左手的拇指和食指往外揪着下嘴唇，右手松松地垂在一旁，手指微微弯曲。

我说："我跟你说过我只见过金斯利夫人的一张照片。我们两个当中得有一个能认出对方来。那条围巾似乎足够显眼。事实上我以前见过她一次，尽管这次去的时候我并不知道是她。我并没有立刻认出她。"我转向金斯利说道："我是说福尔布鲁克夫人。"

"我记得你跟我说福尔布鲁克夫人是房东。"他慢慢地说道。

"她当时是这么说的，我当时也信了，没理由不相信。"

德伽莫喉咙里发出点声音。他的眼神有点错乱。我跟他讲了这个福尔布鲁克夫人，讲了她的紫色帽子，她惊惶不定的神情，她手里的那把没有子弹的枪，以及她怎么把枪给的我。

我停下来的时候，他很小心地问道："我没听到你跟韦伯说这些。"

"我没告诉他。我不想承认三个小时前我就在房子里了，不想告诉他我在报警之前已经见过金斯利了。"

"干得不错嘛，"德伽莫冷笑道，"天哪，我真是个傻瓜。金斯利，你到底花了多少钱，雇这个探子来掩盖事实？"

"他收费还算公道，"金斯利淡淡地说道，"另外有五百美元的奖金，要是他能证明我太太没有杀害拉威利。"

"可惜他挣不着了。"德伽莫讥讽道。

"别犯傻了，"我说，"我已经挣到了。"

屋子里突然静了下来，空气中弥漫着一种紧张的气息，惊雷般一触即发。然而并没有，它顿在那里，坚不可摧，密不透风，像是一堵无形的墙。金斯利在椅子里稍稍动了一下，又过了好一阵子他才点了点头。

"没人比你更清楚这一点了，德伽莫。"我说。

巴顿顿时呆若木鸡，他静静地望着德伽莫，压根儿就没看金斯利。德伽莫的目光落在我的额头中间，眼睛里似乎并没有房间里的任何事物，而是看着远处的什么，比如峡谷那边的山峦。

许久，德伽莫才低声说道："我不明白。我完全不认识金斯利太太。我声明：昨天晚上之前我从来没有见过她。"

他微微垂下眼帘，阴郁地看着我。他太清楚我接下来要说什么了。不过我还是说了。

"其实你昨晚也没见过她，因为她一个多月前就死了，因为她被人淹死在小鹿湖，因为你在格拉纳达公寓见到的那个死去的女人是米尔德里德·哈维兰，而米尔德里德·哈维兰就是穆里尔·切斯。既然金斯利夫人早在拉威利死前就已经死了，那就说明金斯利夫人不可能开枪打死拉威利。"

金斯利攥住了椅子的扶手，但没发出一点声音，一点儿都没有。

第三十九章

　　又是一阵让人窒息的寂静。巴顿打破了沉默，小心翼翼地说道："这种说法太没有根据了，不是吗？难道比尔·切斯连自己的老婆都认不出来？"

　　我说："在水里泡了一个月以后？而且还穿着他老婆的衣服，戴着他老婆的首饰？连泡在水里的金色头发也和他老婆一样，还有一张无法辨认的脸？他怎么可能怀疑？她留下的字条很可能是封绝笔信。她走了。他们吵过架。她的衣服不见了，车也开走了。整整一个月，她音信全无。他不知道她去哪儿了。然后这具尸体从水里浮了上来，穿着穆里尔的衣服，也是金色头发，体型和他老婆也差不多。当然会有什么地方不一样，可要是有谁怀疑过尸体可能被调了包，这事儿就一定会被追查，可完全没理由怀疑啊。克丽斯托·金斯利还活着。她和拉威利跑了。她把车留在了圣贝纳迪诺。她从埃尔帕索给她丈夫发了封电报。在比尔·切斯看来，她过得好好的。他根本想不到她。她跟他的生活完全不搭干。他怎么可能想到她？"

　　巴顿说道："我真该想到这点。不过就算我想到了，也会和别人一样，立刻打消这种念头，这太离奇了。"

　　"表面上看是，"我说道，"但只是表面上。假设尸体一年都没浮上来，或者根本不会浮上来，除非有人专门去湖里打捞。穆里尔·切斯走了，没人打算费神去找她。我们可能就再也不会听到她的消息。金斯利太太则是另外一回事儿。她有钱，也有很多社会关系，还有一个担心她的丈夫。最终会有人去找她，也的确有人在找她，但不会很快，除非发生什么让人生疑的事情。也得个把月吧，才可能有什么发现。但要是对她的追踪说明她实际上离开了湖畔，下山了，去了圣贝纳迪诺那么远的地方，又从圣贝纳迪诺坐火车向东去了，那就永远不会有人去湖里打捞了。而且即便打捞了，发现了尸体，尸体也极有可能会被认错。比尔·切斯会因为杀妻罪而被捕。据我所知，因为湖里这具女尸，他可能已经被这样定罪了，这案子就此了结。克丽斯托·金斯利依然不知去向，她的行踪会永远成谜。最终，人们会相信她可能遭遇不测，已经不在人世。但没人知道她什么时候在什么地方怎么死的。要不是拉威利的缘故，我们现在也不会在这儿说这些了。拉威利是整个事情的关键。克丽斯托·金斯利被认为从这儿离开的那天晚上，拉威利就在圣贝纳迪诺的普雷斯科特旅馆。他在那儿见到了一个女人，那个女人开着克丽斯托·金斯利的车，穿着克丽斯托·金斯利的衣服，当然他知道她是谁。但他不一定知道那是克丽斯托·金斯利的衣服，或者那个女人把克丽斯托·金斯利的车停在了旅馆车库。他只知道他见到了穆里尔·切斯。后面的事情都是穆里尔干的。"

说到这儿我停了一下，看有没有谁想说点什么。没人说话。巴顿一动不动地坐在椅子里，两只圆乎乎、滑溜溜的手舒服地捧着肚子。金斯利头枕着靠背，眼睛半闭着，也一动不动。大块头的德伽莫则靠在壁炉旁边的墙上，神情紧张，脸色苍白，表情肃穆，面目狰狞，完全猜不到他在想什么。

我继续说道：

"如果穆里尔·切斯假扮了克丽斯托·金斯利，那么她肯定杀了她。这很清楚。好吧，我们来仔细分析一下。大家都知道她是谁，是哪种女人。在她遇到并且嫁给比尔·切斯之前就已经杀过人了。她曾经是阿尔默医生的护士，也是他的小情人，而且她相当干净利落地杀了阿尔默的太太，连阿尔默都不得不包庇她。她还嫁过一个贝城的警察，那个警察也傻到帮她逃脱罪名。她总是能让男人那样，男人们对她百依百顺，为她赴汤蹈火。我认识她时间不长，搞不懂她是怎么做到的，但她过往的经历都证明了这一点。她对拉威利做的事情也证明了这一点。好吧，但凡有人挡了她的道儿，她就会杀了他们，显然金斯利的太太也妨碍到了她。我本来不想这么说，但现在也没关系了，克丽斯托·金斯利也能让男人拜倒在她的石榴裙下。她耍了比尔·切斯，可比尔·切斯的太太可不是好惹的。而且，她已经受够了山上的生活——她一定是受够了——所以她想走，但她需要钱，她试过跟阿尔默要钱，没想到招来了德伽莫，她有点害怕，她知道德伽莫是那种你永远也摸不清脾气的人，她是对的，不是吗，德伽莫？"

德伽莫动了动脚。"嘿，伙计，你时间不多了，"他恶狠狠地说道，"还有什么废话，赶紧的！"

"米尔德里德不一定非得开克丽斯托·金斯利的车，穿她的衣服，用她的证件之类的，但它们的确有帮助。她身上的钱一定帮了大忙，金斯利说过她总是喜欢随身带着很多钱。另外，她也一定带着珠宝，可以被换成钱。所以杀金斯利太太是很合理也是她非常乐意去做的事情。这就解释了作案动机，我们再来看看作案手段和作案时机。

"作案时机简直是为她量身定做的，再完美不过了。她和比尔吵过架，比尔跑了，喝得酩酊大醉。她了解比尔，也知道他会醉多久、醉成什么样子。她需要时间。时间至关重要。她得算足时间，否则整个计划都会失败。她得打包衣服，开车把衣服送到浣熊湖，再把它们藏起来，因为它们必须消失。她还得再走回来。她必须杀了克丽斯托·金斯利，让她穿上穆里尔的衣服，再把尸体扔到湖里。这一切都需要时间。至于她怎么杀死的克丽斯托·金斯利，我猜她把她灌醉了或者打晕了，然后把她溺死在小屋的浴缸里。这很符合逻辑，也很简单。她当过护士，知道怎么处理尸体。她也会游泳——比尔说过她游得很好。而溺死的尸体会沉下去。她只需要把尸体带到更深的地方。所有这些事情，一个会游泳的女人都可以做到。她也的确是这么做的，她穿上了克丽斯托·金斯利的衣服，打包了她想要的其他东西，钻进克丽斯托·金斯利的车，开车走了。但是在圣贝纳迪诺，她遇到了第一个障碍，拉威利。

"拉威利认得她是穆里尔·切斯。我们没有证据和理由认为他会把她当作别的什么人。他在山上见过她，碰到她的时候他很可能正要上山去。她不希望这样。要是他上山去，只会看到锁着的小屋，那么他就会去问比尔，而她计划的一部分就是比尔不应该明确知道她已经离开了小鹿湖。只有那样，尸体被人发现时，才会被他指认成自己。所以她立刻就给拉威利下了个套，那并不难。要说关于拉威利有什么是确定无疑的，那就是他根本离不了女人，而且多多益善。对于一个像米尔德里德·哈维兰这样工于心计的女人而言，他太好上钩了。于是她骗了他，把他带走了，带到了埃尔帕索，在那儿发了封电报，而拉威利对电报的内容毫不知情。最后她又骗他回到贝城。她可能是没办法了。他想回家，但她想把他控制在身边，因为拉威利对她来说太危险了。所有的迹象都表明克丽斯托·金斯利已经离开了小鹿湖，可拉威利一个人就能毁掉这一切。如若人们最终开始搜寻克丽斯托·金斯利，就一定会涉及拉威利，到那时，拉威利的命一文不值，他起初一定会否认，但没人会信，后来也的确如此，但要是他把事情原原本本地都说出来，就会有人相信，因为他说的都能够被证实。于是搜寻开始了，但很快拉威利就在浴室里被人开枪打死了，就在我见过他的那天晚上。事情基本就是这样，至于她为什么第二天早晨又回到拉威利家，凶手似乎喜欢做这样的事情。她说他拿了她的钱，但我并不相信。我觉得很有可能是她觉得他一定把钱藏在什么地方，或者她得冷静下来把现场收拾干净，确保是她希望的样子；又或者就像她说的，只是来拿报纸和牛奶。这些都有可能。总之，她回来了，被我发现了，她装聋卖傻，使得我也不得不胡言乱语了一通。"

巴顿说道："谁杀的她，小子？我想你并不认为是金斯利干的。"

我看了看金斯利说道："你说你没跟她在电话里通话。那弗洛姆塞特小姐呢？她觉得和她说话的人是你太太吗？"

金斯利摇了摇头："我有点怀疑。要那样骗过她可不容易。她只是说金斯利太太的声音听起来很不一样，压得很低。当时我没怀疑，直到我到山上才起了疑心。昨晚我进来，感觉不太对头，太干净、太整洁了。克丽斯托从来不会这样。卧室里应该到处都是衣服，房间里应该满地都是烟头，厨房里应该到处都是瓶瓶罐罐，脏盘子脏碗上应该都是蚂蚁和苍蝇。我想大概是比尔的太太清理的，后来我突然想起她不可能清理，尤其是那天，她在忙着和比尔吵架，而且她被人杀了，或者是自杀了，不管是哪种可能，她那天都不可能打扫房间。想到这一切，我很困惑，也想不明白。"

巴顿从椅子上站了起来，走到外边的门廊上。回来的时候用他那条黄褐色的手帕擦了擦嘴，又坐了下来，因为右边的屁股后面有枪套，他挪了挪左半边屁股，换了个舒服的姿势，然后若有所思地看着德伽莫。德伽莫还是靠墙站着，表情很肃穆，活像一尊石像，右手还是垂在身体的一侧，手指弯曲着。

巴顿说道："我还是没有听出来到底是谁杀了穆里尔。你故意不说还是现在还不确定？"

我说："是一个觉得她必须得死的人，一个曾经爱过她也恨过她的人，一个身为警察不愿让她逃走、犯下更多命案的人，一个身为警察却不愿逮捕她、让事情真相大白的人。一个，像德伽莫那样的人。"

第四十章

德伽莫一下子从墙边直起身，露出一抹惨笑，右手麻利地掏出一把枪，枪口冲下，松松地握在手里。他没有看我，说道：

"我想你没枪，"他说，"巴顿有，但我觉得他的枪法可没我快。也许你有那么点证据能证明你最后的猜测，除非是很重要的证据，否则也不是非说不可吧。"

"的确有那么点证据，"我说，"不过并不多，但证据会越来越多。那人曾躲在格拉纳达公寓的绿色窗帘后边，有足足半小时的时间，他就悄无声息地站在那儿，只有警察才能做到。那人手里有警棍。那人不用看我的脑袋后面就知道我挨了一棍子。是你告诉小矬子的，记得吗？那人知道死去的那个女人也挨了一棍子，尽管当时可能还看不出，当时他也来不及仔细查看尸体。那人扒光了她的衣服，在极度的仇恨和施虐的欲望当中，抓伤了她的尸体——那个给他制造出人间地狱的女人，我想这种仇恨也许你能体会。那人现在的指甲里还有血迹和角质层，足够让化学专家忙乎一阵子的了。我打赌你现在可不想给巴顿看你右手的指甲，德伽莫。"

德伽莫稍稍把枪往上提了提，咧开嘴笑了。笑容很灿烂，很苍白。

"那么，我又怎么知道去哪儿找她？"他问道。

"阿尔默看到她出入过拉威利家，那让他很紧张。所以当看见我在附近逗留时，他立刻就打电话叫你来。至于具体你是怎么追踪到她的公寓的，我不知道。我觉得也不难。你可以躲在阿尔默家，跟踪她，或者跟踪拉威利。这对警察来说不过是小菜一碟。"

德伽莫点点头，静静地站了一会儿，一直在思考，表情很严肃，冰蓝色的眼睛里却闪烁着近乎愉悦的光芒。房间里很热很闷，这是一场灾难，无可挽回的灾难，但他似乎并不觉得有那么可怕。

"我要出去一下，"他最后说道，"可能不会太远，只要不落进一个乡巴佬警察手里就行。有人反对吗？"

巴顿平静地说道："这不可能，小子。你知道我必须逮捕你。虽然这些都还没被证实，但我也不能让你走。"

"你的大肚皮不赖嘛，巴顿，我的枪法可准得很，你打算怎么抓我？"

"我一直在想，"巴顿说着抓了抓被帽子压扁的头发，"还没想出太好的办法。我当然不想在肚皮上挨枪子，但我也不能允许你在我的地界上拿我当猴耍。"

"让他走，"我说，"这山里他跑不出去的，所以我才带他到这儿来。"

巴顿严肃地说道："要抓他就会有人受伤，我不想这样，要是非得有人上的话，那就我来吧。"

德伽莫笑道："你真是个好人，巴顿。听着，我会把枪放回到胳膊下面，我们一对一，这个我也很擅长。"

他把枪塞回胳膊下面，站在那里，举起胳膊，下巴稍稍向前扬起，虎视眈眈地看着我们。巴顿嘴里轻轻嚼着什么，一双灰白的眼睛直视着德伽莫明亮的眼睛。

"我现在是坐着的，"他抱怨道，"不管怎样我都没你快。我只是不想让别人以为我胆小。"他悲伤地看着我，"你他妈干吗把麻烦惹到这儿来？关我什么事儿。看看我现在，真够倒霉的。"他听起来很受伤，有点不知所措，还有点有气无力。

德伽莫微微把头往后一仰，笑了起来，同时右手又去拔枪。

我压根儿没看到巴顿有什么动作，但柯尔特左轮手枪震耳欲聋的声音瞬间响彻了整个房间。

德伽莫的胳膊中了枪，直挺挺地垂在一旁，那把有分量的史密斯威森手枪从手里摔了出去，砰地一声撞在了他身后的多节松木墙上。他甩了甩变麻的右手，低头惊奇地看着它。

巴顿缓缓站起身，慢慢穿过房间，在一把椅子下面磕了磕那把左轮手枪。他悲伤地看着德伽莫。德伽莫正在用嘴吸着指节上的血。

"你给了我一个喘息的机会，"巴顿悲伤地说道，"你真不该把机会送给我这样的人。我摸枪的时候你小子还没出生呢。"

德伽莫冲他点了点头，直起身向门口走去。

"别这样。"巴顿冷静地对他说。

德伽莫继续往前走。他走到门口，推开纱门，回头看了一眼巴顿，他的脸煞白煞白的。

"我要离开这儿，"他说，"要想阻止我，只有一个办法。再见了，胖子。"

巴顿一动不动。

德伽莫从门口出去了。门廊上响起了他沉重的脚步声，接着，他走到了台阶上。我走到窗前朝外看。巴顿还是没动。德伽莫走下台阶，朝小堤坝顶端走去。

"他要从坝上过去了，"我说，"安迪有枪吗？"

"就算有我猜他也不会用，"巴顿平静地说道，"他没理由开枪。"

"好吧，真该死。"我说。

巴顿叹了口气。"他真不该放我一马，"他说，"没想到他会来这么一下，我也只好一样回敬他，算还个人情吧。没什么大不了的，对他也没什么好处。"

"可他是杀人犯。"我说。

"不是那种杀人犯，"巴顿说道，"你的车锁了吗？"

我点点头。"安迪从坝的那头下来了，"我说，"德伽莫把他拦住了。他在和他说话。"

"他可能会开安迪的车。"巴顿悲伤地说。

"好吧，该死的。"我又说了一遍，回头看了看金斯利。他用手撑着头，盯着地面。我回到窗前。翻过坡，德伽莫的身影就消失了。安迪站在大坝的中间，慢慢往过来走，时不时回头看看身后。远处响起了车子发动的声音。安迪抬头看了看小屋，然后转身沿着大坝往回跑。

马达的声音渐渐消失了。过了好一会儿巴顿才说："好吧，我想我们最好回办公室去打几个电话。"

金斯利突然站起身，走到厨房，拿了一瓶威士忌出来，给自己倒了满满一杯，站着一饮而尽。他对着杯子挥了挥手，然后拖着步子走出了房间。我听到床的弹簧发出嘎吱嘎吱的声音。

巴顿和我悄悄走出了小屋。

第四十一章

　　巴顿打电话派人封锁高速，刚挂掉就接到一通电话，是狮湖大坝负责警备事宜的中士打来的。我们立刻坐上巴顿的车，安迪在沿湖公路上开得飞快，我们穿过村庄，沿着湖回到了大坝的尽头。大坝对面，那个中士在吉普车里冲我们挥手，车子停在指挥部的营房旁边。

　　他招了招手，发动了吉普车，我们跟在他后面，沿着高速公路开了几百英尺，看到前面有几个士兵站在峡谷边缘朝下张望。已经有几辆车停在那里了，那些士兵旁边还聚集着一些人。中士从吉普车上下来，巴顿、安迪和我也从警车上下来，他带我们走了过去。

　　"哨兵喊他停车可他不停，"中士说道，听上去还是有些愤愤不平，"他妈的差点把那个哨兵从路上撞飞。桥中间的跑得快才躲过了。这头的哨兵忍无可忍，命令他停下，可那家伙还继续开。"

　　中士一边嚼着口香糖，一边朝峡谷下面看了看。

　　"这种情况，按规定是要开枪的，"他说道，"所以这个哨兵开枪了。"他指了指陡坡边缘上的车辙，"他就是从这儿冲下去的。"

　　峡谷下面大概一百英尺的地方有辆小轿车，被旁边的花岗岩巨石撞得稀巴烂，几乎是底朝天，稍稍倾斜着。下面有三个人，他们使劲儿把车挪了挪才从里面抬出了什么东西。

　　那本是个人。